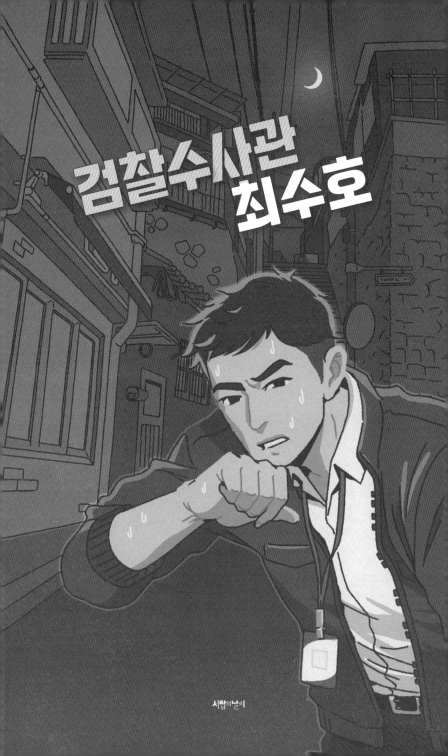

목
차

1화
추격전

   나는 사람의 뒤를 쫓는다. 그 사람이 어떻게 움직일지 먼저 예측하고 덮치는 것, 그게 내 일이다.

   물론 언제나 계획대로 되는 것은 아니다.

   내가 용한 무당이었다면 무르팍이 닿기도 전에 상대방의 행동을 알아채고 움직이겠지만 불행히도 내게 그런 재주는 없다.

   내가 가진 거라곤 튼튼한 두 다리와 뚝심 그리고 반드시 잡고야 말겠다는 끈질긴 집념뿐이다.

   그런 것들을 총동원해도 허탕 치는 일이 수두룩하다.

   바로 지금처럼 말이다.

*

   벌써 이틀째 잠복을 하고 있지만 놈은 코빼기도 보이지 않왔다. 통신 기록을 따라 조양동 구석구석을 샅샅이 훑은 끝에 드디어 여기까지 왔다. 속초 해수욕장과 가까운 빌라촌.

한 바퀴만 돌아도 비릿한 바다 냄새가 몸에 배고 마는 빌라촌의 골목을 걷고 또 걸었지만 놈을 발견할 수는 없었다.

오늘도 잡지 못한다면 일단은 철수해야 한다. 사무실에도 해야 할 일이 널렸다. 언제까지나 놈에게만 매달릴 수는 없었다.

나는 어둠이 내리기 시작하는 골목 어귀를 바라봤다. 조금 열어 놓은 창문으로 초여름의 싱싱한 바닷바람이 불어 들어왔다.

이제 슬슬 관광객이 넘칠 시기다. 관광객이 내뿜는 열기는 몇 주 안에 거대한 파도처럼 변해 이 조용한 빌라촌까지 덮칠 것이다.

비어 있던 집에 '게스트하우스' 간판이 내걸리고 몇 곳은 범죄 냄새 풀풀 풍기는 수상한 현장으로 변하리라.

성매매, 도박, 뭐 그런 것들.

"나타날까요?"

운전석에 조용히 앉아 있던 박도수가 입을 열었다.

도수는 속초 토박이로 속초 지리라면 눈을 감고도 훤했다. 때로는 내비게이션보다 더 정확하고 빨랐다. 운전직 행정관으로서는 최고였다. 물론 파트너로서도 최고였고.

입을 다물어야 할 때와 열어야 할 때, 움직여야 할 때와 그렇지 않을 때를 정확하게 파악하는 것은 물론이요 골라 오는 간

식거리도 내 입맛과 비슷했다.

"나타나길 빌어야지."

나는 정면에서 눈을 떼지 않고 대답했다.

"다른 곳으로 튄 건 아니겠죠?"

"짧은 시간이지만 놈 명의로 된 핸드폰이 이 근처에서 두 번이나 켜졌다가 꺼졌어. 여기 숨어 있는 게 맞을 거야."

"그렇다면 진짜 잘도 숨은 거네요."

"그래봐야 이틀이야. 한 사람이 꼼짝도 하지 않고 숨을 수 있는 시간이 이틀이라고. 이틀이 지나면 좀이 쑤셔서 나오게 돼 있어. 특히 처음 범죄를 저질러 본 이런 인간들은 궁금해서라도 밖으로 나오는 거지. 핸드폰 켠 것도 아마 자기 기사 검색하려고 그랬을걸."

"하긴… 저라도 궁금하긴 하겠네요. 이놈, 성범죄 초범이죠?"

"응. 미성년자 강제추행. 악질이야."

"어휴. 꼭 잡아 처넣어야 하는데."

"잡을 거야. 반드시."

"그래도 안 나타나면……."

"아니. 나타날 거야. 촉이 와."

수사를 할 때 제일 중요한 건 경험과 끈기다. 머릿속에 쌓아놓은 데이터를 바탕으로 발로 직접 뛰는 게 수사다.

언제까지?

발이 부르틀 때까지.

하지만 분명 치고 빠져야 하는 순간은 있다.

유명한 타짜들은 안다고 하지 않는가.

고를 할 때와 스톱을 할 때.

사람의 뒤를 쫓는 일도 마찬가지다.

아무리 정보를 모으고 열심히 돌아다녀도 도무지 잡을 것 같지 않은 예감이 들 때가 있다. 그럴 때 무리해서 움직이면 안개 속으로 빠지게 된다.

반대로 건진 것도 없고, 건질 것도 없는데도 잡을 수 있겠다는 자신감이 들 때도 있다.

나는 그걸 판별하는 능력을 '촉'이라고 부른다.

이번에는 분명 촉이 왔다.

이틀째 허탕을 치고 있지만 왠지 놈을 잡을 수 있을 것 같다.

"어쨌든 식사는 하셔야죠. 지겹겠지만 이거 드세요."

도수가 그렇게 말하며 팥빵을 내밀었다.

점심은 생크림 빵이었다.

아침은 소보로.

내가 좋아하는 순서대로 돌아가면서 먹고 있다.

슬슬 빵도 지겨워질 때가 되었으니 이 잠복도 끝나간다는 뜻이었다. 우리가 포기하거나 놈이 모습을 드러내거나 둘 중 하나.

내 촉대로라면 놈은 분명 나타난다.

"잠복 끝나면 말입니다. 얼큰한 해장국에 밥을 말아서……."

"난 삼겹살부터 먹을 거야."

"그럼 전 삼겹살 받고 회!"

"난 회 받고 짜장면!"

"아! 짜장면 생각을 못 했네요. 아오. 갑자기 너무 먹고 싶다, 짜장면."

도수의 말을 뒤로 한 채 빵 봉지를 뜯었다.

아무리 상상을 해봐야 현실은 팥빵이었다.

그때였다.

"잠깐!"

골목 어귀에 한 남자가 모습을 드러냈다.

비쩍 마른 몸매에 한 치수는 커 보이는 바람막이 점퍼를 걸친 남자였다.

머리카락은 덥수룩했고 아무렇게나 자란 수염이 멀리서도 똑똑히 보였다.

남자는 어깨를 구부정하게 구부린 채 주위를 살피며 신중하게 걷고 있었다. 손에는 검은 비닐봉지를 들고 있었다.

"저놈입니까?"

도수가 흥분을 잔뜩 누른 목소리로 속삭이듯 물었다.

"아마도."

나는 그렇게 대답하며 미간을 찌푸렸다.

촉이 왔다.

하지만 촉이 확신으로 변하기까지는 몇 미터가 더 필요했다.

몇 미터만 다가온다면 얼굴을 알아볼 수 있으니까.

조금만 더.

몇 발만 더.

남자는 신중하게 움직였다.

한 발을 옮기곤 주위를 살피고, 또 한 발을 옮기고는 주위를 살폈다.

지뢰가 잔뜩 숨어 있는 전장을 걷고 있는 것 같았다.

"됐다."

나는 중얼거렸다.

남자가 얼굴을 알아볼 수 있는 거리까지 들어왔다.

머릿속에 남아 있는 놈의 이미지와 눈앞의 남자 얼굴을 재빨리 대조해 본다.

놈이 도망자 신세가 된 건 4개월 전.

징역이 확정되었지만, 놈은 도망을 쳤고 그 후 줄곧 숨어 다녔다.

내가 본 거라고는 놈의 주민등록증 사진뿐이다. 포토샵까지 해서 멀끔한 인간으로 포장해 놓은 그 사진 속 인간과 지금 저 남자는 완전히 다르다.

보통 사람이 봤다면 같은 인물이라고는 생각지도 못할 것이다.

그래도 내 눈은 못 피한다.

나는 놈의 주민등록증 사진을 출력해서 보고 또 봤다.

언제까지?

눈에 진물이 날 때까지.

꿈속에 놈의 얼굴이 나올 때까지!

"맞다! 도수야. 저놈 맞아."

나는 슬그머니 상체를 숙였다.

도수도 몸을 숨겼다.

4개월이라면 한 인간의 얼굴을 바꾸기에 충분한 시간이다.

도망자는 그 얼굴에 도망의 이력이 새겨지기 마련이다.

머리카락과 수염은 지저분하게 자라고, 살이 빠져 뺨은 푹 꺼진다.

얼굴은 어두워지고 눈 밑은 검게 변한다.

한 마디로, 인생의 막장에서 길을 잃고 헤매는 늙은 광부처럼 변하는 것이다.

남자는 감시가 없다고 확신했는지 조금 더 과감하게 움직였다. 드문드문 불이 들어온 가로등 몇 개를 지나며 골목 안 깊숙이 들어왔다.

나는 내릴 준비를 했다.

"다녀올게."

"조심하세요. 저 봉지 안에 뭐가 들었는지 모르잖아요."

도수의 말이 맞았다.

나도 검은 봉지가 신경 쓰였다. 제법 부피감이 있어 보였다. 예전에는 쇼핑백 안에 망치를 넣어 다니던 사람과 마주친 적도 있었다. 비닐봉지에 다른 흉기가 들어 있다 해도 전혀 이상할 게 없다.

"걱정하지 마."

나는 도수에게 그리고 스스로 그렇게 말한 후 조용히 조수석 문을 열었다.

밤공기는 아직 서늘했다.

남자는 골목 우측으로 꺾어 들어갔다.

나는 놈의 뒤를 쫓았다.

이 일을 오래 하다 보면 발소리를 거의 내지 않고 상대방을 뒤쫓는 능력이 생긴다.

쫓는 사람을 덮치는 순간은 언제나 조심스럽다.

궁지에 몰리면, 생쥐도 이를 드러내기 마련이다.

대부분은 오랜 도주 생활에 지쳐 순순히 잡히는 쪽을 택하지만 가끔은 최후의 발악을 하는 때도 있다.

놈이 그러지 않으리라는 보장이 없다.

나는 놈의 뒤쪽 몇 미터까지 거리를 좁혔다.

한 걸음만 크게 내딛으면 놈의 어깨를 낚아챌 수도 있었다.

그러는 대신 나는 그 자리에 멈춰 섰다.

그러고는 최대한 차분하고 침착한 목소리로 놈을 불렀다.

"이광명 씨."

놈이 움찔했다.

맞다!

나는 확신했다.

예상하지 못한 순간에 자신의 이름을 들으면 누구나 몸이 굳기 마련이다.

"이광명 씨 맞죠?"

내가 물었다.

놈은 가만히 멈춰 선 채로 고개만 스윽 돌렸다. 얼굴이 반쯤 보이게.

퀭한 얼굴과 그 얼굴에 박아 넣은 스산한 눈빛이 어둠 속에서도 똑똑히 보였다.

이 순간, 열에 여덟은 그 자리에서 주저앉는다. 다리가 풀려 버리는 것이다. 왜 아니겠는가, 저승사자의 호출을 받은 느낌일 텐데.

하지만 나머지 둘은 도망을 친다. 사력을 다해서.

이광명.

미성년자를 추행한 놈.

자, 너는 어느 쪽이냐?

"어떻게 찾았지?"

놈이 쥐어짜는 듯한 목소리로 물었다.

"그게 내 일이니까."

내가 그 말을 입에 올린 순간 놈이 달리기 시작했다.

내 일이야 상관없다는 듯 맹렬한 기세로 도망쳤다.

"젠장."

나는 중얼거린 후 놈의 뒤를 쫓아 달려 나갔다.

영화에서 보면 "거기 서!"라거나 "저놈 잡아라!" 같은 대사를 하지만 실제론 한마디도 하지 않는다.

아니, 못 한다.

그냥 달리는 것도 죽겠는데 그런 말 할 힘이 어디 있어?

게다가, 놈은 생각 외로 빠르다.

나는 사력을 다해 놈의 뒤를 쫓았다.

이 빌라촌에는 유독 골목이 많다. 어제 하루 종일 돌아본 소감은 마치 거미줄 같다는 거다.

놈이 거미가 될지, 내가 거미가 될지는 모르는 일.

다만, 나는 놈을 너무 잡고 싶다!

헉헉.

아무리 체력을 단련한다 해도 한계란 있는 법이다.

나도 숨이 차기 시작했다.

그렇다는 말은 4개월 동안 숨어만 지냈을 저놈은 그야말로 숨이 턱 끝까지 찼다는 뜻.

아닌 게 아니라 놈의 달리는 속도가 눈에 띄게 느려졌다.

잡을 수 있다.

잡을 수 있다!

한 번만 더 힘을 내면…….

"으아아!"

나는 기합을 넣으며 마지막 힘을 불어넣었다.

장딴지와 종아리가 터질 것 같았다.

덕분에 이제 손만 뻗으면 놈을 잡을 수 있는 거리까지 좁혔다.

그 순간, 놈이 몸을 홱 뒤로 돌리며 무언가를 휘둘렀다.

그 검은 비닐봉지!

피하려 했지만 이미 늦었다.

나는 달리는 중이었고 몸의 방향을 바꾸기란 불가능했다.

"젠장!"

닥쳐올 충격을 예상하며 눈을 질끈 감았다.

퍽!

봉지가 내 얼굴을 강타했다.

정말로 세차게 때렸다.

그랬는데…….

뭐야? 안 아프잖아!

사실 소리도 '퍽'보다는 '철퍽'에 더 가까웠다.

나는 내 얼굴을 때리고 바닥으로 떨어진 비닐봉지를 내려다 봤다.

검은색 봉지 밖으로 으깨진 두부가 모습을 드러내고 있었다.

당황한 표정으로 잠시 나를 바라보던 놈은 다시 달렸다.

의외의 공격에 당황한 나는 멈칫하다가 급히 정신을 차렸다.

두부에 맞아본 적은 한 번도 없으니 그럴 수밖에.

놈은 내리막으로 달려갔다.

됐다!

내리막이라면 오히려 더 좋다.

다리가 풀렸을 것이 분명한 놈은 무턱대고 내리막을 달리다가……

"아!"

예상대로, 놈이 외마디 비명과 함께 고꾸라졌다.

그러고는 긴 내리막을 데굴데굴 굴렀다.

행여 나도 같은 꼴을 당할까 봐 조심조심 내려갔다.

신음을 흘리던 놈은 그래도 벌떡 일어나더니 절뚝거리며 다시 달렸다.

도망자의 생명력은 질기다.

상상도 못 할 만큼.

놈은 머리와 코에서 피를 철철 흘리면서도 달리는 걸 멈추지 않았다.

이쯤 되자 나도 소리를 질렀다.

"멈춰! 더 이상 도망가 봐야 소용없어!"

놈은 포기하지 않았다.

그 끈질긴 성격은 인정할 만했다.

그렇다면 '학교'에 들어가서도 끈질기게 버티면 될 터였다.

"오지 마!"

놈이 소리를 질렀다. 절뚝거리면서.

"이광명 씨, 서로 좋게 해결합시다."

"시끄러워! 난… 난 절대 안 잡힐 거야!"

아! 골치 아픈 상대다.

나는 멈춰 서서 한숨을 푹 쉬었다.

내가 포기한 거로 생각했는지 놈은 더 열심히 달렸다. 여전히 절뚝거리면서.

"이광명 씨, 거기로 가봐야 도망 못 가요!"

놈은 골목을 벗어나 큰길로 접어들려고 했다.

그때였다.

끼익!

놈의 바로 앞에서 낡은 소나타가 멈춰 섰다.

"헙!"

놈은 헛바람 빠지는 소리를 내며 풀썩 쓰러졌다.

운전석 창문이 열리며 도수가 얼굴을 내밀었다.

"이번에도 제가 한 건 한 겁니다!"

"야! 내가 거의 다 잡은 거였다고."

나는 주저앉은 놈에게 다가갔다.

놈은 멍한 눈으로 나를 보며 중얼거렸다.

"잘못했습니다. 잘못했습니다. 제가 그때는 미쳤나……."

"이것 봐요, 이광명 씨. 그런 변명은 법정에서 했어야죠. 그
러게 왜 도망을 가요. 자, 이제 갑시다."

"어, 어디로?"

놈은 얼빠진 표정으로 물었다.

"어디긴 어딥니까? 감방이지."

나는 놈의 겨드랑이에 손을 넣고 일으켜 세웠다. 놈도 이번
에는 반항하지 않았다.

"그런데…… 선생님은 도대체 누구?"

이광명이 물었다.

이제야 그게 궁금한 모양이었다.

"아니, 그것도 모르고 도망쳐요?"

"그냥 전 형사라고 생각했는데."

"근데 아무리 봐도 형사 같진 않죠?"

이광명이 고개를 끄덕였다.

"혹시 검사님이세요?"

나는 고개를 저었다.

나는 경찰도 아니고 검찰도 아니다. 그래도 도망자들을 쫓아 검거한다.

나는……

"이봐요. 이 분은 검찰수사관이에요."

듣고 있던 도수가 말했다.

그렇다.

나는, 대한민국 검찰수사관이다.

2화 ────────────────────────
혼적 없는 사나이(1)

인간은 누구나 혼적을 남긴다.

냄새, 발자국, 지문, 심지어 피부에서 떨어진 작은 각질까지.

혼적을 남기지 않는 인간이란 이미 죽은 인간이란 격언이 있다.

물론, 내가 만든 격언이다.

나는 후배 수사관들에게 이야기할 기회가 있으면 이 멋진 격언을 꼭 들려준다.

"혼적은 꼭 몸으로 남기는 것만 있는 게 아니야. 통신 기록, 카드 사용 내역, 인터넷 사용 내역, CCTV에 찍힌 얼굴 같은 것도 다 혼적이지. 어떤 인간은 도망자 생활 내내 현금만 사용했는데도 쉽게 잡혔지. 왜 그랬는지 아나? 현금 쓸 때마다 현금영수증 발급을 꼬박꼬박 했거든. 그러니까 말이야, 혼적을 남기지 않는 인간이란 이미 죽은 인간밖에 없어."

크으.

다시 생각해도 멋진 말이고 옳은 소리다.

그럼에도 언제나 통하는 건 아니다.

바로 지금 내가 쫓고 있는 새로운 용의자가 그런 경우다.

아무런 흔적도 남기지 않는 자.

녀석에 대한 정보는 차고 넘친다.

폭행으로 교도소를 네 번이나 들락거렸으니 이 자는 사실상 벌거벗은 거나 다름이 없다.

나는 놈의 기록을 다시 한번 훑어봤다.

이름 최칠현.

나이 45세.

목수 일을 했으나 현재는 무직.

첫 범죄는 26세에 저질렀다. 술을 진탕 마시고 옆자리 손님을 폭행한 것이다.

맞은 사람은 코뼈와 광대뼈가 부러지고 앞니 두 개도 빠져버렸지만, 최칠현이 당시 초범이었던 점, 술을 많이 마셨다는 점, 그리고 합의했다는 점이 참작돼 집행유예를 선고받았다.

놈이 저지른 폭행의 강도로 봤을 때 거의 기적 같은 판결이었다.

물론 그 기적은 다음번에는 통하지 않았다.

더 이상 초범도 아니었거니와 범행, 그러니까 폭행이 점점 더 심해졌다.

혈액형은 A형.

크게 앓은 적은 없고 폭행 과정에서 자신이 다친 적은 있었다.

특히 오른손 중지가 부러져 휘어있는 게 가장 큰 특징이었다.

가족과는 사실상 의절 상태.

사귀는 여자는 없고 결혼도 하지 않았다.

나는 최칠현의 서류를 책상에 내려놓았다.

서류에는 최칠현의 특징이 더 많이 기록돼 있었다.

심지어 교도소에서 어떤 음식을 좋아했는지 따위도 남겨놓았다.

나는 최칠현의 사진을 보고 또 봤다.

출소해서 다시 교도소로 가기까지 그 몇 년의 시간 동안 최칠현의 외모는 갈수록 망가져 비교적 최근 사진 속 최칠현은 60대 노인이라 해도 믿을 수 있을 것 같았다.

내 머릿속에는 최칠현이라는 인간의 모든 것이 들어가 있었다.

눈을 감으면 그자의 모습이 선명하게 떠오를 정도였다.

가끔은 꿈에 나오기도 했다.

딱 몇 미터 앞에 그자가 서 있었다.

손만 뻗으면 잡을 거리.

꿈속에서는 아무리 손을 뻗고, 아무리 내달려도 거리가 좁혀지지 않았다.

지금 상황과 너무 똑같아서 나는 그런 꿈을 꾸고 일어났을 땐 항상 인상부터 썼다.

"수사관님, 오늘 목적지는 어디인가요?"

도수가 사무실 안에는 들어오지 않고 열린 문으로 고개만 들이밀고 물었다.

도수는 운전직 행정관 이상의 역할을 했지만, 늘 선을 지키려 노력했다.

내가 도수를 좋아하는 이유이기도 했다.

"좀 들어와 봐."

내가 부르자 그제야 도수가 안으로 들어왔다.

"아직도 최칠현이죠?"

척하면 척이다.

하긴, 어제도 최칠현의 흔적을 찾다가 둘이 국밥 한 그릇을 먹었으니 모르면 바보이긴 하다.

"아무리 찾아도 흔적이 없어."

나는 한숨을 푹 쉬며 말했다.

"흔적 없는 인간이라……. 수사관님 주장대로라면 어디서 이미 죽은 게 아닐까요?"

"다섯 번이나 교도소에 다녀온 놈이 여섯 번째 가기 싫어서 도망친 거야. 죽을 생각이었다면 도망도 안 쳤겠지. 너도 도망자가 돼 보면 알겠지만……."

"제가 왜 도망을 쳐요?"

"만약이라고, 만약. 상상력이 없어요, 상상력이. 아무튼 도망친다는 건 체력적으로나 정신적으로 엄청나게 지치는 거야. 그런데도 지금까지 계속 안 잡히고 있다? 그건 정신력이 강하다는 거야. 쉽게 죽을 놈이 아니란 거지."

"그러면 상상력 좋으신 우리 수사관님께서는 놈이 어디 숨어 있다고 상상하시나요?"

나는 말문이 막혔다. 나쁜 놈.

"몰라. 일단 나가자."

우리는 무작정 검찰청을 나왔다.

*

노학동에서 연쇄 폭행 사건이 일어난 것은 1년 전부터였다.

남자건 여자건 가리지 않고 밤길을 걷는 행인을 습격해 모질게 폭행하고는 도망치는 사건이 잇달았다.

처음에는 질 나쁜 학생들의 소행이라 생각했다가 횟수가 거듭될수록 경찰도 단순 폭행 사건이 아님을 알아챘다.

무엇보다 폭행당한 사람들의 증언이 한결같았다.

때린 사람은 성인 남자 한 명이었다는 것.

딱히 돈을 강탈하지도 않는, 그야말로 특이한 범죄였다.

경찰은 폭행에 집착하는 자의 연쇄 범죄라 결정짓고 탐문 및 동종 범죄 전과자를 찾는 식으로 수사망을 좁혀갔다.

그 결과 최칠현이 노학동에 살고 있다는 사실을 알아냈다.

폭행과는 떼려야 뗄 수 없는 최칠현이 노학동 연쇄 폭행 사건의 주요 용의자가 된 것은 두말할 필요도 없었다.

2화 — 흔적 없는 사나이(1)

게다가 경찰이 처음 찾아갔을 때 그는 손에 붕대를 감고 있었다.

못을 박다가 실수로 자기 손을 때렸다는 변명 아닌 변명을 했지만 속아 넘어갈 경찰이 아니었다.

무엇보다 최칠현은 폭행 사건이 있던 날의 알리바이를 증명하지 못했다.

모든 정황이 최칠현을 범인으로 가리키고 있었지만 그럼에도 구속 수사가 안 된 건 주거지가 일정해 도주의 우려가 없다고 법원이 판단했기 때문이었다.

그 결과 최칠현은 불구속 상태로 재판을 치르게 되었다.

최칠현은 이 점을 이용했다. 어느 순간 흔적도 없이 사라져 재판에 출석하지 않았던 것이다. 결국 1심에서 실형이 선고되어 잡히면 곧바로 교도소로 가는 것으로 결정되었지만 이미 연락도 닿지 않는 상태가 되었다.

"그래서 진짜 어디로 갈까요?"

무작정 출발하기는 했지만, 수사를 안 할 수는 없었다.

도망자를 두고 바닷가에서 회나 먹을 수는 없는 일 아닌가!

"노학동."

나는 짧게 대답했다.

"범죄 현장이요?"

"그래. 막힐 땐 처음부터 다시 시작할 필요도 있으니까."

"알겠습니다."

목적지를 정하자 도수는 망설임 없이 운전했다.

속초는 자기 손바닥 안에 있다는 듯 내비게이션도 켜지 않았다.

"아직 속초에 있다는 건 확실한데 말이야."

나는 중얼거렸다.

"그걸 어떻게 확신하세요?"

"놈은 속초에서 태어나 한 번도 여길 벗어난 적이 없어. 정신적으로 문제가 있다고 판정을 받아서 군대도 면제였으니 그야말로 45년 내내 속초 생활만 한 거지. 그런 놈이 도망을 친답시고 갑자기 다른 도시로 가긴 어려울 거야. 겁이 나기도 할 거고. 위험하긴 하지만 자신이 잘 아는 곳에서 도망 다니는 게 낫다고 생각할 확률이 크다는 거지."

사실 이것도 일종의 촉이었다.

최칠현의 정보를 몇 번이고 읽는 동안 그에 대한 이미지가 그려졌다.

최칠현은 이를테면 메기 같은 자였다.

자기 서식지를 벗어나지 않으며 깡패 짓을 일삼는 놈.

어쩌면 등잔 밑이 어둡다고 속초 시내에서 잘살고 있을지도 모른다.

"다 왔습니다."

이런저런 생각을 하는 동안에 노학동에 도착했다.

도수는 영리하게도 마지막 범행이 있었던 곳으로 차를 몰았다.

속초종합운동장 근처.

2화 ─ 흔적 없는 사나이(1)

최칠현은 이곳에서 29세의 김 모 씨를 폭행했다.

폭행당한 김 모 씨는 영원히 한쪽 눈을 못 쓰게 되었다.

나는 김 모 씨가 쓰러져 있던 바로 그 장소에 서서 주위를 둘러봤다.

문득, 촉이 왔다.

오늘은 쓸 만한 정보를 얻을 것 같다는 촉.

놈이 흔적을 찾을 것 같다는 촉.

그때 주머니 속 핸드폰이 마구 떨어대기 시작했다.

*

저장되어 있지 않은, 낯선 번호로 걸려 온 전화였다.

나는 한번 호흡을 가다듬은 후 전화를 받았다.

"여보세요?"

"최수호 수사관님 전환가요?"

상대방의 목소리를 듣는 순간 기억이 떠올랐다.

"행복부동산 사장님이시죠?"

"아이고, 기억하시네요."

누군가의 목소리나 생김새를 잊지 않는 것도 수사관 생활을 하면서 터득한 기술 중 하나다.

"혹시 뭐 생각난 게 있으세요?"

나는 조용히 물었다.

한 달 전, 최칠현을 처음 추적할 때 제일 먼저 들렀던 곳 중 하나가 바로 행복부동산이었다.

　최칠현이 살던 노학동의 작은 월세방을 구해준 곳이 바로 행복부동산이었기 때문이다.

　부동산은 의외로 많은 정보를 가지고 있다.

　사람들이 가장 솔직하게 자기 속내를 드러내는 장소가 딱 두 곳 있는데 그중 하나가 부동산이라고 나는 믿는다.

　나머지 한 곳은 교회고.

　부동산에서는 자기의 현 상태를 최대한 솔직하게 설명한다. 어디 그뿐인가. 개인 정보도 서슴없이 남겨놓는다.

　그야말로 정보의 보고인 것이다.

　"뭘 좀 찾아서요."

　그 당시 행복부동산을 찾아갔을 때는 이렇다 할 정보를 찾지 못했다.

　최칠현의 월세 계약서는 분실된 상태였다.

　나중에라도 찾게 되면 연락을 달라고 신신당부하긴 했지만 나는 사실상 행복 부동산을 머릿속에서 지운 상황이었다.

　"뭘 찾으셨습니까?"

　그렇게 묻는데 심장이 두근거렸다.

　이 전화가 아주 중요하다고 그놈의 촉이 선명하게 외치고 있었다.

　"계약서는 여전히 못 찾았는데요, 그 왜 있잖습니까, 가계약서. 보증금 얼마 내고 방 잡아둘 때 쓰는 그건 찾았습니다."

　이거다!

머릿속에서 번쩍하고 섬광이 스치고 지나갔다.

"거기 어떤 정보가 있습니까?"

"이름이랑 전화번호가 있어요."

최칠현의 전화번호는 나도 가지고 있다. 다만 이미 정지가 되어서 문제지.

그래도 혹시…….

"그 번호가 010-XXXX-XXXX 아닙니까?"

나는 조심스레 물었다.

"아닌데요."

그렇지!

저절로 핸드폰을 꽉 쥐었다.

"그럼, 거기 있는 번호 좀 불러주시겠습니까?"

"네. 번호는요…….."

다른 번호였다.

최칠현이 지금껏 사용했던 번호들과도 달랐다.

그렇다는 말은 놈은 적어도 1년 전부터 핸드폰을 두 대 사용했다는 뜻이다.

그것도 본인 명의가 아닌 다른 사람 명의로.

"감사합니다. 정말 감사합니다. 사장님."

나는 진심으로 인사를 했다.

"허허. 뭘요. 그 사람 꼭 좀 잡으면 좋겠네요. 그럼 수고하십시오."

나는 전화를 끊자마자 차로 달려갔다.

"무슨 일 있으세요?"

도수가 내 얼굴을 보자마자 놀라면서 물었다.

"왜?"

"아니. 입은 웃고 있는데 눈빛은 너무 무서워서요."

"도수야. 하나 건졌다. 빨리 사무실로 돌아가자!"

"알겠습니다!"

도수는 또다시 바람처럼 차를 몰았다.

흔적 없는 사나이(2)

나는 사무실로 돌아오자마자 전화번호 조회부터 의뢰했다.

그런 뒤 시험 삼아 전화를 걸어 봤다.

"지금은 전화기가 꺼져 있어⋯⋯."

역시 핸드폰은 끈 상태였다.

그렇다는 말은 당장 위치 추적은 할 수 없다는 뜻이었다.

이제 기대할 수 있는 건 이 번호의 명의자와 이 번호로 전화를 걸어온 사람, 그리고 이 번호로 전화를 건 상대방을 알아내는 것이다.

그러자면 통신 영장이 필요했다.

번호 조회가 끝나면 바로 영장을 청구할 생각이었다.

초조한 시간이 지난 후 번호의 명의자에 대한 정보가 떴다.

이름은 박차연.

번호를 만들었을 당시의 주소는 속초시 영랑동이었다. 번지로 대충 검색해 보니 등대 해수욕장 근처였다.

"박차연, 너는 누구냐?"

나는 컴퓨터에 뜬 정보를 보며 혼잣말했다.

최칠현에 대한 기록을 한 번 더 정독했지만, 관계자 중 박차연이라는 인물은 없었다.

가족도 아니고 친척도 아니라는 뜻이었다.

이러면 가능성은 두 가지다.

대포폰이거나 우리가 모르는 곳에서 두 사람의 접촉이 있었거나.

나는 일단 후자에 걸어보기로 하고 도수에게 얼른 연락했다.

"도수야. 다시 나가자."

"찾았습니까?"

"모르겠다. 그걸 확인해 보려고."

발로 뛰어서 확인하지 않은 정보는 죽은 정보일 뿐이라는 격언도…….

이것도 내가 만든 거다.

도수가 모는 낡은 소나타는 이번에도 안전하게 영랑동에 도착했다.

우리는 등대 해수욕장 근처 노상주차장에 차를 세운 후 같이 내렸다.

어떤 상황이 벌어질지 모르니 도수가 필요했다.

메모해 온 번지를 찾아서 좁은 골목을 몇 번이나 돌았다.

우리의 목적지는 민박집 골목에서 벗어난 조용한 곳에 있었다.

2층짜리 단독 주택 건물의 반지하가 박차연의 집이었다.

"도수야. 넌 대문에서 기다려."

아무리 살펴봐도 대문 말고는 도망칠 곳이 없어 보였다.

"조심하십시오."

도수의 말에 나는 고개를 끄덕인 다음 반지하로 걸어 내려갔다.

이런 집에 초인종이 있을 리 만무했다.

나는 검은색 새시로 된 현관문을 두드렸다.

"누구요?"

대번에 소리가 들렸다. 그다지 경계하는 목소리는 아니었다.

"박차연 씨 집입니까?"

내가 그렇게 묻는 순간 공기가 달라졌다.

희미하게 들리던 TV 소리가 아예 사라졌다.

대신에 현관을 향해 조심스레 다가오는 발소리가 들렸다.

이번에는 분명 잔뜩 경계하고 있었다.

나도 대비했다.

문이 벌컥 열리고 상대방이 뛰쳐나올지도 모를 일이었다. 흉기라도 들고 있다면 최악인 거고.

"누굽니까?"

방안의 상대는 흉기를 들고 뛰쳐나오는 대신에 다시 한번 물었다.

"검찰에서 나왔습니다."

나는 사실대로 말했다. 이런 때는 둘러대는 게 오히려 독이 된다.

"검찰?"

누군가에게는 경찰보다 검찰이라는 단어가 더 편하게 들린다. 주로 잡범들이 그렇다.

상대방도 마찬가지였다. 목소리가 대번에 밝아졌다.

"아니, 검찰에서 무슨 일로."

그 말과 함께 현관문이 열렸다.

나는 현관을 슬쩍 봤다.

운동화 두 켤레만 있는 단출한 모습이었다.

문을 열고 나온 이는 쉰 초반쯤 됐을까?

이제 막 머리가 벗어지기 시작한 남자가 모습을 드러냈다.

분명 최칠현은 아니었다.

"박차연 씨 되시죠?"

나는 이 자가 머리를 굴리지 못하게 바로 질문했다.

"아! 네. 박차연 맞는데 무슨 일로 그러시죠? 전 검찰이랑은 인연이 별로 없는데."

"혹시 최칠현이라고 아십니까?"

"최칠현!"

아는 눈치였다. 얼굴에 표정이 다 드러나는 거로 봐서 절대 사기꾼은 못 될 위인이었다.

"알고말고요. 학교 동기였는걸."

진짜 학교는 아닐 것이다.

그렇다면 둘은 같은 교도소에 있었다는 뜻이다. 즉, 감방 동기.

"최근에 만난 적 있습니까?"

"에? 그 친구 죽었다던데 아닌가?"

뜻밖의 말에 나는 멍하니 박차연을 바라볼 수밖에 없었다.

"그게 정말입니까?"

나는 간신히 정신을 차리고 물었다.

"비슷한 시기에 출소한 놈들끼리 자주 어울렸거든요. 그런데 언제부턴가 최칠현이 하고는 연락이 안 됐어요. 나만 그런 게 아니고 다른 놈들하고도 연락이 안 돼서 우리 사이에선 그놈 그거 죽은 게 아닐까 이런 이야기가 나온 거죠."

"단순히 연락이 안 되는 것만으로 그런 극단적인 생각을 해요?"

나는 황당한 심정을 감추지 않고 물었다.

그러자 오히려 박차연이 황당하다는 표정을 지었다.

"최칠현 걔 이걸로 빵에 왔다 갔다 했잖아요."

박차연은 그렇게 말하며 주먹 뻗는 시늉을 했다.

나는 고개를 끄덕였다.

"폭행도 이거랑 똑같거든요."

이번에는 팔에다가 주사 놓는 시늉을 했다.

의외로 마임에 재능이 있었다.

"폭행이나 마약이나 끝장을 봐야 직성이 풀릴 정도로 중독성이 있다 이 말입니다. 특히 최칠현은 더 심했어요. 자기보다 약한 사람은 꼭 때리고 괴롭히고 그랬거든요. 아마 빵에서 나가도 그 버릇 못 고칠 거라고 다 그리 생각했죠. 그러니 뭐, 어디가서 맞아 죽었다 해도 이상할 게 없는 거죠."

틀렸다.

놈은 맞아 죽는 대신 때리고 도망치는 쪽을 선택했다.

"혹시 최칠현에게 명의 빌려준 적 있습니까?"

나는 본론으로 들어갔다.

"명의요? 무슨 명의?"

내가 자초지종을 설명하자 박차연은 노발대발했다.

"아니, 폭행범 주제에 진짜 사기꾼 등을 처먹으려고 해! 완전 나쁜 놈이네."

"그쪽은 혹시 사기로……."

내가 묻자 박차연은 고개를 끄덕였다.

사기로만 별 10개를 땄다는 자랑 아닌 자랑과 함께.

사람 보는 눈을 더 길러야겠다고 반성하며 나는 돌아섰다.

진실은 간단했다.

최칠현이 박차연의 명의를 도용해 핸드폰을 하나 더 개통한 것이다.

어쨌든 이 번호를 계속 추적해 나가다 보면 언젠가는 꼬리를 밟을 수 있다.

최칠현이 처음으로 남긴 흔적 앞에 나는 흥분할 수밖에 없었다.

*

통신 영장이 발부됐다.

그렇다는 말은 중노동이 시작됐다는 뜻이었다.

한편으로는 최칠현에게 한 발 더 다가갔다는 의미이기도
했다.

통신 영장을 발부받으면 해당 번호로 발신한 전화나 수신한
전화 모두 알 수가 있다.

그걸 알아내고 나면 일일이 대조 작업에 들어간다.

혹시 몇 번 겹치는 번호가 있으면 거기가 바로 공략 지점이
된다.

최칠현은 실로 용의주도했다.

자기 번호가 추적당할지도 모른다는 사실을 알고는 아주 잠
깐 전화기를 켰다가 다시 끄기를 반복했다.

그것도 속초 전역을 돌아다니면서 그 짓을 했다.

속초를 벗어나지 않았을 거라는 내 예상은 맞았지만 이처럼
자주 거처를 옮길 줄은 몰랐다.

놈은 속초 구석구석을 돌며 도대체 뭘 하는 걸까?

이제는 너무 많은 흔적을 남기고 다녔는데 그래서 오히려
더 혼란을 불러일으켰다.

일정한 패턴이 없는 이동 경로를 보고 있자면 이놈이 일부

러 이러는 게 아닐지 싶어질 정도였다.

한 번은 동명동, 그것도 검찰청과 아주 가까운 거리에서 신호가 잡혔다.

최칠현이 전화기를 켠 것이다.

나는 도수와 함께 그곳으로 거의 날 듯이 찾아갔다.

재개발 구역으로 확정된 곳에 여태 남아 있는 낡고 지저분한 여인숙이었다.

"혹시 이 남자 본 적 없습니까?"

도수가 최칠현의 사진을 주인에게 보여주는 사이 나는 무작정 2층으로 뛰어 올라갔다.

다시 확인했지만 이미 신호는 사라진 상태였다.

2층에는 복도 양옆으로 10개 정도의 방이 있었다.

무작정 방문을 열고 들어갈 수는 없는 노릇이었다.

그때 도수가 숨을 헐떡이며 올라왔다.

"수사관님, 주인이 그러는데 이미 퇴실했답니다."

"젠장!"

화가 치밀었지만, 어찌할 도리가 없었다.

나는 숨을 길게 내쉬며 화를 가라앉힌 후 다시 사무실로 돌아왔다.

나를 기다리고 있는 것은 최칠현의 통화 목록이었다.

첫 번 목록보다 훨씬 양은 적었지만, 대신에 한 가지 뚜렷한 수확이 있었다.

동일 번호가 있었다.

3화 ― 흔적 없는 사나이(2)

최칠현은 자신의 핸드폰으로 어떤 상대를 향해 하루에 한 번에서 사나흘에 한 번 정도 꼭 전화했다.

나는 최칠현과 긴밀하게 연락한 이 번호에 대해 통신 영장을 또 청구했다.

사실 숨어 버린 누군가를 찾는 데는 속도 중요하고, 운도 중요하고, 발로 뛰는 것도 중요하지만 무엇보다 끈기가 중요하다.

끈기가 없으면 이 짓을 할 수가 없다.

얼마 후 최칠현이 여러 차례 전화를 건 그 번호에 대한 모든 걸 알 수 있었다.

번호를 사용하는 사람의 이름은 이현미.

이건 뭐, 바로 짐작할 수 있었다.

애인이다!

도망치던 중에 애인이 생긴 건지, 아니면 그전부터 만나왔는데 우리가 놓친 건지는 모르겠지만 이렇게 자주 연락하는 이상 애인이 아니라는 게 이상할 정도였다.

통화는 언제나 2분 안쪽으로 끝이 났다.

연인과의 대화 시간으로는 짧다는 느낌이 들기도 했지만, 도망자에게 그 이상은 사치일 것도 같았다.

나는 새롭게 등장한 이 번호의 위치 추적을 시작했다.

이현미는 24시간 핸드폰을 켜놓는 아주 착실하고 성실하며 수사관으로서 이보다 좋을 수 없는 상대였다.

나는 이현미를 직접 찾아갔다.

그렇다고 무작정 모습을 드러내지는 않고 적당히 거리를 둔 채 미행을 계속했다.

이현미는 중앙동의 빌라에 살았는데 직업을 짐작할 수 없을 정도로 매일 움직이는 시간과 장소가 달랐다.

어떤 때는 밤늦게 나가서 여관촌을 전전할 때도 있고, 어떤 때는 아침 일찍부터 출발해 수시로 통화를 하며 속초 전역을 돌아다닐 때도 있었다.

나는 그 모습을 보며 기시감을 느꼈다.

최칠현 역시 이런 식으로 움직였다.

이 정도면 거의 확실했다.

비록 요 얼마 간은 최칠현이 이현미와 통화한 기록이 없었지만 그건 문제가 되지 않았다.

둘은 서로를 알고 있었다.

나는 이현미가 갑자기 사라지기 전에 다가가야 한다는 느낌을 받았다.

일주일간의 미행을 접고 이현미 앞에 직접 나타난 건 그 때문이었다.

이현미는 내가 명함을 내밀자, 가짜인 게 분명한 명품 선글라스를 벗고 몇 번이나 확인했다.

"수사관……. 그런데 왜?"

이현미는 분명 검찰수사관이 뭐하는 존재인지 모르는 눈치였다. 대부분 사람이 그렇듯.

"최칠현과 무슨 사입니까?"

나는 핵심으로 바로 들어가는 걸 좋아한다.

그래야 상대방이 당황하기 때문이다.

"그게 누군데요?"

이현미는 전혀 당황하지 않고 되물었다. 거짓말을 하는 것 같지는 않았다.

아니, 섣불리 믿으면 안 되니 나는 재차 확인했다.

"거의 매일 통화를 했는데 최칠현을 모른다는 게 말이 됩니까?"

"그 사람 번호가 어떻게 되는데요?"

나는 최칠현이 현재 사용하는 번호를 말해 줬다.

그러자 이현미의 표정이 대번에 바뀌었다.

"아! 그 인간."

"아는 사이 맞죠?"

"알긴 아는데 진짜 아는 건 아니에요."

"그건 또 뭔 소립니까?"

"통화만 한 거지 이름이며 생긴 건 전혀 모른다고요."

"그러면 왜 그렇게 전화를 자주……."

"수사관님, 제 직업이 뭔지 아세요?"

안 그래도 그걸 알 수 없어 답답하던 참이었다.

"제가 여관 중개업자예요. 다른 말로 하면 삐끼. 최칠현인가 뭔가 하는 그 남자는 제게 빈방이 있는지 수시로 물었어요. 제가 확인해 보고 어디에 빈방이 있다고 하면 거리는 상관하지 않고 거기로 가는 것 같더라고요. 그래서 뭔가 사연이 있다는 생각은 했지. 그런데 검찰에서 잡으러 다니는 사람인 줄은 몰랐네."

그제야 모든 게 이해됐다.

최칠현은 자신의 흔적을 남기지 않으려고 거의 매일 숙소를 바꾸는 치밀함을 보였다.

나는 다시 물었다.

"그러면 제일 최근에는 어디에 소개를 해 줬습니까?"

"최근엔 통화를 안 했어요. 마지막으로 한 게 일주일 전이었나? 이제 자긴 친구 집에 같이 살기로 했다며 그동안 고마웠다고 하던걸요."

친구 집?

퍼뜩 머릿속을 스쳐 지나가는 뭔가가 있었다.

"나중에 또 부를지 몰라요!"

나는 이현미에게 말한 후 달렸다.

도수가 기다리는 차를 향해서.

차에 올라타자마자 나는 외쳤다.

"도수야, 등대 해수욕장!"

흔적 없는 사나이(3)

촉이 왔다!

최칠현에게 사회 친구는 남아 있지 않다.

그런 인간관계조차도 샅샅이 뒤지는 게 검찰수사관이 할 일이었다.

그런데 놈은 굳이 '친구'라는 단어를 사용했다.

최칠현이 친구라고 부를 수 있는 존재가 누굴까 생각해 보면 바로 떠오르는 이름이 있었다.

박차연.

나는 필사적으로 기억을 더듬었다.

현관문이 열리던 순간 봤던 그 운동화 두 켤레.

그게 께름칙했다.

어디가?

왜 께름칙했냐고?

나를 향해 계속해서 다그치다가 마침내 해답을 찾았다.

기억해 낸 것이다.

"운동화 사이즈가 달랐어!"

나는 버럭 소리를 질렀다.

"아이고, 깜짝이야! 수사관님 그것 좀 하지 마세요."

도수가 우는 소리를 했다.

"뭐?"

"그렇게 갑자기 소리를 지르는 거요!"

"그러면 영감이 떠오르는 걸 어떻게 해. 너 그 이야기 몰라? 목욕하다가 갑자기 답이 떠올라서 유레카하고 외쳤다는 이야기."

"하여간 말로는 못 이기겠어."

도수는 혼잣말로 중얼거렸다.

티격태격하는 사이 저만치 등대가 보였다.

거의 다 온 것이다.

우리는 지난번처럼 주차하고 같이 내렸다.

그러고는 둘 다 기지개를 켰다.

"어떤 방법으로 가실 거예요? 정공법? 아니면 잠복?"

도수의 질문에 나는 다시 고민에 빠졌다.

감히 수사관을 속인 박차연을 떠올리면 화가 났지만 그렇다고 정공법, 그러니까 바로 쳐들어가는 걸 선택하기는 좀 무리였다.

만에 하나 최칠현이 말한 친구가 박차연이 아니라면 그것

4화 — 흔적 없는 사나이(3)

또한 망신당할 일이기 때문이었다.

"잠복."

내가 대답했다.

도수는 그럴 줄 알았다는 듯 해수욕장 편의점을 향해 걸어 갔다.

"차에서 기다리고 계세요. 먹을 거 사서 잠복하기 좋은 위치로 이동하죠."

나는 알겠다고 고개를 끄덕여 보인 후 차 문을 열었다.

그때였다.

내 시야에 아슬아슬하게 걸리며 누군가가 해수욕장을 지나 골목으로 걸어 들어갔다.

나는 재빨리 고개를 돌렸다.

운을 얼마나 믿는가?

나는 로또 한 장 안 사는 사람이지만 적어도 수사에 있어선 운도 무시할 수 없는 요소라는 걸 잘 알고 있다.

경찰은 물론이고 검찰수사관들 역시 자신이 잡으려는 상대와 운 좋게 마주쳐 검거에 성공한 사례가 꽤 많다.

물론 그것도 역시 도망자에 근접해 있었기에 가능한 일이지만 어쨌든 운이라는 요소를 배제할 수는 없다.

잡는 쪽에선 운이 좋고, 잡히는 쪽에선 운이 나쁜 것.

나는 그게 하나님이 설계한 인과응보의 법칙이라 생각한다.

*

언뜻 스쳐 지나갔지만 분명 최칠현이었다.

작은 키에 비해 다부진 체격 하며 폭삭 상한 얼굴까지 사진에서 본 것과 똑같았다.

도수를 기다릴 새가 없었다.

나는 서둘러 놈의 뒤를 쫓았다.

최칠현은 역시 박차연의 집 쪽으로 가고 있었다.

이대로 계속 따라가기만 하면 나중에는 둘을 동시에 상대해야 하는 상황에 빠질지도 모른다.

최칠현 하나만 상대해도 버거울지 모르니 여기서 결판을 내는 게 좋을 것 같았다.

그런데 한 가지 걸리는 게 있었다.

최칠현 역시 검은 비닐봉지를 들고 있었다.

이건 뭐 도망자들 사이에서 유행하는 것도 아니고 다들 왜 비닐봉지, 그것도 검은색을 들고 다니는지 모르겠다.

뭐, 궁금하면 직접 물어보는 수밖에.

"최칠현 씨, 손에 든 그거 뭡니까?"

나는 다짜고짜 큰소리로 물었다.

놈은 움찔하며 멈춰 서더니 슬쩍 뒤를 돌아봤다.

매서운 눈빛이었다.

살기 위해서라면 무슨 짓이라도 다 할 것 같은 눈빛.

나도 잡기 위해서라면 무슨 짓이든 다 할 준비가 돼 있었다.

잠시 눈빛 교환이 있고 난 후 최칠현이 말했다.

4화 ─ 흔적 없는 사나이(3)

"잘도 찾아왔네."

"날 보면 다들 그 말부터 하지. 시끄럽게 하지 말고 순순히 갑시다, 순순히."

내 말이 무색하게 놈은 비닐봉지를 내려놓고 달려들 준비를 하고 있었다.

하아.

나는 속으로 한숨을 쉬었다.

아내가 싸우지 말라고 했는데.

싸우다가 다치면 같은 침대에서 잘 생각도 하지 말라고 했는데.

어쩔 수 없었다.

나는 양손을 앞으로 내밀고 방어 자세를 취했다.

최칠현은 손가락 관절을 꺾으며 다가왔다.

"내가 만만해 보이냐?"

진짜로 궁금해서 물었다.

어딜 가서 만만한 취급 받을 정도의 외모는 아니기 때문이었다.

최칠현은 대답 대신 주먹부터 날렸다.

빠르고 힘 있는 주먹이었지만 아마추어의 솜씨에 지나지 않았다.

늦은 밤 자기보다 작고 약한 사람만 노려 뒤통수부터 때리는 비겁한 주먹.

나는 슬쩍 몸을 틀어 주먹을 흘려보낸 뒤 품 안으로 들어온 놈의 팔을 잡고 그대로 엎어치기를 했다.

쿵!

머리가 박살 날까 봐 마지막에 살짝 잡아 주기는 했지만 제법 큰소리가 났다.

그것으로 끝이었다.

최칠현은 "헉"하며 숨을 몰아쉬더니 일어나지 못했다.

"내가 유도 좀 하거든."

놈을 향해 말했다.

마침 도수가 달려왔다.

나는 차를 가지고 오라는 신호를 보낸 후 최칠현을 일으켜 세웠다.

"박차연이 숨겨준 거야?"

내가 물었다.

"아니요. 협박해서 반강제로 얹혀살고 있었습니다. 돈이 다 떨어져서."

"내가 박차연 찾아갔을 때 혹시?"

"네. 그때 집 안에 있었습니다. 여차하면 뛰쳐나가려고 식칼 들고."

순간 등골에 식은땀이 흘렀다.

나는 경찰서에 연락해 도움을 요청했다.

경찰은 박차연을 경찰서로 데려가 사실관계를 확인했다.

어쨌든 도망자를 숨겨준 죗값은 받아야 하니까.

나는 최칠현을 데리고 차에 올랐다.

"수고하셨습니다."

도수가 룸미러로 힐끗 나를 보며 말했다.

"이번에는 진짜 수고했다. 어휴."

그렇게 말하며 최칠현 쪽을 보니 고개를 푹 숙이고 있었다.

"미꾸라지처럼 도망다니는 건 어디서 배웠어?"

나는 으레 교도소에서 배웠다는 답이 나올 거로 생각했는데 전혀 아니었다.

"미드요."

"미드? 미국 드라마?"

"네. 거기 보면 방법들이 다 나와서 나도 한 번 써먹자 했죠."

"하아, 이젠 미드도 모니터해야 하나."

헛웃음이 나왔다.

어쨌든, 놈을 잡아서 큰 짐을 내려놓은 것 같았다.

문득 궁금한 게 또 하나 떠올랐다.

"아까 그 검은 비닐봉지. 거기에 뭐가 들어 있었어? 혹시 두부?"

"아뇨. 생미역이요. 저녁에 미역쌈 먹으려고 했거든요."

나는 이런 말을 들을 때마다 묘한 기분에 사로잡힌다.

자유형 미집행자들, 그러니까 형을 집행할 수 없게 도망을 가 버린 최칠현 같은 이들조차 지극히 평범한 일상을 보낸다.

그런데 그걸 아는가?

이런 놈들에게 당한 피해자는 일상 자체가 파괴되었다는 걸.

경찰은 무죄일 수도 있고, 유죄일 수도 있는 자의 뒤를 쫓는다.

하지만 검찰수사관은 다르다.

이미 형이 확정된 자들을 추적해 마땅히 있어야 할 곳으로 데려간다. 바로 교도소다.

그렇기에 큰 책임감과 동시에 잡고 싶다는, 꼭 잡아넣고 싶다는 불타는 욕망을 느낀다.

잘못을 저질렀으면 죗값을 치러야 하는 게 세상 이치이니까.

"미역쌈 좋지."

나는 씁쓸한 마음을 감춘 채 그렇게 대답하고는 입을 다물었다.

최칠현을 강릉 교도소에 넘기고는 퇴근했다.

도수가 축하주라도 해야 하는 게 아니냐고 물었다.

"됐다. 오늘은 일찍 집에 가려고."

"엥? 왜요?"

"우리 안주인께서 얼굴 까먹을 것 같으니까, 오늘은 꼭 들어오라고 했거든. 그리고 나 미역쌈 먹고 싶어서. 미역쌈 해서 아내랑 저녁 먹을 거야."

"오! 역시 애처가네요."

도수의 말에 나는 픽 웃었다.

"애처가는 무슨. 그 사람, 나를 사람 만들어줬으니 내가 최선을 다하는 게 당연한 거야."

4화 ─ 흔적 없는 사나이(3)

그 말 그대로였다.

나를 검찰수사관으로 만들어 준 이는 바로 아내였다.

아내가 아니었다면 나도 최칠현과 비슷한 삶을 살았을지 모른다.

*

젊었을 적 나는 마을 건달과 어울려 다니지 않을 뿐 미래도 없고 그렇다고 백이 든든한 것도 아니었다.

대부분 친구가 그랬듯이 나도 공장에 들어가거나 자동차 정비 쪽으로 빠지거나 두 가지 중 하나를 골라야 했다.

그 당시 나는 지금의 아내와 사귀고 있었다.

아내는 똑똑하고 열정적이며 추진력이 엄청난 사람이었다.

반면 그때의 나는 여전히 노는 게 좋고 친구들과 어울리는 데 대부분 시간을 보내는 철부지였다.

그런 나에게 아내, 아니 당시 여자친구는 이렇게 말했다.

"검찰수사관을 뽑는대. 그 시험에 한 번 도전해 봐."

"검찰…… 뭐?"

당시 나는 검찰수사관이라는 직업이 있다는 사실도 몰랐다.

"검찰수사관. 공무원이야. 검찰청에서 일하고."

아내는 제법 많은 정보를 가지고 있었다.

"에이, 시험이 뭐 애들 장난감 이름도 아니고 나 같은 사람이 붙을 정도로 쉽겠냐?"

"어렵지. 근데 할 수 있을 거야."

여자친구는 진지한 표정이었다.

농담이 아닌 듯했다.

덩달아 나도 진지해졌고, 여자친구 말에 점점 설득당했다.

검찰수사관에 대해 모르는 사람이 많고, 그러니 경쟁력이 그리 높지 않을 거고, 정신 차리고 공부만 열심히 한다면 충분히 붙을 수 있다는 게 여자친구의 주장이었다.

나는 '정신 차리고'와 '공부'가 마음에 걸리기는 했지만 일단 도전해 보겠노라 대답했다.

지금도 그렇지만 그 옛날의 나는 요령이란 걸 몰랐다.

적어도 한번 결심한 일은 끝까지 해내는 편이었다.

검찰수사관 시험을 준비할 때도 마찬가지였다.

나는 그야말로 우직하게 책 속 내용을 달달 외웠다.

물론, 모든 걸 다 외우지는 못했고 그 탓인지 시험에서 떨어져 버렸다.

"거 봐. 나랑 공부는 안 맞는다니까."

떨어진 후 그렇게 말하자 여자친구는 고개를 갸우뚱하며 몹시 아쉬워했다.

"아…… 검찰수사관이란 직업이 딱 맞는데."

"넌 뭘 보고 내가 검찰수사관에 어울릴 거로 생각하는 거야?"

묻지 않을 수 없었다.

여자친구는 고민도 하지 않고 바로 대답했다.

"자기 할 일을 요령 피우지 않고 우직하게 해내는 게 검찰수
사관의 덕목이라 들었거든."

그 말을 듣고 보니 나도 내심 아까웠다.

조금만 더 열심히 공부할걸…….

하지만 어쩌겠는가.

이미 결과는 나왔는데.

그런데 놀라운 일이 벌어졌다.

상반기에 이어 하반기에도 검찰수사관을 모집한다는 공고
가 뜬 것이다.

내가 운이 좋았던 건지, 아니면 검찰수사관이 될 운명이었
던 건지 아무튼 새로운 기회가 왔고, 나는 다시 그걸 붙잡기 위
해 공부를 시작했다.

나중에 알고 보니 내가 응시했던 그해에 검찰수사관을 아주
많이 뽑으려고 했단다.

그래서 2차 시험이라는 기회가 생긴 것이었다.

다시 운명의 시간이 다가왔고, 나는 여자친구의 열렬한 응
원을 받으며 시험을 치렀다.

그리고…….

결국 합격했다.

여자친구는 나보다 더 기뻐했고, 그 모습을 본 나는 이 사람
과 평생을 함께 있고 싶다고 생각했다.

이 여자와 함께라면 내 인생이 빗나갈 일은 없겠구나, 하는
깨달음이 머릿속을 맴돌았다.

그 옛날, 여자친구의 제안이 아니었다면 지금의 검찰수사관 최수호는 아마 전혀 다른 일을 하며 살아갔을 것이다.

그래서 나는 지금도 자랑한다.

아내 덕 본 사람이라고.

나는 미집자를 잡고, 아내는 나를 꽉 잡고 있다.

수수께끼의 여인(1)

신체에 위해를 가하는 것도 큰 죄지만 사람에게 영원히 남는 고통을 주는 또 다른 범죄가 바로 사기다.

사기는 피해자의 마음은 물론이고 건강과 재산까지 앗아간다.

사기 피해를 보면 제일 먼저 원망하는 대상이 자기 자신이다.

내가 멍청해서 사기를 당했다고 생각하는 것이다.

이런 원망이 심해지면 자기 파괴로까지 이어지고 결국 건강은 물론이요 인생 전체를 망치게 된다.

나는 그런 사례를 몇 번이나 봤다.

친구 중에도 그런 놈이 한 명 있었다.

좋은 학교를 나와 대기업에 근무하던 똑똑한 녀석이었는데 억대 투자 사기를 당했다.

녀석의 말에 의하면 뭔가에 홀린 것 같았단다.

냉철하게 생각하면 말도 안 되는 이야긴데 그때는 그게 정말로 황금알을 낳아 줄 것만 같더란다.

"내가 미쳤지. 수호야, 내가 미쳤어. 내가."

사기를 당한 후 친구는 그 말을 입에 달고 살았다.

사기꾼은 끝내 잡히지 않았고 친구는 끝내 정신을 놓아 버렸다.

사람을 직접 때리거나 죽이거나 하는 게 꼭 강력 범죄인 것은 아니다.

한 사람의 인생을 망치게 했다면 그것이 곧 강력 범죄다.

그런 점에서 보자면 이번에 잡아넣어야 하는 유미형도 아주 악질이다.

사기로 징역형을 선고받았는데 그 대상이 대부분 노인들이었다.

치매에 특효인 신약을 개발하게 되었는데 개발 단계에서 투자하면 나중에 몇 십 배로 이득을 챙겨 갈 수 있다고 사기를 친것이다.

거기에 속은 노인이 무려 서른두 명이나 되었다.

그중의 몇 명은 자식들 돈을 투자했고, 또 몇 명은 노후 자금 전부를 쏟아부었다.

신약 개발은 말짱 거짓말이었고, 자신을 제약 회사의 연구원이라 소개했던 유미형은 약국 계산대에서 일한 게 경력의 전부였다.

"근데 이 여자가 진짜 존재하긴 하나요?"

후배 수사관인 민형식이 유미형의 사진을 들여다보며 물었다.

유미형은 재판 중에 도망친 뒤 6개월째 잡히지 않고 있다.

결국 내가 수사 지원 형식으로 투입돼 민형식과 같이 추적하게 되었다.

"존재하는 거야 맞을 텐데 사기 치는 솜씨만큼 숨는 솜씨도 뛰어난 거겠지."

민형식은 답답한 듯 한숨을 쉬었다.

나는 이 초보 수사관이 어떤 심정일지 너무나도 잘 알았다.

검찰수사관은 가능한 모든 방법을 동원해 자유형 미집행자의 뒤를 쫓는다.

하지만 우리나라는 은근히 넓다. 핸드폰이고 뭐고 다 끊고 시골 어디 구석에 처박혀 버리면 찾을 방법이 없다.

물론 그런 것까지 다 계산해서 추적하는 일이 검찰수사관의 임무지만 한 사람을 6개월 동안 쫓아도 잡지 못할 때면 이런 생각이 들기 마련이다.

내가 뒤를 쫓는 게 유령은 아닐까?

민형식도 같은 생각을 하고 있으리라.

게다가 선배가 지원을 왔으니 더 초조할 터.

나는 후배의 긴장을 좀 풀어 주고 싶었다.

"자네는 어쩌다 검찰수사관이 된 거야? 나는 어쩌다 보니 등 떠밀려서 됐거든."

내 말에 민형식이 피식 웃었다.

"에이, 선배님. 말도 안 됩니다. 등 떠밀려 수사관 되는 사람이 어디 있습니까?"

"어허, 정말이라니까. 내가 학창 시절 동안 받은 상이 딱 세 개야."

"뭔데요?"

"초중고 개근상. 공부를 지지리 못했거든. 성적으로는 내세울 게 없었다는 거지."

"그런데 어떻게 수사관 시험을……."

민형식은 의아하다는 표정을 지었다.

검찰수사관 시험은 어려운 것은 물론이고 일반인들이 잘 알지도 못한다.

추적 중에 검찰에서 나왔다고 하면 백이면 백 '검사 선생님'인 줄 안다.

내가 검사가 아니라 검찰수사관이라고 하면 그때부터는 대하는 태도가 달라진다. 거의 사기꾼 취급을 하는 것이다. 그런 직업이 어디 있느냐며.

"대학교 3학년 땐가 취업도 막막하고 해서 고향에 내려가 자동차 정비 기술을 배우려고 했거든. 그런데 그때 사귀던 애인이 검찰수사관 시험을 보라고 닦달을 했지."

"와! 그분 아니었으면 지금의 선배는 없는 거네요?"

"그렇지. 게다가 하필이면 수사관 많이 뽑는 해에 시험을 쳐서 합격한 거야. 거의 뭐, 운이었지. 그래도 일등공신은 그 여자야. 그때 내 등을 안 밀어줬다면 난 높은 확률로 백수건달이 됐을 텐데. 흐흐."

"그 여자분과는 그럼?"

민형식이 조심스레 물었다.

"그럼은 무슨 그럼이야. 그 여자가 지금 내 아내인데. 그래서 내가 지금도 아내한테 꼼짝을 못 해요. 은인한테 대들 수가 있나? 안 그래? 내가 검찰총장님보다 무서워하는 사람이 바로 아내라고. 하하."

내가 웃자, 민형식도 따라 웃었다. 그러고는 입을 열었다.

"저는 사회 정의와…….."

"야! 어디서 말도 안 되는 거짓말을……. 너도 누가 시켜서 한 거지?"

내 말에 민형식은 순간 당황한 표정을 짓더니 다시 크게 웃었다.

"하하. 그러네요. 저도 부모님이 추천하셔서 시험을 봤으니까."

"난 진짜 아무 생각 없이 수사관이 됐거든. 그런데 신기하게도 사회 정의를 지키고 싶다는 생각이 드는 거야. 이 일을 하면 할수록."

"그렇죠? 저도 그렇습니다. 선배님. 미집자들, 정말 잡아넣고 싶어요. 이 사람들은 그야말로 유죄가 확정된 거잖아요. 그런데도 자유를 누리고 있으면서 잠재적으로 사회에 위협이 될지도 모른다고 생각하니 너무 잡고 싶은 거예요!"

정의롭고 순수한 친구였다. 나는 민형식이 마음에 들었다.

"그럼 잡자고. 우선 이 여자부터 잡으면 되겠네."

내가 말했다.

"어떻게 하면 잡을 수 있을까요?"

민형식이 상체를 앞으로 쑥 내밀며 물었다.

"그림자를 쫓지 말고 본체를 쫓아야겠지."

"그림자라……."

민형식이 생각에 잠겨 있는 동안 나는 조사 자료를 다시 읽었다.

본업이 사기꾼이니만큼 유미형은 수많은 다른 인물이 되어 활동했다.

가짜 신분증도 여러 개였고 대포폰도 몇 개나 사용했다.

조사를 통해 확실하게 알 수 있는 건 본명과 출생 일자 정도가 전부였다.

나머지는 다 거짓말이라 보면 될 정도로 유미형은 수많은 그림자를 달고 있었다.

아예 흔적이 없는 것도 찾기 힘들지만 이렇게 가짜 흔적이 널려 있는 경우도 꽤 골치가 아프다.

"역시 그 방법을 사용할 수밖에 없겠어."

"그 방법이라니요?"

내 말에 민형식은 즉각 반응했다.

"내키진 않지만, 가족을 건드리는 거지."

죄 없는 가족까지 추적에 연루되게 만드는 걸 나는 싫어했다.

이왕이면 깔끔하게 해결하고 싶었다.

물론 도망자를 검거하기 위해서는 나도 진흙탕을 굴러야 한다.

누가 이기는지 한번 해보는 거다.

"그럼 가족들 통신 영장을 청구할까요?"

민형식이 물었다.

"그래. 보니까 오빠랑 엄마가 있네. 이 두 사람…… 잠깐!"

나는 유미형의 가족 사항을 다시 들여다봤다.

"왜요?"

"한 번 결혼했었네. 전남편 연락처도 있고."

"전남편은 저도 만나봤는데 자기도 사기 결혼에 당한 거라며 화만 내더라고요."

민형식이 말했다.

"그런데 둘 사이에 애가 있잖아. 심지어 양육권은 유미형이 가지고 있고."

"네, 맞아요."

"그러면 이 전남편을 한 번 더 파 보자."

나는 의자에서 벌떡 일어났다.

"무슨 일로?"

민형식은 고개를 갸우뚱했다.

"그 남자, 전 부인은 몰라도 애하고는 연락을 하고 있을지도 몰라. 자식이란 그런 존재거든."

*

전남편은 일용직 막노동자로 강원도 일대를 전전하며 살았다.

지금은 강릉에 있었다.

나와 민형식은 미리 연락하지 않고 찾아가기로 했다.

혹 만나지 못한다 해도 미리 연락해서 상대방이 대책을 세우게 만드는 것보다는 낫다.

기다리는 거야 뭐, 우리 주 업무니까.

민형식은 나와 조금은 가까워졌다고 생각했는지 운전을 하는 내내 여러 이야기를 했다.

"선배님, 요즘 강원도 쪽 조폭 움직임이 심상치 않다는 거 들으셨어요?"

"그래? 새로운 사업이라도 벌이는 건가?"

나는 워낙에 내 일에만 관심을 두는 편이라 다른 사건은 거의 모르고 살았다.

"저도 이두산 검사님께 들었는데요, 명동 기획파라고 근래 부쩍 세력을 넓히더니 이제는 거의 전국구가 됐대요. 그러면서 숙청 비슷한 걸 대대적으로 하나 봐요."

"이야, 그거 영화 같은 이야기네. 우린 사기꾼 전남편 만나

5화 ─ 수수께끼의 여인(1)

러 가는데."

내가 농담을 던지자 민형식도 쿡쿡 웃었다.

"우리 일도 다른 사람이 봤다면 충분히 영화 같다고 할걸요?"

하긴, 형을 받아 놓고 도망간 사람의 뒤를 쫓는다는 것도 일반적이지는 않지.

오후가 조금 넘어 강릉에 도착했다.

"곧장 그 친구 집으로 가 보지."

내 말에 민형식은 고개를 갸우뚱했다.

"지금은 일하러 가지 않았을까요?"

"아마 아닐 거야. 오늘 아침 일찍부터 비가 좀 왔잖아. 지금도 잔뜩 흐리고. 이런 날에는 보통 막노동도 쉬는 경우가 많아."

하늘은 금방이라도 또 비를 쏟아낼 듯 잔뜩 찌푸리고 있었고, 내 예상은 보기 좋게 맞았다.

유미형의 전남편, 남유명은 작은 원룸에서 짧은 반바지만 입은 채 머리는 마구 헝클어진 상태로 문을 열어 줬다.

아마 택배 정도로 여긴 것 같았다.

나는 문이 열리자마자 발을 집어넣어 남유명이 닫지 못하게 막았다.

"뭡니까?"

남유명이 얼굴을 잔뜩 찡그린 채 물었다.

그의 시선은 안면이 있는 민형식에게로 향했다.

"검찰에서 나왔습니다. 협조 좀 해주십시오."

나는 최대한 부드럽게 말했다. 검찰이라고 하면 일단 의심부터 하고 보고, 설령 의심하지 않는다 하더라도 곱지 않은 시선으로 보는 게 현실이었다.

옛날처럼 강압적으로 나갔다가는 아무것도 얻지 못한다.

"검찰인 건 알겠는데요, 왜 자꾸 귀찮게 합니까? 전 걔 연락처도 모르고 죽었는지 살았는지 관심도 없어요. 걔가 저지른 사건이랑은 더더욱 상관도 없고요!"

남유명이 빠르게 말했다.

"다시 찾아온 건 죄송한데 오늘은 이분께서 궁금한 게 있다고 하셔서."

민형식이 적절하게 끼어들었다.

"맞습니다. 남유명 씨께서 이번 사건과 관련이 없다는 건 무엇보다 저희가 제일 잘 알죠. 저희들은 단지 유미형 씨의 행방이 궁금할 뿐입니다."

내가 차분하게 덧붙였다.

"내가요, 걔 때문에 알거지가 된 사람이에요. 그러니 일부러 걔를 감싸고 숨겨 주고 할 게 없단 말이에요. 모릅니다. 막말로 어떤 놈한테 또 무슨 사기를 치고 있는지 알게 뭡니까?"

남유명은 완강했다. 이렇게까지 나온다면 더 질문할 거리도 없다. 아마 다른 사람이라면 백이면 백 그냥 돌아설 것이다.

하지만 나는 아니다.

내가 누군가?

한번 물면 절대 놓지 않는 핏불테리어 아닌가.

나는 남유명이 대비할 틈을 주지 않고 바로 질문의 방향을 바꿨다.

지금까지 직구였다면 이번에는 커브를 던진 것이다.

"두 분 사이에 아들이 있는 거로 알고 있습니다. 이름이?"

순간 남유명의 표정이 바뀌었다. 잔뜩 긴장한 얼굴이 조금은 풀어진 것이다.

"민수. 남민수요. 근데 그건 갑자기 왜……."

"민수군요. 이름 좋네요. 민수가 지금 몇 학년이죠?"

"5학년이요."

"많이 보고 싶으시겠습니다."

이혼할 당시 무직이었던 남유명은 유미형에게 양육권을 뺏겼다.

남유명의 주장, 전 부인이 어디에 사는지 모른다는 게 사실이라면 아들 역시 행방을 모른다는 말이 된다.

"그거야 당연하죠. 그래서……."

나는 남유명이 말을 삼키는 그 순간을 놓치지 않았다.

"민수는 지금 엄마와 함께 도망 중인 겁니다. 그 생활이 편하지만은 않을 거예요."

실제로 그렇다.

도망자의 삶은 고되다. 핸드폰도 마음대로 못 쓰고 외출도 최대한 자제해야 한다. 그야말로 사회로부터 고립되는 것이다.

그 고립이 길어질수록 정신적으로도 육체적으로도 힘이 드는 건 당연한 일이다.

"그건 생각을 못 했네요."

남유명의 목소리가 착 가라앉았다.

"저는 도망 다니는 사람을 찾는 게 주된 임무이기는 하지만 그걸 단순히 추적이나 체포라고 생각하지 않습니다. 오히려 짐을 덜어 주는 일이라고 생각합니다. 평생을 도망다닐 수는 없습니다. 오히려 빨리 잡히는 게 유미형 씨는 물론이고 민수에게도 큰 도움이 될 겁니다."

나는 진심을 다해 말했다.

남유명의 눈빛이 흔들렸다.

"그게 저……."

5화 — 수수께끼의 여인(1)

수수께끼의 여인(2)

이제는 다시 직구를 던질 차례였다. 그것도 돌직구를.

"민수, 연락처 알고 계시죠?"

남유명은 바로 대답하지 않았다. 하지만 고개를 푹 숙인 채 발만 바라보고 있었다.

사실상 시인한 것이나 다름없었다.

"맞으면······."

민형식이 말하려는 걸 나는 말렸다.

지금 남유명에게 필요한 건 시간이었다.

머릿속의 이성이 충분히 그 능력을 발휘해 설득할 수 있는 시간.

유미형이 잡히면 자연스레 민수 역시 자신과 함께 살게 될 것이다.

아들 걱정에 더 이상 마음 졸일 필요가 없는 것이다.

"얼마 전까진 연락이 됐어요. 그런데 지금은 핸드폰이 꺼져 있더라고요."

이윽고 남유명이 입을 열었다.

"걱정되시겠군요."

내가 말했다.

"하아, 솔직히 말씀드리면 걱정돼 미치겠습니다. 안 그래도 통화 할 때마다 목소리가 안 좋아서 신경이 쓰였는데……."

"혹시 통화하면서 어디에 산다, 뭐 이런 이야기는 안 했습니까?"

"했죠. 했어요. 구리라고 하더군요. 그게 제가 아는 유일한 사실입니다. 이제는 더 숨길 것도 없어요."

남유명은 완전히 전의를 상실한 듯 어깨를 축 늘어뜨렸다. 거기에는 아들을 진심으로 걱정하는 아빠만이 존재할 뿐이었다.

"감사합니다! 큰 도움이 되었습니다. 이제는 저희가 최선을 다하겠습니다."

내가 고개를 숙이며 말했다. 거기에 대고 남유명이 한 마디를 남겼다.

"부탁이 있습니다. 우리 민수 놀라지 않게 해주세요."

나와 민형식은 동시에 고개를 끄덕였다.

우리는 민수의 연락처를 받아서 원룸을 나왔다.

민형식은 아주 흥분한 듯했다.

"와! 진짜 감탄했습니다. 선배님 정말 대단하시네요!"

6화 — 수수께끼의 여인(2)

나는 이런 칭찬에 약하다. 그래서 재빨리 화제를 돌렸다.

"구리라는 건 알았는데 어느 지역일지는 민수 핸드폰 발신지를 파악해서……."

"알 것 같습니다!"

민형식이 눈을 빛내며 말했다.

"구리 어디쯤인지 안다고?"

"네. 유미형의 오빠가 바로 구리에 살거든요. 구리시 갈매동. 아마 유미형도 그 동네 근처를 크게 벗어나진 않았을 겁니다."

충분히 짐작 가능한 일이었다.

"좋았어. 오늘은 늦었으니까 내일 아침에 구리로 가 보자고."

"긴 여행이 되겠네요."

"수확만 있으면 아무리 멀어도 다녀올 만하지."

나는 주먹을 불끈 쥐었다.

수수께끼의 여인이 바야흐로 모습을 드러내려 하고 있었다.

그때는 미처 몰랐다.

예상치 못한 변수가 우리를 기다리고 있음을.

*

거짓말하는 사람의 특징이 뭔지 아는가?

마른침을 삼킨다는 둥 여러 분석법이 있지만, 나만의 구분

법은 따로 있다.

거짓말을 하면 말이 빨라진다. 자기 말의 허점을 들키지 않으려다 보니 쓸데없이 말만 빨라지는 것이다.

반대로 진실을 말할 때는 평균 속도 내지는 조금 더 느리게 이야기한다.

남유명은 어땠더라?

자려고 막 자리에 누웠던 그때 하필이면 그런 생각이 떠올랐다.

께름칙했던 무언가가 무의식 속에 남아 있다가 그 시간에 퍼뜩 수면 위로 떠오른 것이다.

남유명은…… 말이 빨랐다.

특히 전 부인과의 연락에 대해 이야기할 때 그랬다.

나는 침대에서 벌떡 일어났다.

같이 누워 있던 아내가 놀라서 나를 바라봤다.

"갑자기 왜 그래?"

"전화 좀 해야겠어."

"그런 건 천천히 일어나도 되잖아!"

"미안. 아무래도 내가 실수를 한 것 같거든."

나는 그렇게 말한 후 핸드폰을 들고 거실로 나갔다.

숨을 한 번 가다듬은 후 남유명의 번호로 전화를 걸었다.

"지금 거신 번호는 없는……."

젠장!

보기 좋게 당했다.

6화 ─ 수수께끼의 여인(2)

나는 급한 마음을 간신히 누르며 민형식에게 전화했다.

"여보세요?"

민형식은 잠결에 전화를 받은 것 같았다.

"우리가 속았어!"

나는 목소리를 높였다.

"네? 누구한테 뭘 속은 건가요?"

민형식은 이제 완전히 잠이 깬 듯했다.

"남유명. 전 부인과 계속 연락을 하고 있었던 것 같아!"

"네?"

나는 자초지종을 설명했다. 남유명의 전화가 끊겼다는 말도 덧붙였다.

"그러면 어떻게 되는 거죠? 구리에 있다는 것도 다 거짓일까요?"

"아니. 그건 아니었어. 다만 우리한테 털어놓은 뒤 고민은 했을 거야. 그러다가 유미형에게 연락을 했겠지. 검찰에서 찾아갈 거라고."

"맞네요! 그러니까 잠수를 탄 거겠죠."

"골치 아프게 됐어. 이번에 놓치면 추적의 연결 고리가 끊어지거든."

난감했다.

그리고 초조했다. 기껏 그림자의 뒤를 밟았는데 해의 방향이 바뀔 상황에 놓였다.

"선배님, 그럼 지금이라도 출발할까요? 그럼 새벽에 도착하게 될 텐데 그때부터 다 훑어보는 겁니다. 유미형도 우리가 아침 일찍 올 거라고는 생각 못 할 테니까요."

"알았어. 운전원은 내가 섭외할 테니까 준비해서 빨리 검찰청으로 와."

나는 서둘러 전화를 끊고 안방으로 향했다.

아내가 옷가지와 가방 하나를 던져줬다.

"뭐야? 다 들었어?"

"그렇게 크게 통화하는데 다 듣지 그럼! 조심해서 다녀와."

"고마워. 역시 당신뿐이다. 흐흐."

나는 옷을 갈아입으며 실실 웃었다.

부부의 인연이랑 이토록 질기다.

미워해서 헤어진 사람들도 때론 서로를 위해 거짓말까지 하는 판이니까.

내가 아는 최고의 운전원, 도수에게 연락을 했다.

도수는 군말 없이 바로 알겠다고 했다.

우리는 새벽 2시에 모였다.

민형식은 연신 하품을 했다.

"남유명. 튄 게 확실해요. 그 원룸 관리인 연락처를 알아내서 전화를 했거든요. 확인 좀 해 달라고. 그랬더니 싹 비우고 도망갔대요."

"우선은 유미형을 잡고 남유명도 추적을 해야겠어."

범죄자의 도망을 돕는 것은 엄연히 범죄다.

남유명 역시 마땅히 죗값을 치러야 하는 것이다.

우리는 소나타에 탔다. 내가 뒷좌석에 타고 민형식이 조수석에 탔다. 운전은 당연히 도수의 몫이었다.

"자, 출발하겠습니다. 구리는 초행이고 하니 천천히 달린다 생각했을 때 2시간 반 정도 걸릴 겁니다."

도수는 그렇게 말한 후 시동을 걸었다.

"너무 피곤하면 중간에라도 쉬다 가지."

내 말에 도수는 씩 웃었다.

"걱정 마세요. 제가 또 수사관님처럼 강철 체력 아닙니까!"

강철 체력 도수가 운전하는 동안 나와 민형식은 대책 회의를 했다.

"일단 갈매동을 중심으로 추적을 해야겠죠?"

"그래. 그편이 확률이 높지. 다만 범위를 좁혀야 해."

"어떻게요?"

"상대는 여성이야. 그렇다면 여성이 자주 갈 만한 곳 위주로 탐문을 해보는 거야."

"아! 알겠습니다."

시간은 금방 흘러갔다. 더불어 피로도 한꺼번에 몰려왔다.

＊

우리는 새벽 5시쯤 목적지에 도착했다.

아직 탐문을 하기에는 너무 이른 시간이었다.

"일단 잠깐 쉬고 계세요. 제가 깨워 드릴게요."

도수가 말했다.

"아무래도 그게 좋겠어. 기약 없이 기다릴 순 없으니까."

민형식은 기다렸다는 듯 몸을 웅크리고 눈을 감았다.

나도 얼른 머리를 기댔다.

강릉에서 남유명과 만났던 게 불과 몇 시간 전이었던 것 같은데 지금은 경기도 구리에 와 있다.

수사관 인생도 참 기구하다는 생각을 하며 나는 잠에 빠져들었다.

*

다시 깨어난 것은 2시간 후였다. 도수는 그새 간단한 먹을거리까지 사 놓았다.

"와! 서비스 최고네요."

민형식이 기지개를 켜며 말했다.

"어서 먹고 한 바퀴 둘러보자고."

우리는 순식간에 먹을 걸 처리하고 밖으로 나갔다.

상쾌한 아침 공기에 정신이 맑아졌다.

어제만 해도 날이 흐렸는데 오늘은 쨍하게 맑은 날씨였다.

어딘가로 도망치기에 딱 좋은 날씨.

우리는 유미형의 오빠가 사는 곳 근처부터 돌아보기로 했다.

제일 먼저 '장미 미장원'이 눈에 들어왔다.

나는 미장원 문을 열고 들어갔다.

"어서 오세요."

미장원 주인은 40대쯤 돼 보이는 여자였다. 약간 매섭게 생긴 인상이었지만 목소리는 사근사근했다.

"남자 두 분이 이 아침에 어쩐 일로?"

"안녕하세요?"

나는 일부러 더 밝게 인사했다.

"저희는 검찰에서 나왔는데요."

민형식의 말이 떨어지자마자 미용실 주인의 눈빛이 바뀌었다.

"검찰이요? 검찰이 왜……."

시민들이 공권력에 대해 갖는 불신은 상당하다. 이 일을 하다 보면 매번 그 사실을 깨닫게 된다.

우리는 분명 죄지은 사람을 쫓는데도 검찰수사관 자체가 죄인 취급을 받을 때가 많다. 이걸 어떻게 풀어나가느냐가 추적의 관건이 될 때가 많다.

"아! 다른 게 아니라 사람을 좀 찾고 있습니다. 사장님께서는 이 일을 오래 하셨으니 눈썰미가 남다르시지 않습니까?"

내가 그렇게 말하자 미용실 주인의 표정이 약간은 변했다.

"뭐, 그건 그런데……."

"혹시 이렇게 생긴 분 보신 적 있으세요?"

민형식이 유미형의 사진을 꺼냈다.

미용실 주인은 사진을 유심히 들여다보다가 고개를 저었다.

"아뇨. 이렇게 해서는 잘 모르겠는데요. 못 본 것 같아요."

"그럼 혹시라도 생각이 나거나 보시게 되면 꼭 좀 연락해 주세요."

나는 내 명함을 건넸다.

미용실 주인은 미심쩍은 표정을 굳이 감추지 않으면서도 일단 명함을 받았다. 그러고는 물었다.

"이 여자가 뭔 잘못을 했는데요?"

"사기예요."

"아……."

미용실 주인의 눈빛이 흔들렸다.

순간 나는 직감했다.

이 사람은 유미형의 행방을 알고 있다.

이 일을 오래 하다 보면 나름의 촉이 생긴다.

목소리의 떨림, 미세한 표정 변화, 혀를 내밀어 입술을 핥는 동작만으로도 상대가 진실을 말하는지, 아니면 거짓을 말하는지 알 수 있다.

미용실 주인은 명백히 전자 쪽이었다.

나는 한 번 더 떠보기로 했다.

"사장님은 주위에 사기 당한 사람 없죠?"

"아니…… 왜 없겠어요. 있지."

사장은 내 질문에 머뭇거리며 대답했다.

"아! 있구나. 제 친구도 사기를 당했는데, 이게 피해자 입장에서는 진짜 악질 범죄잖아요. 사기 당한 돈도 돈이지만 피해자는 계속 자기 탓을 한단 말이에요. 내가 바보 같아서 사기를 당했구나 하면서. 그러다 보니 극단적인 선택을 하는 사람도 많고. 제 친구만 해도 사기 당한 이후로 다른 사람을 못 믿더라고요."

미용실 사장은 별다른 말이 없었다.

대신 뭔가를 골똘히 생각하는 듯했다.

"사기 치고도 잘 사는 인간들은 몇 배로 더 큰 벌을 줘야죠. 제 주위에도 사기 당해 폭삭 망한 사람이 있거든요."

민형식이 거들었다.

"그것이 그러니까 사진 속 이 여자가 사기꾼이란 말이죠?"

사장이 넌지시 물었다.

나는 이때를 놓칠 새라 재빨리 대답했다.

"그렇다니까요. 이미 유죄가 확정됐는데도 계속 도망만 다니고 있다는 거 아닙니까. 꼭 잡고 싶은데 단서는 없고 참 답답하네요."

"그 사진 다시 보여 줘요."

사장의 말에 나는 얼른 사진을 내밀었다.

사장은 사진을 뚫어져라 보면서 미간을 찌푸렸다.

"왜요? 뭔가 생각이 나십니까?"

"네? 아, 아뇨. 그냥 말을 듣고 보니 사기꾼처럼 생긴 것도 같아서……."

사장은 얼버무리며 내게 사진을 돌려줬다.

이제 미용실 사장의 얼굴에는 대놓고 고민하는 듯한 표정이 떠올랐다.

　조금만 더 밀어붙인다면 뭔가를 털어놓을 것도 같았다.

　하지만 나는 일단 참았다. 너무 세게 압박하면 오히려 움츠러들 수도 있으니까.

　"아무튼 저희는 지푸라기라도 잡고 싶은 심정이니까 뭔가 생각나면 바로 연락 좀 주세요."

　나는 그렇게 말하며 들고 있던 사진을 민형식에게 줬다.

　"알겠어요. 생각나면 연락드릴게."

　미용실 주인은 그 말과 함께 슬그머니 눈을 내리깔았다.

　거의 다 왔다.

　내 촉이 그렇게 말하고 있었다.

수수께끼의 여인(3)

나는 민형식에게 슬쩍 눈짓을 보낸 후 다시 입을 열었다.

"근데 물 한 잔 얻어 마실 수 있을까요?"

"물이야 뭐."

미용실 주인은 그렇게 말하며 정수기로 다가갔다.

나는 그 뒤에다 대고 또 말을 이었다.

"저희 일이란 게 그래요. 아침 댓바람부터 사람 찾으러 다니다 보니까 목이 말라도 물 한 잔 못 마시고. 허허."

때로는 인정에 호소하는 것도 좋은 방법이 된다.

"아니, 뭐가 그리 급해서 물 마실 시간도 없어요?"

컵 두 개에다가 시원한 물을 가득 담은 채 들고 오면서 미용실 주인이 물었다.

"기껏 쫓아왔는데 그 사람이 도망가면 말짱 도루묵이니까요. 사장님. 우리가 하는 게 결국은 억울한 사람들 한을 풀어 주는 일이거든요. 그래서 어떻게 해서든 범인을 잡으려는 거예요."

나는 물을 벌컥벌컥 마시며 말했다.

"좋은 일 하시는 건 맞네."

미용실 주인은 혼잣말처럼 중얼거렸다.

"잘 마셨습니다."

나는 물을 마신 뒤 민형식과 함께 두말하지 않고 돌아섰다.

민형식은 미련이 남는 눈치였지만 내가 옆구리를 쿡 찌르자 이내 나를 따라 나왔다.

"자, 기다려봐."

민형식에게만 겨우 들릴 정도로 속삭였다.

"뭘요?"

민형식이 그렇게 물은 순간 뒤에서 소리가 들렸다.

"저기요."

빙고!

"네?"

나는 일부러 천천히 돌아섰다.

미용실 주인은 빨리 와 보라는 듯 손짓을 했다.

"왜 그러십니까?"

모르는 척 물었다.

"사진, 다시 좀 줘 봐요. 뭔가 생각이 나서 그러니까"

미용실 주인이 말했다.

민형식이 사진을 꺼내 내밀자 미용실 주인은 그걸 받아들고는 유심히 들여다봤다.

"이렇게 보니까 아는 사람 같기도 하고……."

"그러세요? 그럼 천천히 기억을 떠올려 보세요."

나는 미용실 주인이 고민할 시간을 충분히 줬다.

아는 사람에 대해 수사관에게 말한다는 건 대단히 힘든 일이다.

고자질처럼 느낄 수도 있고, 자신의 말 한마디에 그 사람의 운명이 좌지우지된다는 중압감도 생기기 때문이다.

그렇기에 절대 재촉하거나 겁을 줘서는 안 된다.

현명한 농부는 곡식이 충분히 익기를 기다렸다가 추수를 하는 법이다.

"맞네."

드디어 미용실 주인이 입을 열었다.

"엇! 아는 분인가요?"

나는 그제야 반응했다.

"이 사람, 우리 미용실에 가끔 오는 손님이네요. 사진이 이상하게 나와서 몰라봤는데 이목구비가 똑같네. 그 여자랑."

"확실합니까?"

나는 흥분한 민형식을 향해 손을 들어 보였다. 더 지켜보자는 신호였다.

"나야 뭐, 이름도 모르고 사는 데도 모르는데 보통은 야구 잘하는 애 엄마로 통해요."

"아! 야구 잘하는 애……."

내가 말하자 미용실 주인은 고개를 끄덕였다.

"아들이 있는데 걔가 자기 학교에서 야구를 제법 잘하는가 보더라고. 그래서 이 여자도 자랑하고 다니고, 주위에서도 다 그렇게 알고 있고, 뭐 그렇죠."

미용실 주인은 몇 마디를 덧붙였다.

이 정도면 충분했다.

이제 남은 건 상대방을 안심시키는 일이었다.

"이거, 내가 해코지당하고 뭐 그런 건 아니죠?"

아니나 다를까 미용실 주인이 불안한 표정으로 물었다.

"그럼요. 큰 도움 주셔서 감사합니다. 사장님이 정보 주신 건 우리 둘만 알고 있겠습니다. 사장님 덕분에 억울한 사람들이 시름을 조금 덜게 됐습니다. 다시 한 번 감사합니다."

"그래요, 그럼. 어휴, 멀쩡하게 생겨서는 사기를 쳤나 보네."

미용실 주인은 중얼거리며 안으로 들어갔다.

"선배님, 실마리를 잡았네요!"

민형식은 진심으로 기뻐하는 표정이었다.

"이 근처 초등학교에 다 전화해서 야구부가 있는 곳을 알아보자고."

내 말에 민형식은 곧바로 핸드폰을 들었다.

나는 차로 걸어가면서 잠깐 생각에 빠졌다.

야구부 있는 학교를 찾는 것쯤이야 식은 죽 먹기일 것이다.

이름도 알고 있으니 아이를 찾는 것도 마찬가지로 쉬울 테고.

7화 — 수수께끼의 여인(3)

하지만…….

아이를 이용한다는 게 영 찜찜했다.

사기는 엄마가 쳤다. 아이에게는 아무런 잘못도 없다.

더군다나 예민할 시기인 초등학교 5학년 아닌가.

나는 고민에 빠졌다.

그 사이 민형식은 전화를 끊고 나를 바라봤다.

"확인했는데요, 이 근처에 야구부가 있는 초등학교는 딱 한 군데입니다. 그런데 지금은 다른 시에서 온 팀이랑 중요한 시합 중이라고 하네요."

"유미형. 거기 있을 거야."

내가 말했다.

"네? 에이. 설마요. 꼭꼭 숨어 있어도 모자랄 판에 야구 시합을 보러 간다고요?"

"민수가 야구 잘하는 애로 통한다며? 그럼 당연히 주전일 거고. 게다가 중요한 시합이라면 어쩔 수 없이 가게 돼 있어. 그게 부모 마음이야."

"그런가요?"

"일단 그 학교로 한번 가 보자고."

내 말에 민형식은 고개를 끄덕였다.

*

학교는 그리 멀지 않은 곳에 있었고, 과연 운동장에서는 야구 경기가 한창이었다.

스탠드에는 대부분 부모로 보이는 사람들이 앉아 응원하고 있었다.

나는 민형식과 함께 조용히 학교로 들어가 입구 쪽 스탠드에 앉았다.

그때였다.

딱!

경쾌한 소리와 함께 타자가 친 공이 멀리 날아갔다.

공은 외야를 넘더니 홈런이 되고 말았다.

초등학생의 수준을 넘어서는 호쾌한 타격이었다.

"와아!"

홈팀 응원석에서 기쁨에 찬 탄성이 터져 나왔다.

"선배님, 찾았어요!"

민형식이 여유롭게 베이스를 돌고 있는 타자를 가리켰다.

남민수.

등 뒤에 그렇게 적혀 있었다.

3점 홈런을 때린 바로 저 타자가 민수였던 것이다.

나는 재빨리 응원석으로 고개를 돌렸다.

있었다.

한 여자가 혼자 일어나 계속 박수를 치고 있었다.

멀리서도 알아볼 수 있었다.

저 여자가 유미형이었다.

수척한 얼굴에 머리카락도 많이 길었지만 사진 속 모습이

7화 ― 수수께끼의 여인(3)

여전히 남아 있었다.

나는 턱짓으로 유미형을 가리키며 말했다.

"나도 찾았어. 한번 봐 봐."

민형식은 내가 가리킨 방향으로 조심스레 고개를 돌렸다.

"어? 맞네요! 저 사람이군요! 지금 갈까요?"

민형식은 벌떡 일어났다. 나는 그런 민형식을 말렸다.

"잠깐. 경기 끝날 때까지만 기다려주자고."

"하지만……."

"놓치면 내가 책임질 테니 부탁 한 번만 들어줘."

나는 싱긋 웃으며 말했다.

민형식은 여전히 고개를 갸우뚱하면서도 다시 자리에 앉았다.

아이 앞에서 엄마가 잡혀가는 모습만은 연출하고 싶지 않았다.

그게 내가 생각하는 최소한의 예의였다.

미집행자들은 분명 잘못을 했고 그 형도 확정이 된 이들이다.

그렇다고 해서 인간적인 예의까지 어겨가며 그들을 대하지는 말자는 게 내 신념이었다.

물론 내 생각에 반대하는 사람도 있을 것이다.

범죄자는 가차 없이 대해야 한다고 주장하는 사람들.

그 의견 역시 맞다. 나도 동의한다.

범죄자의 인권을 지나치게 보호하다가 여론의 뭇매를 맞았던 경우가 얼마나 많은가.

그럼에도 나는 내가 정한 최소한의 예의를 지키려고 애쓴다.

그런 예의마저 없다면 나 역시 그들과 다를 바 없는 인간이 될까 봐 두렵기 때문이다.

야구는 접전 양상으로 흘러갔다.

민수의 3점 홈런으로 달아났던 홈팀은 수비 난조를 보이면서 동점을 허용했다.

스코어가 3대3인 상태에서 9회 초에 접어들자 홈팀 응원단들의 목소리는 더 커졌다.

그 순간 일이 터졌다. 볼넷으로 1루까지 걸어 나간 주자가 빠른 발을 이용해 도루에 성공한 것이었다.

안타 하나면 역전까지 할 수 있는 상황. 모두 숨을 죽이며 바라보고 있을 때 진짜로 안타가 나오고 말았다.

"아!"

어느새 몰입을 했는지 민형식은 자그맣게 탄식을 내뱉었다.

2루 주자가 홈으로 들어오면서 원정팀은 결국 역전에 성공했다.

이제 남은 것은 9회 말뿐.

9회 말이 되자 오히려 응원 소리는 줄어들었다. 숨 쉴 수 없는 긴장감이 그라운드 전체로 퍼져나갔다.

앞선 두 명의 타자가 속수무책으로 삼진 아웃을 당하자 홈팀은 패색이 짙어 보였다.

그때 홈팀의 3번 타자가 기습 번트를 시도했고 그게 먹혀들었다.

투수는 역동작에 걸려 타구를 잡지 못했고 그사이 타자는 1루에 안착했다.

그제야 스탠드가 달아올랐다.

그리고 마치 운명처럼 4번 타자 민수가 타석에 들어섰다.

"민수 파이팅!"

그렇게 소리친 이는 바로 유미형이었다.

민수는 늠름한 표정으로 고개를 끄덕인 후 투수를 노려봤다.

투수 역시 민수를 잡아먹을 듯 노려보며 첫 구를 던졌다.

초등학생들 경기였지만 긴장감만은 프로 야구 못지않았다.

"스트라이크!"

첫 구를 그냥 흘려보낸 민수는 여전히 덤덤한 표정이었다.

투수는 두 번째 공을 힘차게 뿌렸다.

다음 순간, 민수의 방망이가 빠르게 돌아갔다.

딱!

경쾌한 소리와 함께 타구가 뻗어 나갔다.

"어어!"

스탠드에서 탄성이 터져 나왔다.

민수의 타구는 외야수를 훌쩍 넘어 멀리, 아주 멀리 날아갔다.

투런 홈런이었다.

"우와아!"

영화 속 한 장면과도 같은 상황에 홈팀 응원단은 열광했다.

경기는 민수의 끝내기 투런 홈런으로 끝났다.

홈팀이 승리한 것이다.

홈런을 무려 두 방이나 친 민수는 오늘의 MVP였다.

나는 경기를 끝낸 민수가 스탠드의 엄마에게 달려가 활짝 웃는 모습을 봤다.

민수는 그런 뒤 동료들과 함께 체육관으로 들어갔다.

"자, 이제 가 볼까?"

나와 민형식은 빠른 걸음으로 유미형을 향해 다가갔다.

아들의 뒷모습을 보고 있던 유미형이 슬쩍 고개를 돌리다가 우리와 딱 눈이 마주쳤다.

그 순간 유미형의 얼굴에 잊을 수 없는 표정이 떠올랐다.

그것은…… 안도감이었다.

"유미형 씨?"

내가 묻자 유미형은 말없이 고개를 끄덕였다.

"검찰에서 나왔습니다."

민형식이 말했다.

"아들을…… 우리 민수를 오빠에게 맡기고 오겠습니다. 절대 도망가지 않을 테니 그 정도 시간만 주세요."

나는 유미형의 말에서 진심을 느꼈다. 사기꾼의 어설픈 연기는 아니었다.

"좋습니다. 대신에 저희는 멀찌감치 떨어져 미행하겠습

니다. 그 정도는 이해해 주시죠."

유미형은 고개를 끄덕였다.

"믿어도 될까요?"

민형식이 속삭이듯 물었다.

"한번 믿어 보자고."

민형식은 고개를 끄덕이면서도 불안한 표정을 감추지는 못했다.

잠시 후, 유미형은 민수와 함께 학교를 빠져나갔다.

우리는 적당한 거리를 두고 둘을 따라갔다.

유미형과 연신 아들의 머리카락을 쓰다듬으며 웃었다. 민수도 오늘의 승리가 기쁜지 재잘재잘 말이 많았다.

"저런 모습 보니까 또 마음이 약해지네요."

민형식이 중얼거렸다.

"죄는 미워하되 사람은 미워하지 말라고 하잖아."

내가 말했다.

하지만 그게 정말로 힘든 일이라는 걸 수사관 생활을 하며 뼈저리게 느꼈다.

아이를 오빠에게 맡긴 유미형은 군말 없이 우리 차에 올라탔다.

"바로 교도소로 가는 겁니다. 아시죠?"

내 물음에 유미형은 희미하게 웃었다. 그러고는 한마디 했다.

"이제 홀가분하네요. 무거운 짐을 내려놓은 것 같아요. 고맙습니다."

유미형의 눈에 눈물이 맺혔다.

나는 일부러 창밖을 바라봤다.

유미형은 조용히 울다가 잠이 들었다.

편안해 보이는 표정을 하고서.

피의 복수(1)

나는 책상에 앉아 파일을 뚫어져라 들여다봤다.

이번에 잡아야 할 사람은 폭력 전과자였다.

역시 또 폭력으로 실형을 살게 되었는데 연락을 끊고 잠적하고 말았다.

이름은 김양수.

나이는 스물일곱.

완전히 새파란 놈이었다.

문제는 김양수가 속한 조직이었다.

나는 그 부분에서 눈을 떼지 못하고 있었다.

명동 기획파.

분명 그렇게 적혀 있었다.

강원도에서 급속도로 세력을 넓혀간다는 신흥 조직.

나는 얼마 전 민형식에게 들었던 이야기를 떠올렸다.

명동 기획파가 다른 조직을 흡수하면서 숙청 작업에 들어갔다는 이야기.

김양수를 잡으려면 아무래도 명동 기획파에 대해 조금 더 알아야 할 것 같았다.

그러자면 역시 이두산 검사에게 물어보는 것이 제일 확실한 일일 것 같았다.

수사관이 검사를 찾아간다는 게 일반적인 일은 아니지만 지금은 그런 걸 따질 때가 아니었다.

그리고 내가 아는 이두산 검사 역시 그런 걸 따지는 인물이 아니었다.

나는 바로 이두산 검사를 찾아갔다.

＊

이두산 검사는 조직 범죄 전문이었다.

강원도 일대는 물론이고 전국 조폭의 계보와 현재 상태를 제일 잘 알고 있는 이가 바로 이두산 검사였다.

덩치도 크고 인상도 험악해 오히려 조폭보다 더 조폭 같은 분위기를 풍기지만 무척 똑똑하고 젠틀했다.

한여름에도 항상 슈트 차림에 넥타이까지 매고 다녔다.

내가 들어가자 이두산 검사가 놀란 표정으로 바라봤다.

"아이고, 우리 최 계장님이 어쩐 일로?"

"이 검사님 안부도 궁금하고 뭐 여쭤볼 것도 있고. 흐흐."

"일단 자리에 앉으세요."

내가 소파에 앉자 이두산 검사는 캔커피 두 개를 들고 맞은편으로 왔다.

"우리 핏불테리어께서 이번에는 누굴 무셨나? 누군지는 몰라도 그 사람 꽤 고생하겠네요. 허허."

이두산 검사는 시원스레 웃었다.

"명동 기획파 잘 아시죠?"

"네?"

내가 입을 열자 이두산 검사는 고개를 갸우뚱했다.

검찰수사관 입에서 조폭 이름이 나오리라고는 생각하지 못한 모양이었다.

"제가 이번에 김양수라는 사람을 쫓아야 합니다. 그런데 ……."

나는 간략하게 설명했다.

"그러니까 김양수 역시 명동 기획파 소속인데 자기 선배를 폭행해서 실형을 받았다, 이거죠?"

내 설명이 끝나자 이두산 검사가 확인하듯 물었다.

"네."

나는 고개를 끄덕였다.

"그래서 계장님은 정확히 어떤 정보를 원하십니까?"

이두산 검사는 흥미롭다는 표정으로 나를 바라봤다.

"명동 기획파에 대해 듣고 싶습니다. 그래야 김양수에게 조금 가까워질 것 같아서요."

"하긴 수사의 기본은 정보를 모으는 거죠. 그런데 계장님께서도 이미 정보를 많이 가지고 계실 텐데요."

그건 사실이었다.

검찰수사관의 주된 임무는 미집자를 잡는 것이지만 그 외에도 해당 지역의 각종 정보를 모으고 분석하는 것 역시 중요한 일이었다.

민형식에게 이야기를 들은 후 나 역시 여러 사람을 통해 명동 기획파에 대한 정보를 모았다.

하지만 그런 일을 전담으로 하는 검사보다는 당연히 정보의 질이 다를 수밖에 없었고, 나는 그 점에 있어 이두산 검사의 도움을 받고 싶었다.

"명동 기획파 보스 두강식이 한때 서울 명동을 호령하던 중앙파의 중간 보스였다는 건 알고 있습니다. 중앙파가 와해되면서 속초로 내려왔고, 눈치를 좀 보다가 명동 기획파를 만든 것도 압니다. 그게 3년 정도 전의 일인데 슬금슬금 세력을 키우던 명동 기획파가 최근에 공격적으로 나오면서 강원도 일대를 장악하는 중이라는 것도 알고 있는 사실입니다."

"오케이. 역시 핵심 정보를 잘 파악하고 계시네요. 맞습니다. 최근에 명동 기획파 이놈들이 세를 불려 가면서 강원도의 군소 조직을 다 흡수했어요. 그 과정에서 반항적인 조직원들이 여러 명 숙청당했다는 이야기가 흘러나오는 게 지금 상황입니다. 소문에 따르면 시멘트를 발라서 속초 앞바다에 버린다더 군요."

"김양수도 표면적으로는 폭행이지만 저는 그 안에 다른 이 유가 있지 않나 생각했습니다."

"위에서 사주를 받고 청부 폭력을 했다?"

나는 고개를 끄덕였다.

"그럴 수도 있겠네요. 다친 그 조폭은 어떻게 됐습니까?"

"평생 침대에서 일어나기 힘들게 됐죠."

"음…… 조직에서 김양수를 보호해주느냐 마느냐에 따라 상황이 달라질 테니 계장님도 골치 좀 아프시겠습니다."

"그렇습니다. 그 점이 복병인데……."

"명동 기획파는 보통 어떻게 할까요? 말단 조직원이 이런 상황에 놓이면."

이두산 검사가 물었다.

"제가 나름 조사한 내용에 따르면 그냥 모른 척해 버린답 니다."

내가 대답했다.

"그런 부분까지 알고 계시니 저보다 훨씬 많은 정보를 가지 고 계신 게 분명하네요."

이두산 검사의 말에 나는 슬쩍 미소를 지었다.

"저희야 뭐 한 지역에 오래 머무니 가만히 있어도 들리는 소 문이 생기더군요."

"하하. 그 점은 부러운데요. 제 생각이긴 합니다만 말단 조직원을 보호해주지 않는 부분을 건드리면 그 자를 잡는데 도움이 될 것 같네요."

역시 이두산 검사는 바로 핵심을 짚었다.

"알겠습니다. 어쩌면 그 점을 파고들어도 되겠네요. 감사합니다."

나는 천천히 일어나 이두산 검사를 향해 꾸벅 인사를 했다.

그러고는 문을 향해 돌아섰다.

그때 이두산 검사가 나를 불러 세웠다.

"계장님."

"네?"

"이번 건 마무리하시면 저랑 따로 식사 한번 하시죠. 허허."

"네. 알겠습니다."

나도 웃으며 검사실을 나왔다.

하지만 머릿속은 빠르게 돌아갔다.

검사가 따로 식사를 하자는 건 무언가 부탁할 게 있다는 뜻이었다.

그게 뭔지는 잘 모르겠지만 일단은 김양수를 잡는 데 모든 신경을 다 쏟을 생각이었다.

＊

김양수는 속초 토박이였다.

고등학교를 중퇴하고 아르바이트 여러 개를 전전하다가 동네 형들의 반강제적인 권유로 깡패가 됐다.

그야말로 정석과 같은 코스를 밟아 온 것이다.

딱히 잘하는 것은 없지만 우직하고 성실했던 김양수는 명동 기획파 안에서 제법 신임을 얻은 모양이었다.

같은 조직, 거기에 선배 격인 자를 처리하라는 명령은 김양수 같은 말단에게는 잘 내려오지 않는다.

"두 가지 이유 중 하나겠지. 하나는 진짜로 신임을 했거나, 아니면 꼬리를 자르려고 했거나."

나는 혼잣말을 하며 김양수의 사진을 유심히 내려다봤다.

겉으로 보기에는 순진하고 반듯하게 생긴 청년이었다.

"어디서부터 시작해야 하나."

처음부터 끝까지 한 번 더 문서를 뒤지던 내 눈에 한 가지 정보가 들어왔다.

김양수 부모님의 연락처였다.

주소도 같이 있었다.

나는 전화를 먼저 해 볼까 하다가 생각을 고쳐먹었다.

그러고는 도수와 함께 주소지로 직접 찾아갔다.

전화로 설명하는 건 분명 한계가 있다.

특히 노인들은 만나서 직접 이야기를 해야 말이 통한다.

"오늘은 추격전 같은 거 없겠죠?"

운전하면서 도수가 물었다.

"갑자기 웬 추격전?"

"아니, 계장님 가시는 데에는 귀신같이 미집자가 나타나잖아요. 지난번에도…….”

“걱정하지 마. 오늘은 그럴 일 없어.”

“그런 거죠? 확실하죠?”

“오늘따라 왜 이래? 너 뭐 불만 있어?”

“그게 아니라 제가 몸살이 좀 나서.”

“그거랑 추격전이랑 무슨 상관이야?”

“계장님은 저 없으면 혼자선 안 되시잖아요. 흐흐.”

도수는 유쾌하게 웃었다.

“그래, 너 잘났다. 오늘은 삼계탕이라도 한 그릇 먹자.”

“오! 좋습니다.”

이런저런 실없는 이야기를 하는 사이 어느새 목적지에 도착했다.

나는 차에서 내려 낡은 철제 대문으로 걸어갔다.

문은 열려 있었지만 마음대로 들어가기가 그래서 초인종을 눌렀다.

잠시 후 안쪽에서 걸걸한 목소리가 들렸다.

“누구요?”

“저…… 검찰에서…….”

내가 문을 조금 열며 그렇게 말한 순간 어딘가에서 찬물이 날아와 내 얼굴을 때렸다.

정신이 번쩍 들었다.

＊

8화 ─ 피의 복수(1)

"이 썩을 놈이 여기가 어디라고 와!"

물을 뿌리며 소리를 친 사람은 김양수의 어머니였다.

나는 이왕 물을 맞은 김에 문을 활짝 열고 마당으로 들어갔다.

"어허, 그래도 손님인데."

김양수의 아버지가 혀를 차며 마당으로 내려왔다.

걸걸한 목소리에 비해 뼈대가 보일 정도로 마른 데다가 안색도 나빴다.

지병이 있구나.

대번에 알 수 있었다.

"손님은 무슨. 우리 양수, 잘못한 것도 없는 우리 아들 잡아가려고 온 거잖아!"

어머니가 버럭 소리를 질렀다.

미집자의 가족, 특히 부모를 찾아갈 때는 각오를 단단히 해야 한다.

가족 입장에서는 수사관이 곱게 보일 리가 없다. 특히 부모에게는 더 그렇다.

자식이 잘못했다는 걸 알아도 막상 수사관이 찾아오면 날선 반응을 보이게 된다.

아마 나라도 그럴 것이다.

"미안하게 됐소. 이걸로 닦고 그만 가 보시오. 우린 아무것도 모르니까."

나는 아버지가 건넨 수건을 받아 머리와 얼굴을 닦았다.

그나마 구정물이 아니라서 다행이라 생각하며.

"양수와는 연락이 안 되세요?"

지나가듯 던진 내 질문에 어머니가 발끈했다.

"연락은 무슨! 그것보다 검사 양반……."

"전 검사가 아니고 수사관입니다. 검찰수사관."

"그러거나 말거나 나는 모르겠고 우리 양수가 잘못한 게 없는데 왜 잡아간다는 거요? 응?"

"어르신, 양수 때문에 마음 아프시죠? 그런데 재판을 해서 결과가 나왔어요. 저도 어쩔 수가 없고요. 재판정에 나와서 이야기라도 좀 했으면 실형은 면했을 테고 그랬다면 미집행자가 돼서 숨어 살 일도 없었을 겁니다."

나는 차분히 말했다.

감정적으로 대처하면 좋을 게 하나도 없다.

"그것이 아니라……."

어머니 눈에는 금세 눈물이 차올랐다.

"네, 말씀해 보세요."

"양수가 전화로 이야기를 했거든. 자기는 아무 잘못이 없대. 위에서 다 해 놓고 자기한테 덮어씌운 거래."

"어허! 쓸데없는 소리!"

아버지의 말에 어머니는 아차 하는 표정을 지었다.

역시, 이 두 사람은 아들의 연락처를 알고 있다.

나는 설득하기로 마음먹었다.

"어르신들, 양수는 이미 유죄를 선고받았습니다. 그게 바뀔 일은 없을 거예요. 양수가 아무리 무죄라고 외쳐도 지금은 너무 늦었다는 거죠. 지금 양수에게 필요한 건 자수입니다. 도망 다니는 게 얼마나 힘들겠어요. 아마 밥도 제대로 못 먹고 있을 겁니다. 그러니 연락 좀 닿게 해 주세요. 네?"

두 사람은 서로를 바라봤다.

얼굴에 고민의 흔적이 역력했다.

한참 후 아버지가 입을 열었다.

"우리 양수, 잘 설득할 수 있겠소?"

"네!"

나는 고개를 끄덕였다.

"우리도 이놈 자식이 어디 있는지는 몰라. 전화만 몇 번 했는데 집사람 말처럼 계속 억울하다고 합디다. 아무튼 내 지금 전화를 해서 바꿔 줄 테니 이야기를 해보시오."

"알겠습니다."

어머니는 여전히 못마땅한 표정으로 혼잣말을 했다.

"우리 양수가 나쁜 짓 하고 다녔어도 사람을 그리 심하게 팰 아이는 아니지. 예전에 그때는 시비가 붙어서 술김에 실수했던 거고."

나는 어머니의 눈치를 살피는 한편 아버지가 오래된 핸드폰을 꺼내 번호 누르는 걸 봤다.

아버지는 핸드폰을 오래 들고 있었다.

받지 않는 모양이었다.

나는 조용히 마른침을 삼켰다. 이번 기회가 아니면 왠지 김양수를 잡지 못할 것 같다는 불길한 예감을 느꼈다.

그때였다.

"양수야."

아버지가 아들 이름을 부르더니 뒷마당 쪽으로 걸어가며 계속 통화를 했다.

나는 굳이 따라가지 않았다.

일단은 아버지를 믿기로 했다. 둘 사이에 나눌 중요한 이야기가 있을 거라 생각하며 나는 조용히 서 있었다.

얼마 지나지 않아 아버지가 핸드폰을 들고 나타났다.

"자, 내가 대충 설명은 했으니 수사관 양반이 잘 좀 말해보시오."

나는 아버지가 건네는 핸드폰을 받고 심호흡했다.

8화 ― 피의 복수(1)

9화

피의 복수(2)

지금부터가 중요하다.

내게 주어진 시간은 많지 않을 것이다.

짧은 순간에 김양수를 설득하지 못한다면 이 애송이는 더 치밀하게 숨어 버릴 것이다.

"검찰수사관 최수호입니다."

나는 최대한 감정을 숨긴 채 첫 마디를 뗐다.

"당신이 누군데 우리 집에 있는 거야?"

대뜸 큰소리부터 날아들었다.

괜찮다.

적어도 대화를 계속 이어갈 여지는 있으니까.

"저는 김양수 씨 같은 분을 돕는 사람입니다."

"도와? 어떻게 돕는데? 당신 그냥 나 잡아가려는 거 아냐. 그런데 어떻게 돕겠다는 거야?"

"자수하세요. 제가 김양수 씨 계시는 곳을 갈 테니……."

"자수? 난 잘못한 게 없어! 두강식, 그놈이 한 건데 내가 다 뒤집어쓴 거라고!"

두강식?

예상치 못한 순간에 그의 이름이 나왔다.

게다가 두강식의 짓이라고?

강렬한 호기심이 일었다.

"알겠습니다. 어쨌든 만나서 이야기를 하면 어떨까요? 지금 어디 계신지는 모르겠지만 도망자 신세라는 게 참 힘들다는 건 저도 잘 압니다. 만나서 뜨끈한 국밥이나 한 그릇 하시죠."

김양수는 아무런 말이 없었다.

나는 대답을 재촉하지 않았다.

이 청년의 머릿속에는 지금 수십 가지 이상의 서로 다른 생각들이 꼬였다가 풀렸다가를 반복하고 있을 것이다.

"좋아요. 일단은 만나겠습니다."

김양수는 결심이 선 듯했다.

나는 중요한 한마디를 던졌다.

"저를 만난다는 게 어떤 의미인지는 아시죠?"

"압니다. 교도소에 끌려가는 거잖아요. 그건 각오가 돼 있는데 그 전에 할 말은 꼭 해야겠습니다."

"알겠습니다. 그 말, 제가 책임지고 들어드리겠습니다."

김양수는 속초에 있는 유명 커피전문점 이름을 말하고는 1시간 후에 보자며 전화를 끊었다.

"양수, 자수하겠답니다."

아버지에게 핸드폰을 돌려주며 말했다.

어머니는 대번에 울음을 터트렸다.

"차라리 잘됐어. 언제까지고 도망만 다닐 수도 없고. 이제 양수도 정신 차려야지!"

그렇게 말은 했지만 아버지 눈가도 촉촉해졌다.

"지금 양수 만나면 그 길로 교도소에 가게 됩니다. 혹시 전하실 말 없습니까?"

내가 물었다.

"건강만 하라고 전해 주시오."

아버지가 담담하게 말했다.

"네."

나는 진심을 담아 대답하고는 집을 나섰다.

물에 젖은 옷은 어느새 말라 버렸다.

*

커피숍에는 사람이 꽤 많았다. 대부분은 관광객이라 모두 크게 웃고 떠들며 한껏 행복을 맛보고 있었다.

그런 이들 사이에서 김양수를 찾기란 너무 쉬운 일이었다.

누가 봐도 도망자 같은 행색을 한 김양수는 맨 구석에 앉아 주위를 두리번거리는 중이었다.

나는 그런 김양수에게 다가가 반대편에 앉았다.

흠칫 놀란 김양수가 고개를 들고 나를 봤다.

"혹시……."

"맞습니다. 접니다."

김양수는 고개를 끄덕이면서도 내 뒤쪽을 자꾸 힐끔거렸다.

"왜 그러시는 거죠?"

"미행은 없었죠?"

김양수의 목소리가 떨렸다.

"미행이요?"

생각도 안 해 봤다. 누가 검찰수사관을 미행한단 말인가.

그럼에도 만약 미행이 붙었다면 알아차렸을 것이다.

"제가 지금부터 말하려는 게 대박 사건이거든요. 근데 우리 조직에서 보면 전 완전 배신자가 되는 거라, 이 말입니다. 아시죠? 제가 명동 기획파인 거. 거기가 완전히 무너지게 될지도 모를 증거를 제가 가지고 있어요."

김양수는 그렇게 말하며 핸드폰 하나를 주머니에서 꺼내 보여 주었다.

"여기에 증거가 있다고요?"

내 말에 김양수는 고개를 끄덕이고는 아이스 아메리카노를 벌컥벌컥 마셨다.

나는 잠시 고민에 빠졌다.

이 일을 나 혼자 감당할 수 있을까?

그때 한 사람의 이름이 머릿속을 스쳐 지나갔다.

이두산 검사.

그러면 이 정보를 잘 활용하고, 정보를 제공하는 김양수에게도 몇 가지 도움을 줄 수 있을 것이다.

나는 김양수를 바라보며 말했다.

"제 임무는 김양수 씨를 교도소까지 데리고 가는 겁니다. 제게는 이 증거를 가지고 수사할 권한이 없습니다. 그래서 실제로 도움을 드릴만한 전문가를 연결시켜 드릴까 하는데 괜찮으세요?"

"저, 저야 괜찮긴 한데 그분과 빨리 연결되어야 합니다. 제가 지금 조직에서도 쫓기는 상황이라……."

나는 이두산 검사에게 바로 전화를 걸었다.

받지 않았다.

초조함을 애써 누르며, 지금까지의 상황을 보고하는 식으로 짧은 문자 메시지를 보냈다.

문자를 확인한다면 바로 전화가 올 것이다.

"문자를 보냈으니 곧 답이 올 겁니다. 조금만 기다려 보죠."

나는 일부러 느긋하게 말하고 행동했다.

내가 당황해 봐야 김양수는 더 두려워할 게 뻔했다. 무엇보다 나는 이런 상황에 부닥칠수록 침착하고 냉정하게 변했다.

"그럼 그동안 제 이야기 좀 들어주세요."

김양수의 말에 나는 고개를 끄덕였다.

극도로 불안할 때는 말이라도 해서 그 감정을 풀어야 한다.

특히 김양수처럼 복잡한 상황에 놓여 있다면 누군가에게 털어놓는 것만으로도 안심이 될 것이다.

"그 선배, 절대로 제가 그렇게 만들지 않았어요. 우리 보스 알죠? 두강식. 그 사람이 골프채를 들고 때린 거라니까요!"

"그걸 왜 재판을 받을 때는 이야기를 안 한 겁니까?"

내가 물었다.

"제가 속았던 거예요. 보스가 자기 대신 죄를 뒤집어써 주면 아버지 수술비는 물론이고 돈은 많이 줄 거라고 했거든요. 그리고 절대 교도소에 갈 일은 없을 거라고 몇 번이나 강조했어요."

조직의 똘마니가 보스 대신 누명을 쓰고 옥살이를 하는 건 흔한 일이다.

안타깝지만 귀중한 시간 몇 년을 날리는 대가를 제대로 받는 똘마니는 드물다.

아마 김양수도 그런 경우인 모양이었다.

"그런데 조직에서는 돈도 안 주고 재판 결과는 실형을 살아야 하니까 미치겠는 거예요! 안 되겠다 싶었죠. 그래서 증거를 모으기 시작했어요. 일단 제가 저질렀다고 하는 폭행 사건이야 돌이킬 수 없게 된 상황이니 보스를 물고 늘어지자고 생각했죠."

"그러면 그 핸드폰에 든 게……."

"동영상 녹화한 거예요. 제가 몰래 찍었죠. 여기에 보스, 아니 두강식 그놈이 어떤 짓을 했는지 들어 있어요."

"구체적으로 뭘 하고 싶은 겁니까?"

나는 핸드폰을 가리키며 물었다.

안에 어떤 내용이 들어있는지 궁금했지만 이두산 검사가 오면 같이 보는 게 좋을 것 같았다.

"제가 이래 봬도 깡다구 하나로 여태 살아왔거든요. 우리 엄마가 늘 말했어요. 한 대 맞으면 두 대로 갚아주라고."

그 할머니라면 충분히 그럴 수 있을 것 같았다.

"그렇다면 일종의 복수?"

"네, 당하고 있을 수만은 없죠. 나야 빵에 들어가지만 두강식은 편하게 자기 꼴리는 대로 지낼 거 아닙니까? 그럴 순 없죠! 안 그래요?"

"그런데 조직이 쫓고 있다는 건 또 무슨 말입니까?"

나는 내내 궁금했던 걸 물었다.

김양수는 슬쩍 주위를 살피더니 목소리를 깔고 대답했다.

"제가 영상 가지고 있다는 걸 들켰어요. 제일 친한 놈한테만 말을 했는데 그 새끼가 바로 고자질을 한 거죠."

"그런 상황이면 차라리 교도소 안이 안전하겠네요."

"네. 그래서 제가 이 자리에 순순히 나온 거예요. 증거는 넘기고 저는 교도소로 가면 되니까."

때마침 이두산 검사에게서 전화가 걸려왔다.

나는 김양수에게 기다리라고 눈빛을 보낸 후 전화를 받았다.

"어딥니까? 제가 직접 가겠습니다."

이두산 검사는 대뜸 그렇게 말했다. 흥분한 목소리였다.

"검사님. 여기가⋯⋯."

"나 화장실 다녀올게요."

김양수가 자리에서 일어나며 말했다. 나는 고개를 끄덕였다.

"거기 아시죠? 속초에서 제일 유명한 카페. 지금 거기 1층에 있습니다."

"잠시만 기다려주세요. 지금 달려가겠습니다."

"네!"

나는 전화를 끊고 화장실 쪽을 바라봤다.

싸한 느낌이 등줄기를 타고 올라왔다.

수사관 생활을 하며 쌓아온 육감은 틀린 적이 거의 없었다.

나는 슬그머니 일어나 주위를 살피며 화장실로 향했다.

때마침 화장실에서 모자를 눌러쓴 남자 하나가 나왔다.

그 남자가 내 곁을 스쳐 지나는 순간 훅, 하고 냄새가 날아들었다.

피 냄새였다.

나는 화장실 안으로 뛰어들었다.

김양수가 변기에 기댄 채 비스듬히 쓰러져 있었다. 배에서 피가 울컥울컥 쏟아져 나왔다.

"핸드폰…… 놈이 핸드폰."

김양수는 숨을 헐떡이며 말했다.

"119 좀 불러요!"

화장실을 뛰쳐나가자마자 소리쳤다.

모자 쓴 남자는 카페를 막 빠져나가려다가 고개를 돌려 나를 바라봤다.

순간 남자와 내 눈이 마주쳤다.

남자가 도망치기 시작했다.

"거기 서!"

나는 남자를 쫓아 카페 안을 가로질렀다.

사람들이 놀라며 자리에서 벌떡 일어났다.

남자는 한 손에 핸드폰을 든 채 달렸다. 분명 김양수의 핸드폰이었다.

젠장.

방심했다는 생각에 화가 치밀었다.

나는 이를 악물고 남자의 뒤를 쫓았다.

남자는 바다 쪽으로 향하는 듯하다가 반대편 골목으로 달려 올라갔다.

복잡한 골목길에서 놓쳐 버리면 다시 찾기가 힘든 상황이었다.

남자는 왼쪽 골목으로 접어들었다.

순간 지름길이 생각났다. 속초는 구석구석 내 손바닥 안이었다.

나는 오른쪽 길로 달리다가 가정집 마당으로 뛰어들었다.

고추를 말리던 할머니가 놀란 눈으로 나를 바라봤다.

"죄송합니다."

양해 아닌 양해를 구한 후 그 집 담벼락을 넘어 다시 골목으로 접어들었다.

바로 왼쪽 골목과 오른쪽 골목이 합쳐지는 지점이었다.

내가 모퉁이를 돈 순간 그 남자 역시 달려왔다.

남자는 갑자기 나타난 나를 보고는 놀라서 멈춰 섰다.

"반항하지 말고 순순히 같이 갑시다."

당연한 말이지만 남자에게는 씨알도 먹히지 않았다.

오히려 남자는 바로 칼을 꺼내 들었다. 칼에는 이미 김양수의 피가 묻어 있었다.

나는 침착하려 애쓰면서 남자를 찬찬히 살폈다.

칼 쥐는 자세가 제법 야무졌다.

검찰수사관으로 일하면 별별 위험한 상황에 부닥치게 되지만 그중 가장 긴장될 때가 바로 지금과 같은 순간이었다.

상대방이 흉기를 들었을 때.

게다가 남자는 솜씨가 좋아 보였다.

어설프게 상대했다가는 내 배에도 구멍이 뚫릴지 모른다고 생각하니 등골이 오싹했다.

나는 거리를 유지한 채 온 신경을 칼에 집중했다.

남자는 내 눈치를 살피다가 크게 한 발을 내디뎠다.

다음 순간 눈앞으로 칼날이 날아들었다.

몸을 젖혀 피하는 것과 동시에 남자의 팔을 잡고 세게 당겼다.

힘이라면 누구에게도 밀리지 않을 자신이 있었다.

남자는 그대로 딸려 왔다.

나는 남자의 얼굴에 바로 박치기를 먹였다.

퍽!

이마는 신체 중 가장 단단한 부위다.

내 이마에 부딪힌 남자의 코가 엉뚱한 방향으로 꺾였다. 코피가 쏟아졌다.

"악!"

남자는 외마디 비명을 지르며 나가떨어졌다. 칼과 핸드폰도 떨어뜨렸다.

나는 칼을 발로 차버린 후 재빨리 핸드폰을 집어 들었다.

그 순간 남자가 내 얼굴을 향해 흙을 뿌렸다. 본능적으로 손을 들어서 막았다.

남자는 그사이 다시 줄행랑을 놓았다.

이번에는 굳이 쫓지 않았다.

핸드폰을 뺏기지 않았다는 것만으로도 어느 정도 소득은 있었다.

그렇다고 분한 마음이 가라앉은 건 아니었다.

하지만 달려야 할 때가 있는가 하면 멈춰야 할 때도 있는 법이다.

달림과 멈춤의 순간을 잘 포착하는 것이야말로 수사관에게 필요한 기술이었다.

김양수의 상태가 걱정된 나는 다시 카페를 향해 달렸다.

10화

피의 복수(3)

카페 앞은 난장판이었다.

카페에서 나온 손님들에 구경꾼까지 더해 사람들이 꽉 몰려 있었다.

한쪽에서는 이두산 검사의 지시 아래 경찰이 사람들을 통제 하는 중이었다.

나는 구경꾼을 비집고 카페로 들어갔다.

"최 계장님."

나를 먼저 알아본 이두산 검사가 땀을 뻘뻘 흘리며 다가 왔다.

"검사님, 제 실책입니다."

나는 간단하게 상황을 설명했다.

"계장님은 괜찮으세요?"

"네, 상대가 칼잡이였는데 다행히 좀 어설펐습니다. 그리고 이거."

이두산 검사에게 핸드폰을 내밀었다.

"이게 뭡니까?"

"김양수 말로는 거기에 중요한 증거가 다 들어 있답니다. 참! 김양수는 어떻게 됐습니까?"

"천만다행으로 생명에는 지장이 없답니다. 응급 처치 하고 지금 막 구급차에 실었습니다."

나는 바로 구급차로 달려갔다.

김양수는 끙끙거리며 구급차 안에 누워 있었다.

"괜찮습니까?"

"핸드폰은요?"

김양수는 핸드폰부터 찾았다.

"안 뺏겼습니다. 김양수 씨 칼침과 바꾼 건데 뺏길 순 없죠."

"크크."

내 말에 김양수는 조금 웃다가 이내 인상을 구기며 아파했다.

"이젠 걱정하지 마세요. 안전할 겁니다. 검사님께서 김양수 씨 안전을 최우선으로 신경 쓸 테니 회복에만 집중하세요."

"저희 부모님도 좀 부탁드립니다."

김양수는 울먹였다.

"네, 알겠습니다. 그것도 검사님께 꼭 이야기하겠습니다."

내가 말을 마치자 구급 대원이 문을 닫았다.

나는 거기에 대고 마지막으로 외쳤다.

"김양수 씨 용기가 만용이 되지 않도록 만들겠습니다."

나는 진심을 담아 말했다.

범죄를 해결할 때 꼭 필요한 것이 누군가의 제보나 증언이다.

한 사람의 용기 있는 행동이 여러 명의 생명을 구할 수도 있는 것이다.

미집자 검거도 마찬가지다.

주로 탐문을 통해 수사하는 것이기에 일반 시민의 한 마디, 한 마디가 큰 역할을 한다.

김양수는 분명 조폭이고 범죄자이지만, 공익을 위해 위험을 무릅쓰고 제보했다.

그 용기만큼은 높게 사야 했다.

구급차는 사이렌을 울리며 달려갔다.

나는 구급차를 한참 바라봤다.

*

사건 이후 일주일이 지났다.

김양수는 병원에서 치료를 받는 중이고 아마 거동이 가능할 때쯤이면 이두산 검사가 조사를 시작할 것이다.

핸드폰과 증인이라는 두 마리 토끼를 다 잡은 이두산 검사는 수사에 박차를 가하기 시작했다.

물론 내 일이 아니라 매번 새로운 정보가 날아들지는 않았지만 검찰청 내부의 공기만으로도 분위기를 쉽게 짐작할 수 있었다.

이두산 검사는 명동 기획파를 해체할 칼을 예리하게 벼르는 중이었다.

나는 내 일을 하는 틈틈이 인맥을 동원해 명동 기획파와 두강식의 정보를 더 적극적으로 모았다.

사람을 찾는다는 것, 그것도 도망친 사람을 찾는다는 것은 매우 힘든 일이다.

마음먹고 숨어버리면 수사관으로서는 막막한 상황에 처하는 경우가 많다.

누군가는 이 좁은 땅덩어리에서 숨어 봐야 거기에서 거기라고 말을 하지만 실상은 정반대다.

한 해에 실종되는 사람의 숫자는 우리의 상상을 초월한다.

물론 대부분 찾기는 하지만 그중 일부는 영영 찾지 못한다. 그야말로 증발해 버리는 것이다.

이런 증발은 꼭 사고 때문에 일어나는 것이 아니다.

증발한 사람 중 다수는 자의로 자신의 흔적을 지우고 현실과 멀어진다.

평범한 사람들도 증발이 가능한데 차고 넘치는 돈과 무수히 많은 아군을 거느린 조폭 두목이야 얼마나 쉽게 숨겠는가.

그렇다면 그렇게 숨어 버린 사람을 찾기 위해선 어디서부터 시작해야 할까?

그때 필요한 것이 바로 인맥이다.

좁은 지역 사회일수록 인맥의 힘은 대단하다.

인맥을 동원하면 어느 집의 누가 변비에 걸렸는지까지 다 알 수 있다.

내가 미집자를 검거할 때 통신 기록 다음으로 중요하게 생각하는 것이 탐문 수사인 이유가 바로 여기에 있다.

사람의 일은 사람이 제일 잘 안다.

카페에서의 사건은 내게도 충격이었다.

대낮에 칼을 들고 설치는 조폭이라니, 적어도 근 몇 년간은 찾아볼 수 없는 모습이었다.

그것도 나 최수호 앞에서.

나는 화가 나기도 했고, 자존심이 상하기도 했다.

무엇보다 수사관 특유의 촉이 발동했기에 두강식에 대한 정보 모으기에 열을 올렸다.

언젠가 한 번은 두강식과 연결될지도 모른다는 촉.

내가 입수한 정보에 따르면 두강식은 피도 눈물도 없는 자였다.

속초 바닥에서 주름깨나 잡는다는 넙치라는 자가 있다.

사채업자인데 돈이 돌고 도는 것처럼 그자 주위에는 소문 역시 돌고 돌았다.

"두강식이요? 에이, 수사관님도 참. 요즘 강원도에서 두강식 모르면 간첩이잖아요. 저야 뭐 예전에 슬쩍 얼굴 한 번 본 적 있는데 어휴 덩치가 커서 곰인 줄 알았다니까. 근데 두강식 그 인간이 그렇게 잔인하답니다."

"시멘트 발라서 속초 바다에 버린다면서요?"

"그뿐이면 나름 깔끔하고 신사적이게."

넙치는 그 대목에서 주위를 살피더니 목소리를 낮추고 속삭였다.

"두강식이 도베르만 두 마리를 키우는데 맘에 안 드는 놈 있으면 잡아다가 칼로 그냥 쑤신 뒤에 그 도베르만한테……."

넙치는 말을 하다 말고 부르르 몸을 떨었다.

나는 더 안 들어도 알 것 같았다.

넙치 말이 사실이라면 두강식은 잔인한 걸 떠나서 미친놈 그 자체였다.

"아무튼, 수사관님도 두강식이니 뭐니 묻고 다니지 말고 도망친 놈들이나 잘 잡으세요."

넙치의 경고 아닌 경고를 들은 그날, 나는 이두산 검사로부터 한 통의 연락을 받았다.

"계장님, 오늘 저녁 어떠세요?"

왔다.

내 생각보다는 조금 빠르지만 어쨌든 예상했던 연락이 온 것이다.

"알겠습니다."

마다할 이유가 없었다.

아니, 오히려 내 쪽에서 기다리던 연락이었다.

나는 원체 일 벌이는 걸 좋아했다.

게다가 오지랖이 넓어 내 일이 아닌데도 두 팔 걷어붙이고 돕는 경우도 많았다. 특히 나쁜 놈 잡는 일이라면 묻지도 따지지도 않고 먼저 도움의 손길을 내밀었다.

그렇게 해야 속이 시원했다.

누군가가 결국 해야 할 일이라면 내가 먼저 하고 보자는 게 내 생각이었다.

그랬기에 이두산 검사의 연락을 기다렸다.

내가 조사해 본 바 두강식이라는 놈은 꼭 잡아야 하는 나쁜 놈이었으니까.

*

우리는 검찰청에서 제법 떨어진 횟집에서 만났다.

우리 둘이 만난다는 걸 굳이 만천하에 알리고 싶진 않았다.

내가 도착하고 얼마 있지 않아 이두산 검사가 방으로 들어왔다.

우리는 악수부터 나눴다.

"요즘 바쁘시죠?"

내가 묻자 이두산 검사는 씩 웃었다.

"검사가 바빠야 나라가 제대로 돌아가지 않겠습니까. 하하."

나는 이두산 검사에게 술 한잔을 따랐다.

"아이고. 감사합니다. 계장님도 바쁘시죠?"

이두산 검사가 물었다.

"미집 담당 수사관이 바빠야 법 집행이 제대로 되지 않겠습니까.”

“맞습니다!”

이두산 검사는 크게 고개를 끄덕였다.

그러고는 바로 이야기를 꺼냈다.

역시 시원시원한 사람이었다.

“계장님, 저랑 작업 한번 하시지 않겠습니까?”

작업.

묵직한 안쪽 직구였다.

변화구를 좋아하는 내게는 신선한 투구였다.

“작업이라면…….”

“명동 기획파와 두강식.”

이번에도 직구.

“검사님 밑에 유능한 선수들 많지 않습니까?”

“많죠. 많은데, 많으면 많을수록 좋은 게 좋은 선수니까요. 허허.”

“정말로 하실 작정입니까?”

나는 진지한 얼굴로 물었다. 더는 농담할 필요가 없어 보였다.

“김양수의 핸드폰에서 증거를 뽑아내고 있는데 두강식이 선을 넘어도 많이 넘었더군요.”

“저도 어렴풋이 소문은 들었습니다.”

“게다가 이놈이 서울에서 놀다 왔다고 우리 같은 지방 검사들은 무섭지도 않은가 봐요. 며칠 전에는 우리 선수 한 명한테 협박 메시지를 보냈습니다."

"협박이라면?"

"그 친구 현관 앞에 목 잘린 새를 던져 두고 갔습니다. 자기들이 무슨 마피아도 아니고 이쯤 되면 한번 해보자는 거 아니겠습니까?"

나는 말 없이 고개를 끄덕였다.

두강식은 짐작했던 것보다도 더 그리고 소문으로 들었던 것보다도 훨씬 막 나가는 놈이었다.

이두산 검사 쪽 선수에게 그런 협박을 했다는 건 누가 이두산의 사람인지 이미 파악을 끝냈다는 소리이다.

거기까지 생각하자 이두산 검사가 나에게 손을 내민 이유를 알 것 같았다.

"선수이되 선수 명단에 없는 선수를 원하시는군요."

이번에는 이두산 검사가 고개를 끄덕였다.

"지금 당장은 아닙니다. 증거를 수집하고, 보강 조사를 하고, 김양수에게서 정보를 얻어내고 이것저것 하려면 시간이 좀 걸릴 겁니다. 그때쯤 가서 계장님 손을 좀 빌리겠습니다."

"하필이면 왜 접니까? 저는 그저 평범한 미집행자 검거 수사관일 뿐인데요."

"이 바닥에서 사람 찾는 일로 제일인 분이 바로 최 계장님이니까요."

나는 이두산 검사의 의중을 알아차렸다.

그는 최악의 경우 두강식이 도망칠 것까지 고려하고 있

었다.

도망친 사람을 잡아내는 일, 그거라면, 그래 내가 바로 최고였다.

나는 한번 물면 절대로 놓지 않으니까.

"저는 검사님이 원하는 사람이 누구라도 책상 앞에 데려다드릴 수 있습니다. 하지만……."

"하지만?"

이두산 검사는 대답을 기다리며 내 얼굴을 빤히 바라봤다.

나는 머릿속에서 신중하게 단어를 골랐다.

"검사님이 저보다 더 잘 아시겠지만 두강식을 잡는 건 아주 어려운 일이 될 겁니다."

내 말에 이두산 검사는 고개를 끄덕였다.

"두강식이 개 두 마리를 키운답니다."

"도베르만이죠."

"역시 잘 알고 계시네요. 허허."

이두산 검사는 털털하게 웃은 뒤 다시 말을 이었다.

"아무튼 개를 키운다는 정보를 얻고 머릿속을 스치는 아이디어가 있더군요. 개를 그렇게 아낀다니 분명 동물 병원에도 자주 가겠다, 이런 생각을 한 거죠. 어때요? 일리 있지 않습니까?"

이번에는 내가 고개를 끄덕였다.

"그래서 속초는 물론이고 강원도에서 제법 유명하다는 동물 병원에 다 전화를 걸어봤죠. 헌데 아무도 모르더군요. 도베르만이 흔한 개도 아니고 더군다나 두 마리나 되는데 본 적이 없다는 건 두강식이 개들을 병원에 데려가지 않거나…….”

“아니면 아예 멀리 떨어진 다른 지역으로 가겠군요. 예를 들면 서울 같은.”

“빙고!”

이두산 검사는 다시 웃었다. 씁쓸한 웃음이었다.

“두강식은 만일의 사태 하나에도 다 대비를 하는 놈입니다. 그러니 알 수밖에요. 놈을 잡는 건 아마 더럽게 힘든 일이 될 겁니다.”

“그래도 자신이 있으시군요?”

내가 물었다.

“전 권선징악을 믿거든요. 나쁜 놈은 언젠가 벌을 받게 돼 있어요. 그렇지 않습니까? 허허.”

대화를 하면 할수록 나는 이두산 검사가 마음에 들었다.

“저도 믿습니다. 권선징악.”

“계장님이 도와주시면 그 권선징악의 순간을 더 앞당길 수 있습니다.”

이두산 검사는 확신에 찬 표정으로 말했다.

“알겠습니다. 언제든 필요한 때 불러주십시오. 힘을 보태겠습니다.”

이두산 검사는 만족한 듯 큼지막한 미소를 짓더니 입을 열었다.

“계장님.”

“네.”

"한 가지 궁금한 게 있습니다."

"어떤 게 궁금하십니까?"

"도베르만과 핏불테리어가 싸우면 누가 이길까요?"

"전 투견에는 관심이 없지만 방금 질문에는 확실한 대답을 해드릴 수는 있겠네요."

"오! 정답을 알고 계시는군요!"

나는 고개를 끄덕이며 말했다.

"더 끈질긴 쪽이 이길 겁니다. 그리고…….."

"그리고?"

"개 중에는 핏불테리어만큼 끈질긴 녀석이 없죠."

"하하!"

이두산 검사는 만족한 듯 크게 웃었다.

우리는 다시 술잔을 부딪쳤다.

나는 밤늦도록 이두산 검사와 대화를 하면서 한 가지 사실을 깨달았다.

앞으로 험난한 일과 마주치게 될 것이다. 하지만 이두산 검사라는 이 사내와 나는 반드시 해결해 낼 것이라는 깨달음이었다.

자살을 막아라!(1)

사진을 본다.

또 본다.

계속 본다.

백 미터 앞에서도 알아볼 수 있을 때까지 보고 또 본다.

"어휴. 사진 뚫어지겠네. 보니까 엔진 걸어 놓고 있어야겠네요."

지나가던 도수가 툭 한마디를 던졌다.

나는 체력 단련장 벤치 프레스에 앉아 이번에 붙잡아야 할 김수미라는 여자의 사진을 들여다보고 있었다.

일단 잡아야 할 대상에 생기면 언제 어디서든 생각날 때마다 사진을 보는 게 습관이 됐다.

"이번에는 무슨 죄를 지었습니까?"

도수는 곁을 떠나지 않고 알짱거렸다.

"너 벤치 할 거야?"

내가 물었다.

"아뇨. 무거운 걸 왜 듭니까. 중력이 누르는 것도 힘들어 죽 겠는데."

도수는 투실투실 살 오른 배를 문지르며 사람 좋아 보이는 미소를 지었다.

"절도야. 이번이 몇 번째여서 실형을 살게 된 거지."

나는 김수미에 대해 간단하게 설명해줬다.

"나이도 어려 보이는데 쓸데없이 도망치지 말고 빨리 들어 갔다가 빨리 나오는 게 좋을 텐데."

도수가 말했다.

"내 말이 그거야. 연락이라도 닿으면 좋겠는데……."

대부분의 미집자가 그렇듯 김수미 역시 일절 연락이 되지 않았다.

실제로 연락만 잘되면 의외로 쉽게 해결되는 경우가 많았다.

자신의 형이 확정되었다는 걸 모르고 있던 사람 중에는 연락이 닿아 순순히 자수하는 경우도 있다.

그렇지 않더라도 미집자와 연락이 되면 일단 대화를 통해 마음을 돌려놓을 확률이 커진다.

"이번에는 어디로 도망갔으려나."

도수는 혼잣말처럼 중얼거렸다.

여전히 내 옆에 서서.

"너 나한테 할 말 있는 거지?"

"어휴. 우리 계장님 눈치도 빠르셔서……."

"본론부터 말해."

"제가 내일부터 휴가를 좀 갑니다. 그것도 길게."

"그게 왜?"

"아니, 우리 계장님은 저 없으면 아무것도 못 하시니까……."

나는 도수를 향해 피식 웃고 말았다.

어쩌면 맞는 말이기도 했으니까.

"어디로 가는데?"

"이번에는 혼자 훌쩍 떠나려고요. 딱히 목적지를 정하진 않았는데 일단 섬으로 가보고 싶습니다."

"그럼 뭐 제주도겠네."

"아무튼, 잘 다녀올 테니 저 없다고 슬퍼하시거나 울거나……."

"잘 다녀와!"

나는 너스레를 떠는 도수를 두고 벤치에서 일어나 밖으로 나갔다.

이제 김수미에 대해 본격적으로 조사할 시간이었다.

그것도 최대한 빨리.

복도를 지나 사무실로 향하는데 동료 수사관 둘이 심각한 표정으로 걸어오고 있었다.

11화 — 자살을 막아라!(1)

"얼굴이 왜들 그래?"

내가 묻자 둘은 마침 기다리고 있었다는 듯 양옆으로 다가왔다.

"최 계장, 그 이야기 들었어?"

나보다 두 해 선배인 김민섭이 대뜸 그렇게 물었다.

"뭘요?"

"민형식이 사고를 쳤다네요."

이번에는 후배인 이정환이 대답했다.

"사고?"

나는 놀라서 되물었다.

얼마 전에도 같이 점심을 먹었는데…….

"그게 벌과금 미납자를 쫓다가 사고를 당했나 봐."

"민형식이요?"

"아니. 미납자 말이야. 계단에서 심하게 굴렀다네."

"민 수사관은 괜찮고요?"

"네. 다행히 민형식은 괜찮은데 미납자가 크게 다쳐서 골치 아픈 상황이 됐나 봐요."

"휴, 미집자도 아니고 미납자가 왜 도망을 친 건지…….'

나도 모르게 한숨이 나왔다.

수사관에게 쫓기는 사람은 그야말로 눈에 뵈는 게 없다.

앞뒤 재지 않고 오직 도망가려는 생각만 한다.

그런 탓에 자칫 큰 사고로 이어지는 경우가 생긴다.

바로 이번 사건처럼.

도망치던 사람이 사고를 당하면 담당 수사관은 조사를 받는다. 그 과정이 꽤 성가시다.

그런 탓에 나는 언제나 막다른 골목까지 몰아붙이지 않는다.

적어도 도망갈 구멍 하나쯤은 남겨둬야 미집자나 미납자 역시 극단적인 선택을 안 하게 되는 것이다.

"그래서 민 수사관은 지금 어디 있습니까?"

"아마 조사받고 있겠지."

"우리도 조심해야겠습니다. 이런 일 한 번 생길 때마다 우리만 뒤집어쓰니……."

김 선배와 이정환의 말에 고개를 끄덕이며 나는 사무실로 들어왔다.

마음이 착잡했다.

여려 보이는 민형식의 얼굴이 저절로 떠올랐다.

나는 나중에 전화라도 한 통 해줘야겠다고 생각하며 자리에 앉았다.

"자, 김수미 씨, 당신은 어디 있습니까?"

서류를 넘기며 혼잣말을 했다.

김수미는 보육원에서 자랐고 올해 스물넷밖에 안 됐다.

보육원에서 나오자 당장 할 게 없었던 김수미는 안타깝게도 술집을 전전하게 되었다.

그러다가 술집 현금에 몇 번 손을 대 경찰서에 끌려간 전력이 있었다.

액수가 크지 않아 그냥 술집에서 잘리는 정도에 그쳤지만 문제는 도벽이 사라지지 않았다는 데 있었다.

김수미는 점점 대담해져 손님의 지갑을 통째 훔쳤다.

그것도 몇 번이나.

처음에는 걸리지 않았다.

하지만 행운은 오래 가지 않았다.

현장에서 딱 들킨 김수미는 경찰에게 잡혀갔고 그대로 재판을 받았다.

다행히 집행 유예를 받기는 했지만 김수미는 또 도둑질을 했다. 그것도 집행 유예 기간에.

이번에는 꽤 계획적이었다.

모텔 주인이 전화를 받고 방을 점검하러 간 사이 계산대에 들어가 현금을 훔치려 했던 것이다.

당연히 그 전화는 김수미가 건 것이었다.

김수미는 이번에는 실형을 면하지 못했다.

아마 본인도 그 사실을 예상했던 건지 이미 오래전에 연락을 다 끊고 잠수를 타 버렸다.

나는 통신사에서 보내 온 핸드폰 개통 관련 서류를 보다가 한 가지 사실을 알게 됐다.

김수미가 가장 마지막으로 핸드폰을 개통한 곳이 인천 연수구 쪽이었다. 특정 대리점 이름까지 나와 있었다.

불과 3개월 전의 일이니 잘하면 뭐라도 건질 수 있을 것 같았다.

나는 인천행을 결심하고 자리에서 일어나 습관적으로 도수를 찾으려 했다.

"아차!"

내일부터 휴가인 녀석에게 인천까지 가달라는 건 미안한 일이었다.

나는 간만에 내 차를 이용하기로 했다.

속초에서 인천으로 가는 길에 나는 민형식에게 전화를 걸었다.

"네, 선배님."

민형식은 잔뜩 가라앉은 목소리로 전화를 받았다.

"고생 많았네."

사실, 내가 해줄 말은 별로 없었다.

"죄송합니다. 선배님들께 심려 끼쳐 드려서."

"야! 그런 거 걱정할 필요 없어! 아무도 너 원망 안 하니까 풀 죽지 말고 그 뭐냐, 서류 잔뜩 써야 하는 거 있지? 그거나 꼼꼼하게 써."

"네. 서류 잔뜩 써야 하더라고요."

"서류 쓰느니 며칠 잡혀갔다가 나오겠다는 사람 많아."

내 농담에 민형식은 웃음을 터트렸다.

"민 수사관."

"네, 선배님."

"내가 스키를 좋아하거든. 아주 그냥 스키라면 미치지."

"선배님 스키 사랑이야 유명하죠."

"스키라는 게 말이야, 확실히 내려올 때가 재밌긴 해. 뭐, 당연한 이야기지. 그런데 내려오는 데만 집중하면 그 높이까지 리프트 타고 올라가는 게 영 지겹고 재미가 없거든."

"하긴 그렇겠네요."

"근데 어느 날 리프트 타고 올라가면서 주변 경치를 보니까 그렇게 멋질 수가 없더라고. 빠르게 내려올 때는 몰랐는데 천천히 올라가니 그런 것들이 보이더란 말이지. 그래서 생각했지. 아! 빠른 것도, 느린 것도 다 좋은 점이 따로 있구나. 무슨 말인지 잘 모르겠지? 내가 이런 말 하는 건 서툴러서. 쩝."

"아닙니다. 선배님. 감사합니다."

"찰떡같이 알아들었다면 내가 고맙고. 그럼 또 연락하자고."

나는 전화를 끊었다.

인천까지는 아직 한참 남았다.

*

연수구의 핸드폰 대리점은 쉽게 찾을 수 있었다.

휴게소에도 한 번 들르지 않고 달려온 탓에 차에서 내리자 온몸이 뻐근했다.

나는 허리를 주무르며 대리점 안으로 들어갔다.

내가 들어가자마자 직원 한 명이 옆으로 다가왔다.

"찾으시는 모델 있으세요?"

"아! 그런 건 아니고 부탁드릴 게 좀 있습니다."

직원은 대번에 표정이 굳었다.

나라도 그럴 것이다. 생전 처음 보는 사람이 주위를 두리번 거리며 대뜸 부탁을 하겠다니.

"그게…… 여긴 그냥 평범한 핸드폰 매장인데요. 무슨…… 부탁을?"

그렇게 말하는 직원을 향해 나는 명함을 내밀었다.

엉겁결에 받아든 직원은 명함을 들여다봤다.

"검찰…… 수사관?"

목소리가 살짝 떨렸다.

내 명함을 본 사람들은 두 부류로 나뉜다.

불신하거나 겁을 먹거나.

대리점 직원은 후자 쪽이었다.

"검찰에서 왜?"

"협조 좀 부탁드립니다. 사람을 찾고 있거든요."

"사람이요?"

"네. 꼭 잡아야 하는 사람인데 조사를 해 보니 이곳에서 핸드폰 개통을 했더군요. 이름과 언제 개통했는지 날짜만 알면 혹시 조회해 볼 수 있을까요? 개통을 한 사람이 제가 찾는 사람과 동일 인물인지 알고 싶어 그렇습니다."

"아! 그런 거라면 도와드릴 수 있죠. 근데……."

"네?"

"검찰수사관이 뭐죠? 처음 듣는 거라서."

11화 ― 자살을 막아라!(1)

역시 아직은 사람들에게 알려지지 않은 직업이다.

예전에 선배 한 명이 했던 말이 떠올랐다.

"우린 넙치야. 바닥에 납작 엎드려 있다가 먹잇감이 지나가면 사정없이 달려들어야 하거든. 그러니 수사관 하면서 명예니 뭐니 챙기고 싶은 사람은 애초에 그만두는 게 나아."

나는 선배의 말을 다시 곱씹으며 웃던 표정 그래도 간단히 설명했다.

"검찰수사관은 도망친 사람 잡아들이는 게 주된 일입니다. 형을 선고받고도 도망친 사람이 한둘이 아니거든요."

"그럼 오늘 찾으시는 여자 역시……."

"네. 맞습니다. 절도죄로 실형을 선고받았는데 보시다시피 사라졌죠."

"와! 완전 탐정 같은 거네요! 그렇다면 제가 적극적으로 도와드려야죠!"

직원은 왠지 들떠 있는 것 같았다. 처음 봤을 때 긴장하던 모습은 어느새 사라졌다.

매장의 다른 직원과 손님들이 내 쪽을 힐끔거렸지만 그러거나 말거나 나는 신경 쓰지 않았다.

직원은 컴퓨터 앞에 앉더니 내가 준 정보를 바탕으로 뭔가 열심히 찾아보기 시작했다.

김수미. 24세.

그 외에는 모두 베일에 싸인 사람.

몇 번인가 마우스 클릭을 하더니 직원이 밝은 목소리로 말했다.

"찾았어요! 말씀해 주신 날짜에 전에 저희 대리점에서 핸드폰을 개통했어요. 어디 보자, CCTV 영상도 남아 있는지 확인해 볼게요."

직원은 아주 의욕적이었다.

다시 분주하게 움직이더니 금세 CCTV 녹화 영상을 찾아서 보여 줬다.

비교적 깨끗한 화면을 빠르게 돌리며 김수미를 찾았다.

"잠깐!"

낯익은 얼굴을 발견한 순간 내가 외쳤다.

직원은 재생을 멈췄다.

몇 번을 다시 봐도 김수미가 확실했다.

김수미가 대리점을 직접 방문해 핸드폰을 개통하고 갔다는 것은 중요한 정보였다.

나는 가장 궁금했던 걸 물었다.

"혹시 김수미 씨가 작성한 신청서를 좀 볼 수 있을까요?"

"그럼요. 지금 바로 찾아드리겠습니다."

인천까지 출장을 온 것은 김수미가 직접 신청서를 작성하고 핸드폰을 개통했다는 사실을 확인하기 위해서였다.

일단 한 가지 사실은 분명해졌다.

뭔가 실마리를 잡은 듯해서 속이 시원했다.

아마 김수미는 핸드폰을 두 대 이상 가지고 있던 모양이었다.

11화 — 자살을 막아라!(1)

내가 가진 김수미의 전화번호는 이미 서비스가 해지된 상태였다.

그렇다면 4개월 전에 개통한 이 번호를 몰래 사용하고 있을 확률이 높았다.

"여기 있습니다."

그런 생각을 하는 사이 직원이 다가와 신청서를 내밀었다.

거기에는 김수미가 자필로 쓴 주소가 적혀 있었다.

동글동글한 예쁜 글씨였다.

"그 주소로 사은품도 보내 드렸어요."

직원의 말대로라면 김수미가 직접 작성한 이 주소는 진짜일 확률이 높았다.

"이거 정말 감사합니다."

나는 진심으로 말했다.

"근데 이분이 무슨 잘못을 했나요?"

"하하. 절도예요."

"아……."

"그럼 가 보겠습니다."

나는 더 물어볼까 봐 서둘러 대리점에서 나왔다.

차에 오른 뒤 내비게이션에 김수미의 주소지를 찍고 검색했다.

다행히 대리점에서 멀지 않은 위치였다.

차로 5분 정도 달렸을까, 나는 목적지에 도착했다.

그곳은 다세대 주택이었다.

위층에 집주인이 살고 아래층에는 작은 방 여러 개가 있어 세입자들이 사는 집.

한때 유행했던 주거 형태인데 여태 남아 있다는 게 신기했다.

나는 대문에서 초인종을 눌렀다.

잠시 후 중년 여성의 목소리가 들려왔다.

"누구세요?"

"안녕하십니까? 뭐 좀 여쭤보려고요."

나는 일부러 더 쾌활한 목소리로 말했다.

"그러니까 누구시냐고요."

"아! 전 검찰에서 나왔습니다."

"검찰?"

목소리와 어투가 대번에 바뀌었다. 등딱지 속으로 들어간 거북이처럼 방어적으로.

"혹시 여기 김수미 씨라고 살고 있나요?"

"아! 그 아가씨!"

"아시면 협조 좀 부탁드립니다. 전 검찰수사관 최수호라고 하는데요, 김수미 씨를 검거하려고 찾아다니는 중입니다."

"그럼 좀 기다려 보세요."

잠시 후 파마 풀린 머리카락을 쓸어넘기며 중년 여성이 계단을 내려왔다. 그러고는 문을 열어줬다.

"감사합니다."

"뭘요. 나쁜 사람 잡는다는데 도와야지."

"김수미 씨가 여기서도 무슨 일을 저질렀습니까?"

내가 조심스레 물었다.

"말도 마세요. 월세를 3개월 치나 안 내고 도망갔잖아요. 어휴. 괘씸해. 제가 죽어가는 목숨 살려 줬는데 은혜도 모르고."

"네?"

갑자기 정신이 번쩍 들었다.

죽어가는 목숨을 살려 줬다고?

"아! 그건 모르셨나? 경찰에는 이야기했는데."

"자세히 말씀 좀 해 주세요."

"말도 마세요. 그날도 밀린 월세를 받으려고 수미 걔를 찾아 갔거든요. 근데 방에 불은 켜졌는데 아무리 두드려도 사람이 안 나오더라고요. 화도 나고 해서 문을 열었죠. 잠겨 있지 않았거 든요. 그리고 방으로 들어갔는데……."

"그때 혹시?"

"맞아요. 걔가 입에 게거품을 물고 쓰러져서 버둥거리고 있 는 거예요. 보니까 주위에 알약이 가득하더라고요. 직감적으로 자살하려고 약을 먹었구나 싶어 곧장 119에 신고를 했죠."

"어휴, 여사님 덕분에 김수미 씨가 목숨을 건졌네요."

"뭐, 따지고 보면 그런 셈이죠."

"그랬는데 김수미 씨는 방세도 안 내고 도망을 친 거고."

"그러니까 제가 배은망덕하다잖아요! 그리고 그렇게 도둑 질을 하며 살아온 줄 누가 알았겠어요?"

집주인은 더 이야기하고 싶은 눈치였지만 내게는 시간이 없었다.

　"정말 감사합니다. 덕분에 아주 중요한 정보를 얻었습니다."

　"필요한 거 있으면 언제든 오세요."

　그렇게 말하는 집주인을 향해 꾸벅 고개를 숙인 후 나는 서둘러 차에 올랐다.

자살을 막아라!(2)

나는 혹시나 해서 김수미에게 전화를 걸어 봤다.

한참이 지나도 받지 않았다.

그럼에도 전화가 된다는 사실에 나는 안도의 한숨을 쉬었다.

이 번호에 대해 통신 영장을 받기만 하면 위치를 특정할 수 있으니까.

내 걱정은 다른 데 있었다.

자살.

처음 한 번이 어렵지 언제든 다시 시도할 수 있는 게 바로 자살이었다.

김수미는 이미 최근에 자살 시도를 했다.

비록 실패로 돌아갔지만 다음에는 성공할지도 모른다.

미집자 중 극단적인 시도를 하는 사람도 꽤 된다.

오랜 도망자 생활이 사람의 내면을 피폐하게 만들기 때문이다.

김수미도 그럴 확률이 높아 보였다.

지금으로서는 김수미를 위해서라도 하루빨리 검거하는 게 제일 좋은 방법이었다.

아무리 범죄를 저질렀다고 한들 사람의 목숨을 소중하니까.

특히 김수미처럼 젊고 비교적 가벼운 범죄를 저지른 사람은 갱생의 여지가 충분하다.

나는 그 길로 속초를 향해 달렸다.

이제는 시간과의 싸움이다.

*

통신 영장은 금방 나왔다.

나는 곧장 김수미의 통화 내역을 분석하기 시작했다. 통화 내역에는 일반 전화번호가 툭 하고 튀어나왔다. 나는 그 번호로 전화를 걸었다. 전화를 받은 곳은 섬다방이었다. 잠시 후 실시간 위치 추적을 알리는 문자가 도착하였다.

문자에 찍힌 주소도 울릉도였다. 그러고는 가장 최신 발신 지역부터 확인했다.

나의 머리에는 한 줄의 문장이 새겨졌다. 단어가 바로 눈에 들어왔다.

김수미는 울릉도 섬다방에 숨어 있다.

그제야 의문 하나가 풀렸다.

김수미의 흔적을 전혀 찾을 수 없던 이유.

김수미는 애당초 바다를 건넜던 것이었다.

그것도 아주 멀리, 울릉도로.

거기에 연고가 있는 건지, 아니면 충동적으로 울릉도행을
택한 건지는 몰라도 아무튼 탁월한 선택이었다.

물론 내 레이더망에서 벗어나지는 못했지만.

나는 곧장 일어났다.

제일 급한 게 김수미를 찾는 일이라는 생각을 했다.

미집자를 잡는 것도 중요하지만 김수미의 극단적인 행동을
막아야 한다는 의무감도 들었다.

한 번의 전력이 있으니 불안했다.

심신이 불안정한 상태에 놓여 있다면 김수미는 언제든 다시
시도할 수도 있다.

그 전에 막는 게 내 임무였다.

나는 출장 보고를 하고 검찰청에서 나왔다.

원래라면 여성 수사관이나 실무관과 동행해야 했지만 마땅
한 인력이 없었다.

그렇다고 한없이 기다릴 수도 없는 상황이었다.

이번에는 혼자 가는 수밖에 없었다.

나는 운전을 해 곧장 묵호항으로 향했다.

아무래도 묵호항에 울릉도로 가는 배편이 많았다.

문제는 날씨였다.

배가 뜨지 못한다면 하루 이상을 날리는 게 되는데 얄궂게도 하늘은 점점 어두워지고 있었다. 멀리서 먹구름이 몰려왔다.

*

운전이 슬슬 지겨워질 때쯤 아내에게서 전화가 걸려 왔다.

나는 스피커 모드로 전화를 받았다.

"운전 중인가 봐?"

아내는 역시 눈치 백 단이었다.

"나 지금 어디 가는지 맞혀 봐."

내가 말했다.

"출장? 어디 멀리 가는 거야?"

"울릉도."

"울릉도? 며칠이나 있는데?"

"몰라. 배가 오늘 떠야 하는데."

나는 그렇게 말하며 지금까지의 일을 간단하게 설명했다.

"그 아가씨가 걱정이네."

내 이야기를 듣고서는 아내가 말했다.

"그러게. 막상 도착해서도 어떻게 잘 설득해서 체포할지가 고민이 돼."

그랬다.

만약 쫓고 쫓기게 된다면 김수미가 극단적인 선택을 할 확률은 더 높아진다.

"무조건 달려들어서 잡으려 하지 말고 말부터 걸어. 그리고 당신 말만 하지 말고 그쪽 얘기도 들어 주고."

아내의 진심 어린 조언이었다.

"고마워. 그렇게 할게."

"참! 또 하나."

"응?"

"울릉도 가는 거니까 호박엿 사 오는 거 잊지 마!"

"하하하. 알았어!"

나는 크게 웃었다.

그 뒤로도 한참을 더 달려 드디어 묵호항에 도착했다.

나는 주차를 하자마자 매표소로 달려갔다.

어느덧 저녁 무렵이 되었고 먹구름은 더 짙어졌다.

"울릉도 갈 수 있습니까?"

나는 거의 매표소 안으로 들어갈 듯 몸을 내밀고는 급하게 물었다.

"배가 지금 막 출발 준비 중이거든요."

"아! 그러면 그거 한 장 주세요."

나는 카드를 내밀었다.

"달리셔야 할 거예요."

매표소 직원은 카드와 배표를 내밀며 말했다.

난 어떤 상황에서든 달려야 할 운명인 모양이었다.

직원이 가르쳐 준 방향으로 달리자 배 한 척이 보였다.

정말로 출발하려는 것 같았다.

"잠깐! 잠깐!"

나는 마구 소리를 지르며 달렸다.

마침 나를 발견한 선원이 뭔가 수신호를 보내고는 손을 내밀었다.

나는 그 손에다가 표를 꼭 쥐여 준 후 배에 올라탔다.

간신히 숨을 고르는 사이 안내 방송과 함께 배가 천천히 움직였다.

승객들은 밖으로 나와서 노을이 지기 시작한 하늘과 바다를 구경했다.

나는 그럴 여유도, 체력도 없었다.

오늘 하루만 아침부터 인천까지 갔다가 또 훌쩍 묵호항까지 온 것이니 운전 시간만 따져도 상당했다.

새삼 도수 녀석이 그리웠다.

나는 의자에 앉자마자 눈을 감았다.

울릉도까지는 2시간 반이 걸린다.

한숨 자기에 딱 좋은 시간이었다.

*

울릉도에 내렸을 때는 이미 늦은 저녁이었다.

나는 기지개를 켜며 울릉도에 들어섰다.

항구 주변은 각종 해산물을 파는 상인들로 북적거렸다.

배가 출출한 것도 사실이었지만 우선은 김수미가 있을 만한 곳을 살펴보고 싶었다.

나는 상인 한 명에게 다가가 물었다.

"안녕하세요? 혹시 섬다방 가려면 어떻게 해야 합니까?"

"섬다방은 여기서 좀 멀지. 택시 타면 될 거야. 울릉도에서
섬다방 모르면 간첩이니까."

"네. 감사합니다."

마침 항구 반대편에는 손님을 실어나르려는 택시가 줄줄이
서 있었다.

나는 내 차례를 기다려 택시에 올랐다.

"섬다방 가주세요."

내가 그렇게 말하자 택시 기사는 따로 묻지도 않고 바로 출
발했다.

제일 먼저 확인하고 싶은 것은 김수미가 섬다방에서 일을
하는가였다.

그렇다면 일은 쉬워진다.

미집자가 어디 있는지만 안다면 거의 놓치지 않는다.

그런 자신은 있었다.

나는 눈치를 살피다가 은근슬쩍 기사에게 물었다.

"혹시 기사님도 섬다방 자주 가시나요?"

"저야 뭐, 일 없을 때 가끔 가긴 하죠."

기사가 말했다.

나는 김수미의 사진을 보여 줄까 하다가 멈칫했다.

낯선 섬, 그리고 낯선 환경.

어디서 어떤 이야기가 새어 나갈지 아무도 모른다.

희박한 확률이기는 하지만 이 택시 기사가 김수미와 아는 사이일 수도 있다.

나는 다시 뒷좌석에 등을 붙이고 앉았다.

"손님은 섬다방을 어떻게 알고 가시는 거죠?"

기사가 물었다.

"아! 일전에 친구가 여기 와서 며칠 머물렀는데 섬다방 커피가 그렇게 맛있다고 어떻게나 자랑을 하던지……."

나는 순간적으로 그렇게 둘러댔다.

"아! 거기 커피 맛있긴 하죠. 몇 달 전에 뭍에서 온 아가씨가 새 종업원이 됐는데 거기가 커피를 잘 타니까 꼭 마셔 봐요."

뭍에서 온 여자?

김수미다!

나는 직감적으로 알 수 있었다.

두근대는 심장을 애써 누르며 주변 경치를 살폈다.

혹시 모르니 주변이 어떤지 알아둘 필요가 있을 것 같았다.

그러는 사이 기사가 다시 입을 열었다.

"저기 있네요. 간판 보이죠?"

기사의 손끝을 따라가 보니 과연 '섬다방'이라고 적힌 간판이 빛을 내뿜고 있었다.

"아! 그럼 여기 세워 주세요."

"입구까지 안 가시고?"

"조금 걷고 싶어서요. 허허."

149

"알겠습니다."

요금을 내고 택시에서 내리자마자 섬다방을 향해 천천히 걸어갔다.

다른 이들의 이목을 끌고 싶지 않았다.

김수미가 정말로 섬다방에서 일을 하고 있다면 아마 신경을 곤두세우고 있을 것이다.

나는 섬다방을 지나치는 척하며 슬쩍 내부를 살폈다.

늦은 시간인데도 손님이 여럿 보였다.

종업원들도 바쁘게 돌아다녔다.

다방이라는 이름답게 손님 옆에 앉아 같이 이야기를 나누는 종업원도 보였다.

너무 오래 보고 있으면 오해를 산다.

내가 막 돌아서려는 찰나 시야 끝에 낯익은 얼굴이 들어왔다.

나는 서둘러 고개를 돌렸다.

김수미였다.

김수미가 쟁반을 들고 테이블 한 곳으로 막 다가가고 있었다.

됐다!

나는 쾌재를 불렀다.

살아있는 김수미를 발견한 것만으로도 절반은 성공한 듯했다.

문제는 어떻게 다가가느냐에 있었다.

지금 당장 들어가 체포할 수도 있지만 그런 상태에서 하룻밤을 보내야 한다.

그건 위험 요소가 너무 많은 선택이다.

나는 디데이를 내일로 잡고 빨리 물러났다.

＊

섬다방의 오픈 시간을 확인하니 오전 11시였다.

일찍 문을 여는 걸 보니 점심 먹은 후 커피를 찾는 손님이 제법 많은 모양이었다.

나는 내일 11시에 올 거라 다짐하며 하룻밤 묵을 곳을 찾았다.

울릉도에서도 번화한 곳이라 그런지 휘황찬란한 간판을 내건 모텔이 제법 많았다.

나는 그중 한 곳으로 들어갔다.

모텔은 척 보기에도 허름했지만 나는 딱히 상관이 없었다.

씻을 수 있는 샤워 부스와 푹신한 침대만 있어도 충분했다.

다행히 그 정도는 있었다.

화장실 자체가 통유리로 되어 있는 건 좀 민망했지만.

나는 샤워를 한 후 침대에 털썩 주저앉았다.

땀에 전 옷들은 대충 걸어 두었다.

거기까지 하고 나자 참을 수 없이 허기가 몰려왔다.

12화 ― 자살을 막아라!(2)

마침 전화기 옆에 식당 전단이 놓여 있었다.

나는 중국집에 전화해 짜장면 곱빼기를 시켰다.

그러고는 TV라도 볼까 싶어 리모컨을 집어 들었다.

그때였다.

노크 소리가 들리는가 싶더니 밖에서 남자가 외쳤다.

"짜장면 왔어요."

벌써 왔다고?

나는 믿을 수가 없어 시간을 확인했다.

5분도 채 지나지 않았다.

그걸 깨달은 순간 안 좋은 예감이 머릿속을 스쳐 지나갔다.

혹시……

검찰수사관 역시 사람을 쫓는 일을 하기에 위험에 늘 노출돼 있다.

게다가 바로 얼마 전에 김양수가 피습당했고 그 자리에 내가 있지 않았던가.

나는 순간적으로 방안을 훑어봤다.

무기가 될 만한 건 방금 손에 쥔 리모컨밖에 없었다.

그거라도 들고 문을 향해 다가갔다.

그 순간 또 목소리가 들려왔다.

"짜장면 불어요! 그냥 문 조금만 열어주시면 아무것도 안 보고 짜장면만 드리고 갈게요."

둘 중 하나였다.

매우 연기를 잘하는 킬러이거나 아니면 진짜 배달부.

나는 후자 쪽에 걸어 보기로 하고 천천히 문을 열었다.

짜증스러운 표정을 감추지 않은 채로 배달부가 서 있었다.

"짜장면은 안 불어야 맛있는데 이렇게 늦게 열어 주시면 최상의 맛을 전해 드릴 수 없잖아요!"

배달부는 직업 의식이 투철했다.

"아! 죄송합니다. 여기 놔 주세요."

나는 얼른 방으로 올라갔다.

배달부는 철가방을 현관에 내려놓고는 짜장면을 꺼냈다.

"제가 생각했던 것보다 훨씬 빨리 와서……."

내 말에 배달부는 슬쩍 웃었다.

"스피드. 그게 저희 장점이죠."

"확실히 그러네요."

"섬다방 손님들도 저희 중국집만 찾아요! 빠르고 맛있다고!"

"그럼 섬다방에 자주 가겠네요. 거기 커피 진짜 맛있어요?"

나는 은근슬쩍 질문을 던졌다.

"맛있죠. 전 공짜로 얻어먹을 때가 많거든요. 확실히 뭍에서 온 누나가 커피를 잘 타요."

"아! 그렇구나."

"어휴. 근데 강수 형님이 그 누나 점 찍어서 고맙다는 이야기 한번 못 했네."

"강수 형님은 누굽니까?"

"있어요. 여기서 주먹깨나 쓰는 형님. 요즘은 거의 매일

12화 ― 자살을 막아라!(2)

섬다방에서 살아요. 그 누나 본다고."

방해물이 늘어난 느낌이었다.

"고맙습니다."

나는 배달부에게 인사를 했다.

"맛있게 드세요. 더 불기 전에!"

그렇게 말하고 배달부는 멋지게 퇴장했다.

나는 이미 분 짜장면을 먹으며 생각했다.

김수미를 체포하는 일이 결코 쉽지 않을 것 같다고.

그나저나 짜장면은 진짜 맛있었다.

나는 게 눈 감추듯 짜장면을 흡입한 후 내일 어떻게 하면 좋을지 머릿속으로 찬찬히 그려 봤다.

13화

자살을 막아라!(3)

피곤하긴 했는지 한 번도 깨지 않고 푹 잤다.

일어나 보니 9시였다.

내 기준에서는 엄청나게 늦잠을 잔 것이었다.

대신에 피로가 풀리고 머리도 생생하게 돌아갔다.

나는 모텔에서 일찌감치 나왔다.

해물 뚝배기를 아침으로 먹으니, 속까지 든든했다.

나는 남은 시간 동안 천천히 걸으며 섬다방 주변 지리를 익혔다.

골목 구석구석을 다니며 혹시 도망갈 틈이 있는지도 살폈다.

그러는 사이 11시가 되었다.

나는 섬다방이 보이는 위치에 서서 들고나는 사람들을 관찰했다.

얼마 지나지 않아 김수미가 나타났다.

김수미는 곧장 다방 안으로 들어갔다.

잠시 후, 덩치 큰 남자 하나가 다방을 찾았다.

내가 확인한 바로는 첫 손님이었고, 그의 이름은 아마도 강수일 것 같았다.

"골치 아픈데……."

저절로 혼잣말이 나왔다.

강수라는 자는 말이 통할 것처럼 보이지 않았다.

그래도 여기서 포기할 수는 없었다.

나는 각오를 다지며 섬다방으로 향했다.

딸랑.

문을 열자 경쾌한 방울 소리가 들렸다.

"어서 오세요!"

주인으로 보이는 중년 여성이 계산대에서 인사를 했다.

나는 다방 전체를 한눈에 훑었다.

강수라는 자가 가운데 테이블에 앉아 나를 노려보고 있었고, 다른 종업원들 역시 고개를 돌려 바라봤다.

그중에는 김수미도 있었다.

사진을 통해 보고, 또 봤던 사람.

사진 속 김수미는 웃고 있었지만 실제 김수미는 아주 어두운 표정이었다.

"어머, 처음 오셨나 보네. 못 보던 얼굴인데."

다방 주인이 말했다.

"잠시 협조 부탁드립니다."

나는 일부러 크게 말한 후 김수미를 향해 걸어갔다.

"김수미 씨, 잠깐 보실까요?"

시간 끌어봐야 좋을 게 없었다.

순간 김수미의 얼굴에 체념 어린 표정이 떠올랐다.

그때였다.

"어이, 그쪽, 누굽니까?"

잔뜩 목소리를 깐 채 강수라는 자가 나를 막아섰다.

좋아하는 사람을 낯선 이로부터 지키려는 자세야 훌륭하지만 문제는 지금이 올바른 타이밍이 아니라는 데 있었다.

"전 검찰수사관 최수호라고 합니다."

내가 신분을 밝히자 강수는 약간 움찔했다.

" 검찰수사관? 처음 듣는데……."

"김수미 씨, 저와 같이 가시죠."

나는 강수를 무시하고 김수미에게 바로 말했다.

"아니, 우리 수미를 어디로 데려가려고?"

우리 수미라니, 최악의 한 마디였다.

"김수미 씨는 실형을 선고받았습니다. 전 법적 절차에 따라 김수미 씨를 형 집행하려고 합니다. 더 이상 방해하면 저도 어쩔 수 없습니다. 공무 집행 방해입니다."

내 말이 끝나기도 전에 강수의 얼굴이 확 구겨졌다.

"이런 쌍놈이. 사기꾼처럼 생긴 놈이 어디서!"

강수는 말을 마치자마자 다짜고짜 주먹을 날렸다.

13화 ─ 자살을 막아라!(3)

울퉁불퉁한 근육이 증명하듯 맞으면 꽤 아플 것 같은 펀치였다.

물론, 나는 맞을 생각도 아파할 생각도 없었다.

얼굴로 날아오는 주먹을 피한 뒤 강수의 오른쪽 팔을 잡았다.

그러고는 품 안으로 파고들며 바로 업어치기를 했다.

쿵!

강수는 큰 소리를 내며 테이블에 떨어졌다.

"윽!"

허리를 부여잡고 버둥거리는 강수를 내버려 둔 채 김수미가 서 있던 쪽으로 고개를 돌렸다.

없었다.

어느새 사라지고 없었다.

"어디 갔어요?"

다방 주인에게 묻자 열린 문을 가리켰다.

"젠장!"

나는 바로 뛰어나갔다.

*

저 멀리 인도를 달리고 있는 김수미가 보였다.

생각보다 달리기를 잘했다.

하이힐을 신고 있는데도 거의 전력 질주를 하고 있었다.

이번에는 추격전이 없으리라 생각했건만, 역시 예상은 빗나가기 일쑤다.

나는 김수미를 쫓아 달리기 시작했다.

김수미는 인도를 달리다가 갑자기 차도로 뛰어들었다.

"어어!"

달리던 차들이 끼익 소리를 내며 멈췄다.

한 대는 김수미를 거의 칠 뻔했다.

나는 조바심이 났다.

언제 무슨 짓을 저지를지 알 수가 없었다.

그렇게 무단 횡단을 한 김수미는 반대편 인도를 죽어라 달렸다.

할 수 없이 나도 차가 없는 순간을 노려 길을 건넜다.

그 순간 김수미가 모텔 한 곳으로 뛰어 들어갔다.

내가 묵었던 바로 그 모텔이었다.

잠시 혼란스러웠지만 그런 걸 따지고 있을 때가 아니었다.

나도 모텔 안으로 들어갔다.

마침 계산대에 사람이 있었다.

"방금 여자 분 한 명 들어오지 않았습니까?"

내가 묻자 모텔 주인은 고개를 끄덕이며 말했다.

"그 아가씨 502호 장기 투숙객인데 무슨 일로……."

하아!

얄궂은 운명 앞에 나는 한숨을 내쉴 수밖에 없었다.

같은 모텔에 묵고 있었다니, 이건 뭐 코미디도 아니고 스릴

러도 아닌 사건이 되어 버렸다.

나는 엘리베이터를 봤다.

3층을 통과해 올라가고 있었다.

이대로 가만히 기다렸다가는 큰일이 날 것 같았다.

비상 계단을 달려 올라갔다.

온몸은 이미 땀으로 범벅이 되었다.

그것보다 괴로운 건 호흡이었다.

심폐 능력은 누구보다 자신 있는데 쉬지 않고 달리는 건 역시 무리였다.

그래도 엘리베이터와 거의 동시에 5층에 도달했다.

502호.

엘리베이터 바로 앞이 김수미가 묵는 방이었다.

문은 잠겨 있었다.

그 순간 엘리베이터가 5층에 머물지 않고 맨 꼭대기인 6층까지 올라갔다.

아뿔싸!

내가 살펴본 바로는 6층은 옥상이었다.

사람이 뛰어내리면 즉사하거나 불구가 되기에 딱 좋은 높이.

김수미의 의도가 무언지 완벽하게 알아낸 나는 또 계단을 달려 올라갔다.

6층에 올라서자 바로 옥상이 나왔다.

다행히 문은 활짝 열려 있었다.

나는 망설이지 않고 옥상으로 나갔다.

그 순간 눈앞에 아슬아슬한 장면이 펼쳐졌다.

김수미가 옥상 난간에 서 있었다.

누가 옆에서 바람이라도 훅 불면 바로 떨어질 것 같았다.

나는 일단 숨을 고른 뒤 최대한 자극하지 않게 목소리를 낮춘 채로 그를 불렀다.

"김수미 씨."

김수미가 살짝 뒤를 돌아봤다.

나는 아무것도 들고 있지 않다는 걸 보여주려고 양손을 앞으로 내밀었다.

"힘들고 복잡한 심경인 거 압니다. 그래도 극단적인 선택은 하지 말아야죠."

부드러운 목소리를 내려고 애썼다.

효과가 있었는지는 몰라도 김수미는 잠시 나를 바라봤다.

나는 한 마디를 더 하려다가 멈칫했다.

아내의 말이 떠올랐다.

이야기를 많이 들어 주라던 말.

나는 조바심이 드는 걸 꾹 참고 일단 기다렸다.

만약 진짜로 뛰어내리면 어떡하지?

내가 달려가서 잡을 수 있을까?

여러 가지 걱정이 머릿속을 맴돌았다.

그때 김수미가 입을 열었다.

"저한텐 아무 희망도 없어요."

161

반사적으로 대답을 하려다가 이번에도 입을 꾹 다물었다.

"제가 잘못했다는 거 다 알아요. 하지만 어릴 때부터 그렇게 하지 않고는 살아남을 수가 없었어요. 그게 반복되다 보니 습관이 됐고, 결국 도벽이 생겼어요."

"네, 잘 알고 있습니다."

이번에는 진심을 담아 입을 열었다.

김수미의 서류를 몇 번이나 들여다봤기에 나는 그녀가 나쁜 사람은 아닐 거라는 확신을 품고 있었다.

범죄 자체는 물론 벌을 받아야 마땅한 나쁜 일이지만 그 범죄를 저지른 인간 자체가 모두 악인인 건 아니다.

지금껏 내가 체포한 수많은 미집자들 중에는 어쩔 수 없이 범죄에 휘말린 이도 있었다.

환경이 그렇게 내몬 경우도 많았다.

일단 도망을 갔지만 법의 심판을 달게 받겠다고 이내 자수한 이도 있었다.

죄는 미워하되 사람은 미워하지 말라는 말을, 나는 역설적이게도 이 일을 하면서 믿게 되었다.

"이제 전 아무 희망도 없어요. 여기서 그만 끝내는 게 제일 좋은 일일 거예요. 그러면 언제 잡힐까 두려워하지 않아도 되고, 혹시라도 좋은 일이 생길까 봐 쓸데없는 기대를 하고 또 후회하는 일을 반복하지 않아도 되니까요."

김수미는 마치 유언이라도 읊듯 그렇게 말했다.

더는 지켜보고만 있을 순 없었다.

나는 입을 열었다.

"김수미 씨, 제가 수미 씨보다 조금 더 나이가 많다는 이유만으로 이런 말을 한다고 생각하진 마세요. 다만 제가 겪어보니까 그렇더라고요. 언제, 어느 순간에도 좋은 일은 찾아옵니다."

김수미는 완전히 고개를 돌려 나를 바라봤다. 그러고는 한마디를 툭 던졌다.

"어떻게 확신하는 거죠? 저처럼 시궁창 인생을 살아온 것도 아니면서."

"맞습니다. 전 김수미 씨의 어려움을 완전히 이해하지는 못합니다. 하지만 많이 봐왔어요. 시궁창을 뒹굴다가도 기적처럼 벗어나 새 삶을 사는 사람들, 저는 정말 많이 봤습니다. 그런 기적 누구에게나 찾아옵니다. 단 악착같이 살아있어야겠죠. 그러니 내려오세요. 이 기회에 다시 시작하는 겁니다."

"말이 쉽지, 그게 거의 불가능한 일이라는 건 수사관님이 더 잘 알지 않나요?"

김수미의 말도 틀리지 않았다.

범죄자의 갱생이 쉬웠다면 재범은 크게 줄어들었을 것이다. 하지만 현실은 아니었다.

범죄자라는 굴레는 죽을 때까지 따라다닌다.

그 굴레를 벗어던질 수 없는 이상 받아들이며 살아가야 하는데 그게 쉽지 않은 일이었다.

"맞습니다. 쉬운 일이 아니죠. 하지만 그게 목숨을 버리는 일만큼 어려울까요? 마지막이라는 생각으로 한 번만 시도해 봅시다. 저는 김수미 씨 앞에 아직 희망이 남아 있다고 믿습니다."

나는 그렇게 말하며 김수미를 향해 손을 내밀었다.

김수미는 내 손과 옥상 아래를 번갈아 봤다.

나는 내민 손을 거두지 않았다.

몇 분인지 모를 시간이 흐른 후 김수미가 말했다.

"마지막으로 한 번 더 믿어 볼게요."

김수미는 내 손을 잡았다.

꽉. 생을 부여잡듯이 그렇게.

*

나는 김수미와 함께 택시를 타고 선착장으로 향했다.

김수미는 만감이 교차하는 표정으로 지나가는 풍경을 보고 있었다.

"너무 걱정하지 마세요. 교도소도 사람 사는 곳입니다. 물론 힘들겠지만 금세 적응할 겁니다."

나는 조용히 속삭였다.

김수미는 대답이 없었다.

대신에 피식 웃었다.

내가 의아한 표정을 짓자 김수미가 쿡쿡 웃으며 말했다.

"강수 오빠 생각하니 고소해서요. 안 그래도 힘든데 그 인간이 맨날 들이대서 더 짜증났거든요. 전 못 보고 나왔는데 결과는 어땠어요?"

나는 테이블 위로 나가떨어진 강수에 대해 이야기해 줬다.

김수미는 배를 잡고 웃었다.

그러자 비로소 24살에 맞는 말간 얼굴이 나왔다.

선착장에 도착하니 마침 묵호항으로 가는 배가 기다리고 있었다.

나는 표 두 장을 끊었다. 그러고는 배에 오르려는데 갑자기 아내가 했던 말이 떠올랐다.

"조금만 기다려 주세요."

김수미에게 양해를 구하고 호박엿 파는 곳으로 갔다.

"제일 맛있는 거로 한 통 주세요."

"울릉도 호박엿 자체가 전국에서 제일 맛있는 엿이에요."

주인이 허허 웃으며 내가 내민 카드를 받아들었다.

그때 뒤에서 목소리가 들렸다.

"저도 사 주세요."

김수미가 희미하게 웃으며 서 있었다.

"아! 물론이죠. 두 통 주세요. 사장님."

나는 호박엿을 사서 배에 올랐다.

그런 뒤 김수미에게 호박엿을 내밀었다.

김수미는 오물오물 호박엿을 먹으며 중얼거렸다.

"이 맛있는 걸 이제 먹네. 울릉도에 숨은 지 벌써 몇 달인데."

배는 힘차게 출발했다.

나는 눈물을 흘리는 김수미를 놔둔 채 하늘을 바라봤다. 맑았다.

찬란한 햇살이 김수미의 얼굴을 비추고 있었다.

나는 이 불행한 사람의 앞날에 정말로 희망이 존재했으면 좋겠다고 진심으로 빌었다.

그런 뒤 김수미가 내민 호박엿 하나를 받아서 입에 넣었다.

역시, 맛있었다.

눈물이 날 만큼.

진짜와 가짜(1)

    예전에 이름만 대면 다 안다는 유명한 관상가를 만난 적이
있다.

    그런 걸 통 믿지 않는 나로서는 관상가가 어떤 방식으로 얼
굴만 보고서 앞날을 예언하는지 신기하기만 했다.

    그런 내 궁금증을 읽은 듯 관상가는 이렇게 이야기했다.

    "영업 비밀이기는 한데, 관상도 통계를 바탕으로 합니다."

    "통계요?"

    "네. 물론 수치화된 건 아니지만 관상가들 사이에서 내려오
는 정보 그리고 각각의 경험치 등이 쌓여서 일종의 통계 자료
가 만들어지는 거죠. 눈썹이 짙은 사람은 고집이 세다는 말은
옛날부터 지금까지 쌓아온 방대한 경험에 의지해 그럴 확률이
높더라는 통계를 문장으로 옮긴 겁니다."

    관상가의 말을 듣고 보니 그럴싸했다.

영험한 능력이니 예언이니 하는 것보다 경험에 따른 통계적 분석이라 말하는 편이 훨씬 믿음직스러웠다.

"수사관님도 여러 사람을 겪으셨으니 대충 얼굴 사진만 봐도 감이 오지 않습니까?"

관상가는 그렇게 물었다.

나는 고개를 끄덕였다.

그 말은 사실이었다.

나는 체포해야 하는 미집자가 생기면 눈이 짓무를 때까지 그 사람의 사진을 들여다본다.

절대 잊지 않도록, 아무리 많은 사람들 틈에서도 바로 발견할 수 있도록.

그러다 보니 몇 가지 사실을 알게 되었다.

먼저, 얼굴에는 그 사람의 살아온 흔적이 새겨지기 마련이라는 사실.

그래서인지 사진 속 얼굴만 봐도 어떤 범죄를 저질렀는지 대충 맞힐 수가 있게 되었다.

또 하나는 생김새에 따라 확실히 정형화된 성격이 있다는 사실.

눈이 작고 쭉 찢어진 사람들은 경계심이 많고, 하관이 발달한 사람들은 대체로 무신경한 편이라는 것쯤은 대충 알게 되었다.

물론 아닌 경우도 있지만 어느샌가 나도 모르게 생김새를 기준으로 미집자의 행동을 추리하는 경우도 생겼다.

그리고 그런 추리는 제법 적중률이 높았다.

결국 관상가와 나는 비슷한 방법으로 사람의 얼굴을 대하고 있던 것이다.

내가 옛 기억까지 끄집어낸 것은 이번에 체포해야 할 미집자의 얼굴에서 아무것도 읽어낼 수가 없었기 때문이다.

재판 중에 자취를 감춰버린 인물의 이름은 조필수.

사문서 위조로 실형을 선고받았다.

사진 속 조필수는 평범하게 생겼다.

평범함의 정의는 사람마다 다르겠지만 조필수를 본다면 백이면 백 다 평범하다고 생각할 것이다.

크지도 않고 작지도 않은 쌍꺼풀 없는 눈, 적당한 크기의 코, 역시 보통 크기의 입술. 도무지 개성이라고는 찾아볼 수 없는 얼굴이었다.

두드러진 점이 없으니 성격을 짐작하기도 어려웠다.

그냥…… 평범하지 않을까?

결국 나는 서류에 집중했다.

사진에서 뭔가를 얻지 못한다면 서류를 뒤적일 수밖에 없다.

마음먹고 도망친 상대를 찾는다는 건 무척 어려운 일이다.

검찰수사관이 가진 무기라고는 이미 과거가 되어 버린 사진과 서류뿐이다.

그러니 과거를 뒤진 결과를 바탕으로 한발 먼저 대처하는 수밖에 없다.

서류에는 조필수의 핸드폰 번호가 나와 있었다.

시작은 여기부터다.

나는 그 번호로 전화를 걸었다.

신호음이 몇 번이나 들렸다.

역시 안 받는구나 싶어 전화를 끊으려는 찰나 목소리가 들려왔다.

"여보세요?"

"아! 여기는 검찰청입니다."

살짝 당황한 쪽은 나였다.

"그런데요?"

"혹시 조필수 씨인가요?"

상대방은 잠시 침묵을 지키더니 한숨을 쉬는 듯한 말투로 대답했다.

"아니요. 잘못 거셨어요."

"저희가 가진 자료에는 이 번호가 조필수 씨……."

"필수는 제 동생이고, 저는 필수 형인 조필우입니다."

"명의는 조필수 씨 앞으로 되어 있는데 실제 사용자는 조필우 씨라는 말씀이죠?"

"네. 걔가 핸드폰을 두고 가서 그냥 제가 쓰고 있는 겁니다."

"혹시 조필수 씨 행방은 모르십니까?"

나는 조심스레 물었다.

"모르죠."

"알겠습니다. 실례했습니다."

전화를 끊었지만 어딘지 모르게 찜찜했다.

나는 곧바로 자료를 더 뒤졌다.

형이 존재하는 건 사실이었고 이름도 조필우가 맞았다.

그 정보를 바탕으로 조필우의 핸드폰 번호에 대해서도 영장을 청구했다.

거기까지 한 뒤 한숨 돌리려고 복도로 나갔다.

마침 도수가 걸어오고 있었다.

"계장님!"

도수는 좋은 일이라도 있는지 환하게 웃으며 달려왔다.

"너 로또라도 맞은 거야? 왜 이렇게 싱글벙글이야?"

"그게 아니고요, 계장님, 저 애인 생길지도 모르겠어요."

"애인?"

"얼마 전에 소개팅을 했는데 전 진짜 마음에 들었거든요. 그래서 또 보기도 하고 계속 연락도 했는데 그쪽에선 별로인지 좀 심드렁하더라고요. 근데 방금 처음으로 선톡이 왔어요!"

좋아하는 도수를 보자 저절로 웃음이 나왔다.

"아니, 누가 보면 결혼 승낙이라도 받은 줄 알겠네. 선톡 온 게 그렇게 좋아?"

"계장님은 잘 모르시겠지만 선톡이라는 게 어마어마하게 중요하거든요."

"좋겠다! 그 중요한 선톡도 오고. 그래서 뭐래? 선톡 한 이유가 있을 거 아냐?"

도수의 입이 더 크게 벌어졌다.

"영화 보재요!"

도수는 주먹을 불끈 쥐며 그렇게 말하고는 발걸음도 가볍게 복도를 가로질러 사무실로 들어갔다.

✳

다음 날 아침 일찍 통신사에서 자료가 날아왔다.

조필우의 명의로 된 핸드폰 번호는 물론이고 개통일과 주소도 다 나와 있었다.

나는 조필우에 대해 조사를 시작했다.

그러다가 조필우 앞으로 핸드폰 두 대가 개통돼 있는 걸 발견했다.

이번에는 확신이 왔다.

핸드폰 한 대는 분명 동생인 조필수가 쓸 것이다.

나는 둘 중 하나를 골라 바로 전화를 걸었다.

신호음이 떨어지다가 누군가가 전화를 받았다.

"여보세요?"

목소리를 듣는 순간 어제와 같은 사람, 그러니까 조필우라는 사실을 깨달았다.

"아! 어제 연락드린 검찰청……."

"아니 이 번호는 어떻게 알고 전화했어요? 저 조필우입니다. 조필우!"

"그럼 혹시 이 번호도 조필우 씨께서 직접 쓰십니까?"

나는 남은 번호를 불러 주며 물었다.

"네, 제가 씁니다. 제가 하는 일이 영업 쪽이라 몇 개를 써요. 이제 전화 좀 그만하세요. 동생이 뭐하는지는 나도 모르니까!"

전화는 끊어졌지만 의문이 사라지지는 않았다.

영업일까지는 이해를 하겠는데 그렇다고 해서 핸드폰 석 대를 쓴다고?

나는 조필우라는 이 남자를 직접 만나 보고 싶었다.

조필우는 동명항 근처에 살고 있었다.

주소를 확인한 나는 바로 도수에게 도움을 청했다.

"세상에서 제일 행복한 도수야, 간만에 같이 좀 가자."

그렇게 메시지를 보내자마자 도수의 답장이 날아왔다.

"시동 걸어 놓겠습니다!"

나는 도수가 운전하는 차를 타고 조필우의 집으로 향했다.

가는 길에 도수에게도 설명을 했다.

"확실히 이상하네요. 핸드폰을 세 개나 쓸 일이 뭐가 있지?"

"조필수 쫓기도 바쁜데 그 형이란 사람을 찾아가는 게 맞는지는 모르겠다. 근데 이상하게 신경이 쓰이네."

"계장님 촉을 믿으세요."

"그러게 말이다. 이번에도 촉이 통해야 할 텐데."

그런 이야기를 나누는 사이 조필우의 집에 도착했다.

나와 도수는 같이 내렸다.

"뭐, 심각한 상황도 아닐 거니까 같이 가자."

내가 그렇게 말했기 때문이다.

14화 ― 진짜와 가짜(1)

나는 대문 초인종을 눌렀다. 잠시 후 현관문이 열리며 누군
가가 대문 쪽으로 다가왔다.

"누구세요?"

대문을 활짝 연 사람은 조필수였다. 분명했다!

*

"조필수 씨?"

나는 대문을 닫지 못하게 다리를 밀어 넣으며 그렇게 물
었다.

"왜 이러세요? 누굽니까?"

당당하게 나오는 조필수를 향해 나는 명함을 내밀었다.

"검찰수사관 최수호입니다."

"혹시 아까 전화한 분입니까?"

"네."

대답은 했지만 뭔가 찜찜했다.

통화는 조필우와 했는데…….

"하아."

조필수는 한숨을 푹 쉬더니 지긋지긋하다는 표정으로 나와
도수를 바라봤다.

"말씀드렸잖아요. 저 필수 형 필우라고."

"그쪽이 조필우 씨라고요?"

"저희들, 쌍둥이예요. 일란성 쌍둥이라고요. 저랑 동생이랑

똑같이 생겨서 부모님도 가끔 헷갈려 하세요."

나는 홀린 것 같았다.

딱히 특별할 것 없는 조필수, 아니 조필우의 얼굴에서는 어떤 감정도 읽어낼 수 없었다.

가까스로 정신을 차린 나는 빠르게 현관을 훔쳐본 후 다시 물었다.

"혹시 조필우 씨 신분증을 보여주실 수 있습니까?"

현관을 살핀 이유는 신발 수를 가늠해보기 위해서였다.

운동화 하나, 그리고 등산화 하나가 현관에 나와 있는 신발의 전부였다.

"거 참, 알겠습니다. 잠시 기다려주세요."

조필우는 신분증을 가지러 들어갔고 도수와 나는 현관 앞에 우두커니 서 있었다.

"쌍둥이라니 이 사실 자체가 반전인데요!"

도수가 속삭였다.

"닮아도 너무 닮았어."

이번에는 내가 중얼거렸다.

그때 조필우가 현관에 모습을 드러냈다.

그는 세상 귀찮은 표정으로 왼손에 들고 있던 주민등록증을 내게 건넸다.

분명 조필우 앞으로 나온 주민등록증이었다.

나는 허탈한 표정을 애써 감춘 채 그걸 돌려줄 수밖에 없었다.

14화 — 진짜와 가짜(1)

조필우는 왼손으로 받아 주머니 안에 넣었다.

"자, 이제 제가 뭘 더 증명하면 되죠?"

조필우는 그렇게 말하고는 씩 웃었다.

웃기는 웃는데 참으로 무미건조한 웃음이었다.

그냥 입꼬리를 당겨 올렸다는 표현이 더 맞을 것 같았다.

순간 아무런 특징 없이 평범한 분위기만 내뿜던 조필수의 얼굴이 다시 겹쳤다.

다만 그것만으로 무언가를 더 할 수가 없는 상황이었다.

"죄송합니다. 제가 끝까지 귀찮게 해 드렸네요. 이만 가 보겠습니다. 협조 감사합니다."

나는 정중히 사과하고 물러섰다.

＊

"영 찜찜한 표정이십니다."

돌아오는 길에 도수가 말했다.

"찜찜해. 분명 찜찜한데 쌍둥이라는 건 또 사실이니 뭐라 할 수가 없어. 증거도 없는데 다짜고짜 조필우를 조사할 수도 없고."

"눈에 보이는 게 전부가 아닐지도 모르잖습니까. 내일 만나기로 한 그 여자분도 겉으로 보기엔 차가운 인상인데……."

"잠깐!"

나는 그때까지 계속 서류를 보고 또 보고 있었다.

그러던 참에 눈에 들어오는 걸 발견했다.

조필우의 핸드폰 번호로 통신 영장을 받아 통화 내역을 받은 자료였다.

"왜 그러십니까?"

도수가 물었다.

"조필우 핸드폰으로 유독 많이 걸려온 전화가 있어."

"같은 번호로?"

"그래. 조필우가 전화를 건 적도 꽤 되는데."

"냄새가 나네요."

"그렇지?"

누군가의 도움을 받지 않고 도망자 생활을 이어가기란 무척 어렵다.

돈도 돈이지만 심리적 불안감을 해소할 창구가 필요한 것이다.

그런 경우 대부분은 가족의 도움을 받는다.

가족이라는 이유만으로도 저지른 죄는 싹 덮고 미집자의 도망을 도와주는 경우가 많다.

조필우 역시 동생 조필수의 도망을 도와주는 거라면?

당연히 둘은 밀접하게 연락을 주고받는 상태일 것이다.

"그 번호를 따라서 가실 생각이죠? 말씀만 하세요. 제가 모셔다 드릴 테니까. 근데 발신지가 어딥니까?"

"제주도."

"네?"

14화 ─ 진짜와 가짜(1)

"제주도라고."

잠시 침묵이 이어졌다.

"그, 그럼 당일치기는 무리고 적어도 1박은 하셔야겠네요."

침묵을 깨고 도수가 말했다.

"넌 따라올 생각하지 마. 그냥 양양 공항에만 내려줘."

"그래도……."

"너 내일 데이트 있다며? 그리고 내일은 토요일이니까 공식적으로 쉬는 날이야. 그러니까 그 선톡 여자 분 만나서 맛있는 거나 사 드려."

"네."

"그럼 난 눈 좀 붙일게."

나는 조수석에 몸을 파묻고 눈을 감았다.

눈을 붙인다고 해 봐야 자는 건 아니었다.

나는 생각에 잠겼다.

이번에도 역시 뭔가가 찜찜했다.

조필수는 사문서 위조로 징역형을 선고 받았다.

벌금형이 아니라는 것은 동종 전과가 몇 번이나 있다는 뜻이다.

게다가 사문서 위조는 대개 사기와 맞닿아 있다.

서류에서 본 내용을 더듬어 봐도 조필수는 사기죄로 복역한 적이 한 번 있었다.

이 사실만 놓고 보면 특이한 건 없는데 문제는 형 조필우의 존재였다.

제주에서 조필수를 잡는 데 성공한다면 조필우는 거짓말을 했다는 이야기가 된다.

그러니까 경찰과 검찰 모두에게 거짓말을 하면서까지 조필우는 동생을 도우려고 했던 것이다.

물론 가족이고 쌍둥이 형제라 더 특별한 사이이기는 하겠지만……

눈을 감고 이런저런 생각을 하는 사이에 양양 공항에 도착했다.

나는 짐가방 하나 없는 상태였다.

단번에 조필수를 잡는다면 다행이지만 그게 아닌 경우에는 골치가 좀 아플 것 같았다.

숙소는 물론이고 차도 안 빌린 상태로 무작정 비행기를 타는 셈이니.

"도수야, 조심해서 돌아가. 나중에 제주에서 출발할 때 전화할 테니까."

나는 그렇게 말하며 차에서 내렸다.

그러자 도수가 다급하게 나를 불렀다.

"계장님!"

"왜?"

"같이 가게 해 주세요."

"뭐? 안 그래도 된다니까."

"아니, 공항 오는 내내 생각해 봤는데 계장님 혼자 제주까지 가서 고생하시는 걸 아는데 맘 편히 데이트 못 할 것 같아요."

"야! 누가 들으면 우리 관계 오해한다. 빨리 가."

나는 웃으며 말했다. 말만으로도 고마웠다.

"어차피 차도 렌트해서 다녀야 하잖아요. 그거 제가 운전하면 훨씬 편하게 다닐 수 있고, 나중에 조필수 잡았을 때도 둘 정도는 있어야 안심이 되잖아요."

"뭐, 그건 그런데……."

도수의 말은 설득력이 있었다.

내가 고민하자 도수가 또 한 마디를 했다.

"게다가 저 제주 고기국수 먹고 싶단 말이에요."

뭐, 그렇다면 어쩔 수 없지.

"내려라."

"알겠습니다."

도수는 활짝 웃으며 내렸다.

그러더니 공항을 향해 성큼성큼 걸어갔다.

"제가 비행기 시간 알아볼게요!"

나는 도수의 뒷모습을 보며 조금 울컥했다.

그토록 기뻐했던 데이트를 미루고 제주까지 같이 가 준다는 건 정말로 대단한 의리였다.

고기국수야 몇 그릇이고 사 주겠노라 마음먹으며 나도 공항으로 들어섰다.

그리고 우리는 곧 제주행 비행기에 몸을 실었다.

15화
진짜와 가짜(2)

제주에 내려서는 차부터 빌렸다.

"선톡 해 준 분한테는 연락 드렸어?"

나는 차에 타자마자 물었다.

"네. 아까 비행기 출발하기 전에 이런저런 이유로 제주도 출장 간다고 보냈어요."

도수가 말했다.

"그랬더니?"

"아직 답장이 없네요."

"아……."

뭐라 대답해 줄 말이 없었다.

괜스레 미안하기만 했다.

"뭐, 바빠서 안 오는 거겠죠. 그럼 출발하겠습니다!"

도수는 애써 웃는 것 같았다.

"함덕으로 가자고. 조필우가 통화한 상대방의 기지국이 그 쪽이니까."

"그럼 일단 함덕 해수욕장 찍고 가겠습니다."

"좋아."

*

공항에서 함덕 해수욕장까지는 그리 멀지 않았다.

우리는 일단 공용 주차장에 차를 세운 후 밖으로 나갔다.

맑지만 역시 제주답게 바람이 엄청 불었다.

조금만 걸으니 제주의 푸른 바다가 모습을 드러냈다.

전국 구석구석 다녀 본 후 알게 된 사실은 각 지역의 바다는 다 다르게 생겼고, 그만큼 느낌 역시 다르다.

나는 속초의 바다를 열렬히 사랑하지만 제주 바다도 그에 못지않게 좋아한다.

속초 바다가 날것 그대로의 싱싱함을 품고 있다면 제주 바다는 부드럽고 편안하며 따뜻한 느낌이다.

그런 생각을 하며 잠시 감상에 젖었는데 도수가 슬쩍 사라 졌다가 손에 뭔가를 들고 나타났다.

"계장님, 이거 드세요."

"응? 음료수?"

"그냥 음료수가 아니란 말씀. 이게 제주에서 핫한 망고주스 예요."

"아! 그래?"

주스가 거기서 거기겠지 하며 쭉 빨아 먹은 순간 혀를 자극하는 싱그러운 맛과 코에 풍기는 망고 향에 나도 모르게 감탄하고 말았다.

"오! 이거 맛있다!"

"그렇죠? 제가 제주에 오면 꼭 사 먹거든요. 흐흐."

"역시 너랑 오길 잘했네."

나는 그렇게 말하며 해변을 따라 이동했다.

조필수의 통화 내역에서 영업점에서 사용하는 번호를 여러 개 확보하였다. 나는 그가 통화한 영업점이 있는 함덕 이곳저곳을 살펴보며 영업점을 상대로 탐문을 해 볼 생각이었다.

계속 가다 보니 통화 내역에 있던 음식점 이름이 나왔다.

음식점 간판 아래에 있는 전화번호를 확인하였다. 조필수가 통화를 한 적이 있는 곳이었다.

우리는 안으로 들어갔다.

"어서 오세요."

계산대에 서 있던 사장님이 인사를 건넸다. 다행히 음식점 안에는 아직 다른 손님이 없었다.

"안녕하세요? 뭐 좀 여쭤보려고요."

내가 조필수의 사진을 꺼내며 다가가자 사장은 살짝 경계하는 표정을 지었다.

"골치 아픈 건 싫은데……."

"아! 그런 건 아니고 혹시 이 사람 본 적 있는지 그것만 확인

183   15화 — 진짜와 가짜(2)

해 주세요."

나는 사장에게 조필수 사진을 내밀었다.

사장은 안경을 올리고 사진을 멀리 했다가 가까이 했다가 하면서 제법 유심히 살펴봤다.

그런 뒤 천천히 대답했다.

"음…… 진짜 평범하게 생겼네."

역시, 나만 그렇게 느낀 게 아니었다.

"기억나진 않으시고?"

"자주 왔던 사람이면 알겠지만 보시다시피 여행객이 주 고객이라 하루에도 셀 수 없을 정도로 많은 얼굴을 보거든요. 그걸 다 기억할 순 없잖아요."

맞는 말이었다.

그렇다는 건 조필수가 여기에 자주 오지는 않았다는 말이 된다.

하나씩 가능성을 지워가는 것, 그것도 아주 유용한 수사 기법이다.

그렇게 지워 가다 보면 결국 남는 하나가 정답이기 때문이니까.

"감사합니다. 그럼……."

사장에게 인사를 건네고 돌아서려는데 도수가 보이지 않았다.

주위를 살피니 도수는 이미 테이블에 앉아 있었다.

그러다가 나와 눈이 마주치고는 쑥스러운 듯 웃었다.

"계장님, 밥은 먹어야죠."

도수는 다가가는 나를 향해 말했다.

"하긴. 나도 출출하네."

망고주스 말고는 딱히 먹은 게 없었다. 배가 고픈 게 정상이었다.

나 역시 테이블에 앉았다.

"제가 미리 주문도 했습니다."

도수는 해맑게 웃었다.

"그래? 어떤 거?"

"고기국수."

"아!"

순간 고기국수야말로 도수의 진심이 아니었을까 하는 생각을 잠시 했지만 이내 털어내 버렸다.

나와의 의리로 데이트를 미룬 채 여기까지 온 도수를 믿지 못하다니, 절대 그럴 순 없었다.

잠시 후 김이 나는 고기국수 두 그릇이 나왔다.

저절로 침이 고였다.

도수는 말로는 표현할 수 없는 행복한 표정으로 국수를 먹기 시작했다.

설마…….

다시 한 번 도수의 진심을 의심하려다가 나도 국수를 밀어 넣었다.

역시 마음이 편안해지고 혀가 호사를 누리는 맛이었다.

이 순간만큼은 미집자 체포고 뭐고 아무런 생각 없이 고기 국수에 집중하고 싶었다.

도수와 나는 거의 코를 박다시피 한 채로 열심히 고기국수를 먹었다.

배를 채운 후 열심히 돌아다녔지만 조필수의 흔적을 찾을 수는 없었다.

그 사이 저녁이 되었고 우리는 할 수 없이 깔끔한 숙소를 잡았다.

"그 여자 분 아직 연락 없어?"

저녁까지 먹고 각자 방으로 들어가려던 때 내가 도수에게 물었다.

도수는 씁쓸한 표정으로 고개를 가로저었다.

*

다음 날 오후부터 우리는 어제 가보지 못했던 곳을 돌아다녔다. 발신지 자료를 바탕으로 주변 탐색을 시작한 것이다.

조필수가 함덕에 산다는 건 분명했다.

그의 번호로 전화를 건 곳 대부분이 함덕 쪽 기지국을 가리키고 있었으니까.

바다에서 점점 멀어지며 함덕 안으로 들어가자 거기는 또 다른 세상이었다.

소박하면서도 깔끔하게 정리된 동네 모습이 인상적이었다.

나는 통화 내역에 있는 가게에 들러 조필수의 사진을 보여주었다.

돌아오는 대답은 한결같았다.

"너무 평범해서⋯⋯."

계속 허탕만 치며 동네를 걸었다.

"계장님, 잠시 쉬면서 계획을 짜 볼까요?"

도수가 말했다.

"그러지. 시원한 커피라도⋯⋯."

그때였다.

핸드폰에 메시지가 떴다.

조필수의 핸드폰이 켜졌다는 메시지였다.

나는 재빨리 기지국 위치를 확인했다.

분명 탐문하며 지나온 곳이었다.

그 근처에 있던 영업점 몇 개를 떠올렸다.

그 중 조필수의 통화 내역에 들어 있던 식당 하나가 퍼뜩 생각났다.

함덕분식.

"찾은 것 같아!"

나도 모르게 외쳤다.

"어딘데요?"

도수가 물었다.

"함덕분식. 이 근처야. 여기 주변 어디에서 핸드폰을 켰어."

15화 — 진짜와 가짜(2)

우리는 채 5분도 걸리지 않아 함덕분식으로 달려갔다.

그야말로 분식점이라는 말이 어울리는, 작으면서도 정감 넘치는 그리고 없는 메뉴가 없는 그런 곳이었다.

우리가 문을 열고 들어가자 사장으로 보이는 여자가 물었다.

"두 분이세요?"

"아! 그게 아니고 뭐 좀 여쭤보려고요."

"뭔데요?"

"혹시 방금 전에 주문 전화 한 통 받으셨습니까?"

나는 떠보듯 물었다.

"그렇기는 한데……."

역시 맞았다.

나는 간결하면서도 핵심만 짚어 설명을 했다.

방금 전화로 주문한 사람이 수배자일 확률이 높다는 이야기에 사장의 눈이 동그래졌다.

"이런 남자 보셨습니까?"

내가 사진을 내밀자 사장은 다짜고짜 남편을 불렀다.

"여보, 이거 좀 확인해 봐. 남편이 배달을 주로 하거든요. 그래서 저보다 잘 알 거예요."

곧 헬멧을 벗으며 한 남자가 나타났다.

남자는 사진을 넘겨받고는 한참 바라봤다.

"이 사람 모던빌 302호 남자 같은데."

"모던빌?"

"네. 저기 뒤편으로 새로 지은 원룸이 있거든요. 거기 302호 남자가 저희 가게 김치찌개를 좋아해서 몇 번 배달을 시켰어요. 그 사람 얼굴과 비슷하네요."

나는 도수를 바라봤다.

도수 역시 흥분한 눈빛이었다.

"부탁 하나만 더 들어주세요."

나는 사장을 향해 말했다.

"어떤……."

"크게 어려운 건 아닙니다."

＊

나는 초인종을 눌렀다.

"네!"

방안에서 남자 목소리가 들렸다.

잠시 후 현관문이 열리며 남자가 모습을 드러냈다. 아무런 의심도 없이.

"배달 왔습니다."

나는 헬멧을 벗으며 말했다.

"어? 원래 아저씨가 아니네!"

남자, 조필수가 그렇게 말한 순간 나는 바로 안으로 뛰어 들어갔다.

화들짝 놀란 조필수가 뒷걸음질을 치다가 현관 턱에 걸려

엉덩방아를 찧었다.

"조필수 씨 맞습니까?"

내가 물었다.

"누, 누구야?"

조필수의 목소리가 떨렸다.

"검찰수사관 최수호입니다. 조필수 씨 맞습니까?"

나는 다시 한 번 물었다.

조필수는 그제야 천천히 고개를 끄덕였다.

"여긴 어떻게 알고……."

조필수가 중얼거렸다.

"일단 일어나시죠."

조필수는 내가 내민 손을 바라보다가 결국 자기도 오른손을 뻗어 나를 잡고 일어났다.

"지금부터 조필수 씨는 실형을 선고받은 결과 곧장 교도소로 가게 됩니다. 알고 계시죠?"

나는 그렇게 물으며 형집행장을 제시했다.

조필수는 잠시 뭐라고 하려다가 이내 고개를 끄덕였다.

"일단 같이 가시죠."

내 말에 조필수는 순순히 따랐다. 그저 한 마디를 했을 뿐이다.

"여기 찾느라 고생하셨겠습니다."

"관광하는 셈치고 찾았죠."

나는 그렇게 대답했다.

밖으로 나오자 도수가 이미 차를 대고 있었다.

우리는 뒷좌석에 올라탔다.

"제주 교도소로 바로 이동하겠습니다."

도수가 말했다.

"그래."

"그래도 생각보다 일찍 돌아가서 좋네요."

"그러게 말이다. 자, 출발하자고."

도수 말처럼 생각보다 쉽게 조필수를 잡았다.

추격전 같은 것도 없었고, 며칠씩 잠복을 하지도 않았다.

그런데 이 찜찜함은 도대체 뭐지?

나는 새삼 조필수의 얼굴을 바라봤다.

내 눈길을 느꼈는지 조필수 역시 나를 향해 고개를 돌렸다.

"왜 그러십니까?"

"형님이랑 진짜로 닮았네요."

"쌍둥이니까요. 하긴 쌍둥이 중에서도 유독 닮은 축에 속하
긴 하죠."

"재미있는 일화가 많았겠네요."

내 말에 조필수는 픽, 하고 웃었다.

"영화에 나올 법한 재밌는 일화 같은 건 없습니다. 어릴 때
부터 둘이서 못된 짓만 하고 다녔거든요. 저희 둘, 꽤 유명했어
요. 미친 쌍둥이라고. 크크."

"그래서 형이랑 사이가 좋으시구나."

"상상 이상이죠."

조필수는 거기까지 말하고 입을 닫았다.

그때 도수가 끼어들었다.

"쌍둥이라면 진짜 그런 거 가능하세요? 텔레파시 같은 거."

"하하."

조필수는 이번에야말로 큰 소리로 웃었다. 그러고는 말했다.

"그런 게 왜 필요합니까? 핸드폰이 있는데."

"아……."

도수가 머쓱한 표정을 짓는 게 룸미러에 비쳤다.

그 순간 내 머릿속에 의문 부호 하나가 떠올랐다.

확실한 건 아니었다.

모양을 완벽하게 갖추지 못한, 그야말로 흐릿한 의문점이었다.

그 의문점에 대해 생각하는 사이 교도소에 점점 가까워졌다.

"계장님, 식사는……."

도수의 말에 나는 고개를 끄덕였다.

"아! 당연히 먹어야지."

나는 미집자를 교도소로 데려가기 전에 반드시 밥을 먹였다.

어중간한 시간에 들어가면 배식을 못 받을 확률이 크기 때문이다.

죄는 지었지만 굶게 만들고 싶지는 않았다.

그것이 미집자에게 베푸는 최소한의 배려였다.

우리는 근처 백반집에 차를 세우고 안으로 들어갔다.

"뭐 드시겠어요? 제가 주문할게요."

나는 육개장을 주문했고 조필수는 김치찌개를 선택했다.

음식이 나오기를 기다리는 사이, 나는 습관처럼 서류를 들여다봤다.

"해결됐는데 왜 또 보세요?"

도수가 조필수 쪽을 힐끔 쳐다보며 물었다.

"아니, 뭐……."

나는 얼버무렸다.

나 자신도 왜 다시 서류를 뒤적이는지 알 수가 없었다.

뭔가가 찜찜했다.

의문 부호는 여전히 남아 있었다.

그 찜찜함의 정체가 무엇일까?

어쩌면 그걸 찾기 위해 서류를 뒤적이는 건지도 모른다.

마침 조필수의 사진이 프린트된 페이지가 펼쳐졌다.

그 사이 도수는 음식을 가져왔다.

육개장은 먹음직스러워 보였지만 내 관심을 끌지는 못했다.

나는 조필수의 사진들을 새삼 자세히 들여다봤다.

그야말로 다양한 사진들이었다.

천진하게 브이를 하며 찍은 사진도 있고, 밥을 먹으며 찍은 사진도 있었다.

잠깐!

나는 고개를 들어 조필수를 보고 다시 사진을 봤다.

조필수는 숟가락으로 김치찌개를 막 뜨고 있었다.

사진 속 조필수도 숟가락을 들고 있었다.

둘은 같은 얼굴이었다.

하지만 달랐다.

분명 달랐다.

나는 서류를 식탁에 내려놓으며 조필수를 불렀다.

"조필우 씨?"

"네."

무심결에 그렇게 대답한 후 조필수, 아니 조필우의 얼굴이 대번에 하얗게 질렸다.

도수는 아직 상황 파악을 못 한 듯 멀뚱히 보고만 있었다.

"조필수가 아니라 쌍둥이 형 조필우 씨 맞죠?"

내가 물었다.

조필우는 마른침을 삼켰다.

"네? 갑자기 그게 무슨 말씀이세요?"

도수가 놀란 눈으로 나와 조필우를 번갈아 바라봤다.

"내가 실수했어. 이쪽이 조필우고, 속초에 있는 사람이 조필수야!"

"어떻게 아셨습니까?"

조필우가 착 가라앉은 목소리로 물었다.

나는 숟가락을 쥔 그의 오른손을 가리켰다.

"조필수의 특이사항 중 하나가 왼손잡이입니다. 이 서류에도 그 내용이 나오죠. 그리고 무엇보다 사진들을 보면 조필수가 왼손을 사용한다는 걸 알 수 있습니다."

나는 조필우 앞에 사진을 들이민 후 말을 이었다.

"하지만 조필우 씨는 보시다시피 오른손을 사용하고 있군요. 아무리 쌍둥이라도 이것까지 닮진 않았나 봅니다."

조필우는 고개를 푹 숙였다.

"아니, 왜 일부러 동생인 척해서 교도소에 들어가려던 거죠?"

도수는 이해할 수 없다는 듯 물었다.

"조필우 씨는 일부러 잡힌 거야. 동생한테 검찰이 뒤쫓고 있단 이야기를 들었을 테지. 그러니까 우리가 제주에 올 수밖에 없도록 핸드폰을 당당하게 켜고 전화를 해댄 거고. 자기 집에서 전화로 음식 주문을 한 것 역시 체포를 노리고 한 행동일 거야."

도수는 멍하니 입을 벌린 채 조필우를 바라봤다.

"수사관님 말이 맞습니다."

조필우가 체념한 듯 입을 열었다.

"저와 동생은 종종 상대방 행세를 하면서 이런저런 일을 벌여왔습니다. 둘 다 가족이 있으니까 이번엔 동생 한 번, 다음번엔 제가 한 번 이런 식으로 교도소를 들락날락했습니다. 동생은 사기죄로 들어갔다 나온 지 얼마 안 됐습니다. 그런데 이번에 또 동생이 죄를 지었다고 하길래 제가 처음부터 동생 대신 경찰서에 가서 조사를 받았습니다."

나는 너무나도 황당한 이유에 할 말을 잃었다.

15화 — 진짜와 가짜(2)

이런 경우가 꽤 있다고는 들었지만 나는 처음 겪는 일이었다.

"그럼 어떻게 해야 합니까?"

도수가 내게 물었다.

"전화해서 속초에 있는 진짜 조필수를 잡으라고 해야지."

"그럼 조필우 씨는?"

"공무 집행 방해니까 경찰서에 가야지. 제주니까 이쪽 관할로."

"그럼 신고를 할까요?"

나는 고개를 끄덕였다.

도수는 핸드폰을 들고 일어났다.

"조필우 씨, 주제넘지만 한 말씀만 드리겠습니다. 이건 비뚤어진 형제애입니다. 다시는 이런 짓 하지 마세요."

조필우는 아무 말 없이 고개만 숙이고 있었다.

신고를 마친 도수가 이내 돌아왔다.

그런데 표정이 이상했다.

저절로 미소가 번지는 걸 억지로 참는 표정이었다.

"뭐야? 왜 그렇게 신났어?"

나는 조필우의 눈치를 살피며 물었다.

"연락 왔어요."

도수가 속삭였다.

"연락?"

"그 여자 분."

"아! 뭐라고?"

"내일 만나재요. 대신에 맛있는 거 사달라고."

나는 도수를 보며 슬쩍 웃었다.

마음이 한결 가벼웠다. 어쨌든 이번에도 잘 해결했으니까.

조우(1)

넙치가 사라졌다는 소문이 속초 바닥에 쫙 퍼졌다.

사채업자인 그가 사라진 일에 대해 수많은 추측이 오갔다.

내 정보원 중 한 명은 제법 구체적인 이야기까지 들고 왔다.

"넙치만 사라진 게 아니고 개 똥꼬 핥던 꼬붕들도 다 사라졌다니까요! 이건 뭐 초등학생이라도 사건이 벌어졌다는 걸 알 수 있는 거죠. 그럼 누가 천하의 넙치를 제칠 수 있느냐, 하는 질문이 남죠. 넙치 그 인간이 허술해 보여도 주먹 좀 쓴다는 애들을 꼬붕으로 두고 있었다는 건 계장님도 잘 아시잖아요. 이런 판이니 사람들은 자연스레 딱 한 명을 떠올리는 거죠. 두강식."

"명동 기획파가 왜 넙치를 담갔을까?"

내 물음에 정보원은 속삭이듯 말했다.

"명동 기획파 초창기에 두강식이 넙치한테서 돈을 좀 끌어다 썼나 보더라고요. 근데 그게 만기일이 다가온 거죠. 넙치가 누굽니까? 지옥 끝까지 가서 염라대왕한테도 빚 받아 낼 놈 아닙니까? 보나 마나 두강식한테도 독촉을 했을 겁니다. 좀 살살 했으면 되는데, 아시잖아요? 넙치 성격. 한번 눈 돌아가면 상대가 누구든 들이받잖아요. 그 덕분에 지금껏 이 바닥에서 살아남은 거고. 그런데…….”

“두강식에게는 안 통했다?”

내 말에 정보원은 고개를 끄덕였다.

두강식이라…….

그자가 정말로 넙치마저 제거했다면 강원도 일대는 크게 소용돌이칠 것이다.

어쩌면 넙치가 관리하던 사채업 시장을 뺏어올 수도 있으니까.

한마디로 무지막지한 힘에다가 돈까지 몽땅 챙기는 거다.

“계장님이야 그쪽이랑 엮일 일은 없겠지만 아무튼 조심하세요. 제 생각엔 조만간 피바람이 한 번 불 것 같거든요.”

나는 정보원의 말을 뒤로 하고 포장마차에서 나왔다.

두강식에게는 여전히 호기심과 분노를 품고 있었지만 이두산 검사의 지시가 떨어지지 않았기에 나는 그저 잠자코 있었다.

사실 내 몫의 일을 처리하기에도 바빴다.

이번에 찾아내야 하는 미집자는 도망자 생활을 한 지가 2년이 넘는, 나름 골치 아픈 존재였다.

*

16화 — 조우(1)

이름은 손주현. 사기를 쳐서 실형을 선고받았는데 여태 잡히지 않고 있다.

내게 넘어오기까지 여러 수사관을 거쳤는데 그들의 공통된 의견은 하나였다.

아무도 모르는 곳에 가서 죽은 게 아니라면 이렇게까지 꼭꼭 숨어 있을 수는 없다는 거.

나는 올해로 예순이 된 손주현의 사진을 들여다봤다.

볼살이 두툼한 것이 욕심이나 승부욕이 많아 보였다.

사건 내용을 보니 손주현은 노인들을 대상으로 범행을 저질렀다.

가짜 상조 회사를 만들어 놓고 노인들을 모집해 가입비만 받아먹는다.

그런 뒤에는 이른바 '먹튀'를 하는 것이다.

손주현은 이런 식으로 세 번이나 치고 빠지기를 해 피해자 수만 해도 어마어마했다.

물론 피해 금액도 어마어마했고.

자기 배를 채우기 위해 노인들이 아끼며 모아둔 돈을 뺏은 건 그야말로 최악이었다.

게다가 죗값도 받지 않고 도망다니다니.

"이런 사람은 절대 안 죽어."

나는 사진을 보며 중얼거렸다.

경험상 사기꾼들은 절망에 빠져 목숨을 버리는 일 같은 건

하지 않는다.

내가 봤던 사기꾼들은 거의 그랬다.

그들은 누구보다 자기애가 강하고 뻔뻔하며 생존 본능 역시 타고났다.

거기다가 손해 볼 짓은 목에 칼이 들어와도 안 한다.

사기 쳐서 번 돈을 쓰지도 못한 채 죽는 건 사기꾼에게는 손해 보는 장사와 같은 것이다.

악질 사기꾼인 손주현 역시 마찬가지일 것이다.

어딘가에 숨어서 지방으로 가득 찬 배를 두드리고 있을 게 뻔했다.

손주현의 흔적을 찾을 수 없는 이유는 핸드폰 사용 기록도 없고, 가족과의 교류도 없기 때문이었다.

그렇다고 해외로 도망친 것도 아니었다.

어디에 숨어 있을까…….

고민하고 있을 때 마침 바로 전에 손주현을 담당하다가 다른 청으로 이동한 동기에게 전화가 왔다.

"최 계장, 손주현 영감 사건 맡았다며?"

"응, 지금 막 서류 보는 중이야."

"아서라. 그 인간 진짜 못 찾아! 나도 거기만 집중해서 몇 달을 고생했는데도 흔적조차 안 나와."

"그러네. 보니까 통신기록 자체가 아예 없네."

"맞아. 가족들 핸드폰도 싹 다 조사했는데 없어. 깨끗해."

"자연인처럼 어디 산에라도 들어간 거 아닐까?"

16화 — 조우(1)

"그것도 조사해 봤지. 손주현이나 그 가족 명의로 된 산은 없어. 물론 섬도 없고."

"서류에는 가족들이 여전히 속초에 사는 거로 나오는데?"

"맞아. 대궐 같은 주택에 살지."

"수색은 했지?"

"당연히 했지. 이 잡듯이 샅샅이 뒤졌는데 없었어. 손주현 물건이야 그대론데 산다는 흔적은 없더라고."

"흠, 알았어. 접수했어. 근데 왜 전화한 거야?"

"우리끼리 내기를 했거든."

"내기?"

"천하의 핏불테리어 최수호가 과연 잡을 수 있을 것인가, 없을 것인가!"

"아니 그런 거로 내기를 해?"

나는 웃음이 터지려는 걸 간신히 참았다.

"재밌잖아! 흐흐."

"넌 어디 걸었는데?"

"그건 비밀!"

"좋았어. 내가 보란 듯이 잡을 테니까 그때 가서 보자고!"

"오케이. 수고해!"

나는 전화를 끊고 처음부터 다시 서류를 읽어 내려가기 시작했다.

*

대문부터 으리으리했다.

적갈색의 두꺼운 나무문은 불쾌한 침입자를 노려보듯 당당하게 서 있었다.

"와! 속초에 이런 집도 있네요."

도수가 말했다.

"사기 쳐서 번 돈으로 지었겠지."

나는 그렇게 말하며 초인종을 눌렀다.

잠시 후 날카로운 목소리가 들렸다.

"누구세요?"

"안녕하세요? 검찰에서 나온 최수호라고 합니다."

"검찰? 거긴 왜 맨날 찾아와요?"

여자의 목소리가 높아졌다.

"이번에 저로 수사관이 바뀌어서 인사도 드릴 겸 방문하게 됐습니다."

"없어요! 우리 남편 여기 없으니까 그냥 가보세요!"

"그건 아는데 그래도 절차라는 게 있어서 한번 둘러봐야 해서요. 여기 영장도 가지고 왔습니다."

나는 카메라 앞에 형집행장을 들이밀었다.

"어휴, 짜증 나!"

그 소리와 함께 잠시 후 문이 열렸다.

겉에서 짐작했던 것보다 내부는 훨씬 더 화려했다.

"우……."

나는 감탄사를 뱉으려는 도수를 말렸다.

손주현의 아내는 롱드레스를 입고 화장을 진하게 하고 있었다.

"빨리 보고 가세요."

"그럼 실례 좀 하겠습니다."

나와 도수는 3층짜리 저택의 옥상부터 꼼꼼하게 둘러봤다.

각 층마다 방도 세 개씩 있었다.

합해서 9개의 방과 4개의 화장실 그리고 서재까지 다 살펴봤지만 역시 손주현의 흔적은 찾을 수 없었다.

제일 인상 깊었던 곳은 서재였다.

커다란 원목 책상에 진짜 나무로 만든 책장까지, 그야말로 내가 꿈꾸던 서재의 모습이었다.

물론 책장에는 한 번도 펼쳐보지 않았을 게 뻔한 전집이며 싸구려 건강 서적들이 잔뜩 꽂혀 있었지만.

"잘 봤습니다. 그런데 사모님께서도 걱정이 많으시겠습니다. 손주현 씨가 행방불명인 상태라."

"그럼 자꾸 찾아오질 말아요! 안 그래도 속상해 죽겠는데!"

여자는 날 선 목소리로 외쳤다.

우리는 서둘러 밖으로 나왔다.

"어떠셨어요?"

도수가 물었다.

"숨을 만한 공간이 저 집에는 없어 보였어."

"그렇죠?"

나와 도수가 그런 대화를 하며 차로 걸어가고 있을 때 메시지가 한 통 왔다.

정보원이 보낸 메시지였다.

- 넙치 시신 발견.

＊

넙치는 칼침을 서른 번 넘게 맞은 상태로 공사장 간이 화장실에서 발견됐다.

새벽에 공사장으로 도착한 인부 한 명이 소변을 보려고 화장실 문을 열었는데 거기에 넙치가 있었다.

전날까지는 멀쩡한 화장실이었다.

그렇다면 밤사이에 누군가가 유기했다는 뜻이 된다.

실제로 화장실 바닥에는 피가 거의 없었다고 한다.

넙치는 다른 곳에서 죽었다.

그것도 수십 번 칼에 맞아서.

같이 사라진 부하들은 여전히 발견되지 않았다.

보란 듯이 시체를 유기한 것 그리고 그 공사장이 하필이면 넙치의 자금이 들어간 곳이라는 점에서 사람들은 똑같은 느낌을 받았다.

"이쯤 되면 경고 메시지 아닌가요?"

도수의 말에 고개를 끄덕였다.

누군가가 보내는 경고 메시지.

내 생각도 같았다.

자신을 건드리면 이렇게 된다는 걸 보여 줬다.

누가?

누군 누구겠는가, 두강식이지.

"수고했어. 먼저 들어가."

도수를 향해 말했다.

"계장님은요?"

"난 잠시 들렀다 오려고."

"어디?"

"넙치."

"아! 알겠습니다."

나는 도수에게 손을 들어 보인 후 큰길을 향해 빠르게 걸었다.

그러면서 정보원에게 메시지를 보냈다.

넙치 빈소가 어디인지 알려 달라고.

넙치는 뒤가 구린 인간이었다.

독하기로 유명했고 교도소도 여러 번 들락날락했다.

넙치에 대한 안 좋은 소문을 모아서 층을 쌓으면 자기가 지으려던 건물보다도 훨씬 높아질 것이다.

그럼에도 넙치는 적어도 나에게만은 의리와 예의를 지켰다.

발이 넓기로 유명한 넙치 덕분에 미집자의 행방에 대해 힌트를 얻은 적도 몇 번 있었다.

그 외에도 넙치는 강원도의 여러 정보를 잘도 이야기해 줬다.

정보가 곧 생명인 내 입장에서는 고마운 일이었다.

그 정도만으로도 빈소를 찾아 조문할 정도의 이유는 충분 했다.

죄는 미워하되 사람은 미워하지 말라.

모든 경우에 해당되지는 않겠지만 나는 사람을 믿으려고 노력한다.

인간에 대한 믿음이 없다면 검찰수사관 일은 할 수가 없다.

그게 내 생각이다.

정보원에게서는 금방 답이 왔다.

나는 택시에 타 장례식장으로 향했다.

*

장례식장은 썰렁했다.

부랴부랴 차려진 걸 고려해도 넙치가 지금껏 쌓아온 이름값에 비하면 너무나 초라한 모습이었다.

빈소는 넙치의 아내와 두 아들이 지키고 있었다.

셋 다 멍한 표정이었다.

영정 속 넙치는 아무것도 모른 채 웃고만 있었다.

나는 절을 하고 조용히 물러났다.

"이쪽으로 오세요."

일을 도와주는 아주머니가 가리키는 테이블 앞에 앉았다.

밥 생각이 그리 크진 않았지만 한 술이라도 뜨고 가는 게 도리일 것 같아 마다하지 않았다.

곧 밥과 국이 나왔다.

테이블에 드문드문 사람들이 앉아 있었다.

대개 친척들인 것 같았다.

그제야 이해가 됐다.

넙치가 두강식에게 당했다는 소문이 파다하게 퍼진 지금, 넙치와 친했던 이들은 다 몸을 사리고 있을 것이다.

빈소를 찾아 조문하려는 강심장이 과연 몇 명이나 있을까?

그 생각을 하자 국이 참 썼다.

나는 밥을 남기고 사이다 캔을 땄다.

시원한 탄산이 목구멍으로 넘어가니 답답했던 속이 조금은 뚫리는 것 같았다.

그때였다.

"혹시 여기 앉아도 되겠습니까?"

나는 고개를 들었다.

17화

조우(2)

검은 양복을 차려입은 중년 남자가 싹싹한 표정을 지은 채 서 있었다.

"네, 앉으세요. 전 이제 일어날 거라서……."

빈 테이블이 많은데 왜 굳이 이 자리에 앉으려는지는 모르겠지만 일단 그렇게 대답했다.

"그럼 실례하겠습니다."

남자는 뭐가 그리 좋은지 살살 웃으며 내 맞은편에 앉았다.

"어휴, 참 썰렁하네요. 이거 원."

남자는 식장 안을 둘러보며 딱하다는 듯 말했다.

"그러게요. 나름 발이 넓던 친군데……."

"이런 걸 보면 인생 참 무상하지 않습니까?"

남자가 물었다.

"맞습니다. 그래도 뭐 일단은 열심히 살아야 하지 않겠습니까."

내 말에 남자는 고개를 끄덕였다. 그러고는 국에다가 밥을 크게 떠서 말았다.

"혹시 무슨 일을 하시는지?"

남자가 물었다.

"아! 전 뭐 그냥 공무원 생활하고 있습니다. 그쪽 분은……."

"저는 조그맣게 사업을 합니다. 뭐, 작은 건물 올리고 이런 거죠. 허허."

건물을 올린다는 말에 갑자기 질문 하나가 떠올랐다.

"혹시 누가 남의 산에 몰래 건물 같은 걸 지어서 숨어 살 수 있을까요?"

"에이, 그건 불가능하죠. 요즘 자연인이다 뭐다 해서 그런 이야기가 많이 나오는가 본데, 그냥 컨테이너 하나 놓는 것도 다 신고해야 하거든요. 게다가 자기가 산 주인도 아니면 어림없어요. 왜 그러십니까? 누가 숨어 살고 싶답니까?"

"아니 그건 아니고, 좀 찾는 사람이 있는데 행방이 묘연해서."

"제가 만약 그 사람이면 집에 숨었을 겁니다."

남자가 빙긋이 웃으며 말했다.

"그 사람 집이 크긴 해도 숨을 공간은 없거든요. 제가 보고 왔습니다."

내가 대답했다.

"집이 크다고요? 그럼 더 쉽죠. 영화에서 나오는 비밀 아지트 같은 거, 그거 생각보다 쉽게 만들어요."

"그래요?"

귀가 솔깃했다.

"그럼요. 빈방 하나 만들어 놓고 출입구를 책장이나 장식장이나 아무튼, 무거운 뭔가로 막으면 끝이죠. 그리고 버튼 누르면 그게 쫙 열리면서 들고날 수 있게 하는 거죠. 그거야말로 비밀 아지트 아닙니까. 허허."

나는 멍하니 허공을 노려봤다.

머리가 빠르게 돌아가고 있었다.

혹시, 손주현도?

나는 벌떡 일어났다.

가능성이 떠오른 이상 지체할 필요가 없었다.

"아이고, 바쁜 일 있으시구나."

남자가 말했다.

"아! 네. 먼저 일어나 보겠습니다. 감사합니다!"

남자는 굳이 자리에서 일어나 악수를 건넸다.

나는 거칠거칠한 그의 손을 마주 잡았다.

남자는 돌아서려는 내게 자기 명함을 내밀었다.

"이것도 인연인데 명함이나 드리겠습니다. 허허."

"네. 전 바빠서 이만."

명함을 확인할 새도 없이 일단 주머니에 넣고 장례식장을 빠져나왔다.

그러고는 도수에게 바로 전화를 걸었다.

*

나는 다시 손주현의 집을 찾았다.

혹시 모를 사태에 대비해 경찰의 지원도 받았다.

손주현의 아내는 아침보다 더 많은 사람을 몰고 나타난 나를 보고는 깜짝 놀랐다.

"아니, 왜 또……."

형집행장을 꺼내서 보여 준 후 나는 거침없이 서재로 향했다.

서재는 아침에 봤을 때와 달라진 게 없었다.

"정말 여기 숨어 있을까요?"

도수가 내게 속삭였다.

"아니라면 큰일이지."

나는 솔직하게 말했다.

바쁜 경찰까지 줄줄이 달고 왔는데 아무런 소득도 없다면 그거야말로 큰일이었다.

나는 서재 구석구석을 뒤졌다.

딱히 장치가 보이지는 않았다.

책장을 밀어봤지만 꿈쩍도 하지 않는다는 걸 확인했을 뿐이다.

벽에 붙은 스위치를 몇 번이나 껐다 켰다.

그때마다 형광등만 켜졌다가 꺼지기를 반복했다.

슬슬 조바심이 났다.

어느새 시간은 훌쩍 흘렀다.

"철수해야겠는데요."

도수가 다시 속삭였다.

하아.

나는 한숨이 나오려는 걸 간신히 참았다.

그 순간 책장이 내 눈길을 끌었다.

책장 자체는 오전에 봤을 때와 차이가 없었다.

다만 책 한 권이 조금, 아주 조금 밖으로 튀어나와 있었다.

세계 문학 전집 중 〈돈키호테〉였다.

나는 기억을 더듬었다.

오전에는 분명 가지런히 꽂혀 있었다.

책장 앞으로 다가갔다.

경찰들은 철수했으면 하는 분위기였다.

"그만 뒤지고 빨리 나가요!"

손주현의 아내는 기세등등하게 외쳤다.

"계장님, 인제 그만……."

"잠깐."

나는 〈돈키호테〉를 향해 손을 뻗었다.

그 순간 손주현의 아내가 버럭 소리를 질렀다.

"아니, 책에는 왜 손을 대요?"

그러거나 말거나 그 책을 힘껏 빼냈다.

그때였다.

드르륵!

요란한 소리가 들리더니 붙어 있는 줄로만 알았던 책장이 반으로 갈라지며 벽 너머 공간이 드러났다.

"헉!"

도수가 숨을 삼켰다.

나는 본능적으로 한발 뒤로 물러섰다.

아니나 다를까, 비밀의 문이 열리자마자 방 안에서 무언가가 날아왔다.

묵직한 유리 재떨이였다.

재떨이는 벽에 부딪히며 산산조각이 났다.

동시에 누군가가 크게 외쳤다.

"이 새끼들 들어오기만 해 봐!"

손주현이 모습을 드러냈다.

사진에 비해 볼살이 쑥 빠지고 수염이 얼굴을 뒤덮고 있긴 했지만 분명 손주현이었다.

손주현은 어디서 구했는지 소화기를 들고 있었다.

그러고는 여차하면 뿌리겠다는 듯 이리저리 겨냥하며 위협을 가했다.

"손주현 씨, 검찰수사관 최수호입니다. 저항 그만하고 순순히 같이 가시죠."

"꺼져! 난 절대 빵에 안 들어가! 꺼지라고. 내가 지금까지 숨어 지낸 것도 억울해 죽겠는데……."

역시, 사기꾼은 모든 범죄자 중에서 제일 뻔뻔하다.

"어차피 이제 도망 못 가요."

내가 말하자 손주현은 또 발끈했다.

숨어 지내는 동안 화만 는 것 같았다.

"누가 그래? 이 몸이 2년 3개월 하고도 나흘이나 숨어 지냈어! 알아? 그동안 너희들은 헛짓만 하고 다녔지? 응? 크크크."

손주현이 나를 노려보고 있을 때 경찰 한 명이 슬금슬금 다가갔다.

나는 말리고 싶었지만 한발 늦었다.

손주현이 그쪽으로 고개를 홱 돌린 것이다.

"오지 마!"

아예 핀까지 뽑아 놓고 있던 손주현이 소화기를 발사한 건 순식간의 일이었다.

요란한 소리와 함께 흰색 분말이 뿜어져 나왔다.

"으악!"

누군가가 비명을 질렀다.

나는 반사적으로 얼굴을 가렸다.

아무것도 보이지 않았다.

그 순간 누군가가 내 옆을 스쳐 지나갔다.

손주현이다!

본능적으로 알아챘다.

나는 그 자를 덮치면서 같이 바닥에 뒹굴었다.

"잡았어!"

손주현을 내리누르며 내가 소리쳤다.

그 순간 아래에서 가느다란 목소리가 올라왔다.

"계, 계장님. 저예요."

"도수니?"

"네."

"이런!"

나는 깔아뭉개고 있던 도수 위에서 재빨리 일어선 뒤 출구라고 짐작되는 곳을 향해 더듬거리며 걸었다.

누구인지 모를 사람들을 뚫고 겨우 거실로 나갔다.

나는 재빨리 주위를 둘러봤다.

현관문은 닫혀 있었다.

그렇다면…….

손주현은 거실 창문을 열고 빠져나가려는 중이었다.

소파를 뛰어넘어 손주현을 향해 달려갔다.

손주현이 남은 다리 하나를 빼내기 전 극적으로 발을 잡았다.

"놔! 놔!"

손주현은 악을 썼다.

순순히 놔 줄 내가 아니었다.

게다가 힘으로 질 것도 아니었다.

나는 온 힘을 다해 손주현을 잡아당겼다.

"어어!"

손주현은 바로 끌려 들어왔다.

그러면서도 남은 다리로 나를 몇 번이나 걸어찼다.

과연 악질 중의 악질다웠다.

서재에서 탈출한 경찰들이 차례로 달려와 주위를 에워쌌다.

손주현은 그제야 몸에서 힘을 뺐다.

비로소 포기한 것이다.

"손주현 씨, 이제 끝입니다. 아시겠어요? 이제 끝입니다."

나는 손주현의 눈을 보고 또박또박 한 글자씩 말했다.

손주현은 멍하니 입을 벌린 채로 고개를 끄덕였다.

*

미집자를 잡으면 교도소까지 호송하는 게 검찰수사관의 몫이다.

나는 도수와 함께 손주현을 강릉 교도소로 호송했다.

손주현은 교도소에 들어가기 전 마지막으로 담배 한 번 피우게 해 달라고 사정했다.

내가 허락하자 도수가 담배를 내밀었다.

"2년 내내 혹시라도 냄새가 새어나갈까 싶어 이걸 못 피웠습니다. 재떨이만 큰 걸 가져다 놓고. 흐흐."

손주현은 그렇게 말한 후 담배를 몇 번 빨더니 다 피우지도 않고 바닥에 버렸다.

"하나 더 드릴까요?"

도수의 물음에 손주현은 고개를 저었다.

"안에 들어가서 아쉬울까 봐요."

손주현은 기세등등하던 모습과 달리 어깨를 축 늘어뜨린 채 교도소에 들어갔다.

나는 씁쓸했다.

범죄자는 왜 교도소 앞에 가서야 후회를 하고 마음을 돌이킬까?

"이번에도 잘 해결했네요."

도수가 말했다.

"그러게 말이다. 어휴, 근데 피곤하긴 하네."

"네. 어서 샤워하고 싶네요. 소화기 분말이 팬티 속까지 들어간 것 같아요."

"옷도 싹 다 버려야겠다."

"맞아요. 그런데 계장님, 이번엔 도대체 어떻게 아신 거예요? 전 대뜸 전화해서 손주현이 집 비밀 공간에 숨어 있는 것 같다 하시기에 사실 완전히 믿진 못했거든요."

"아!"

그러고 보니 도수에게도 제대로 설명을 하지 않았다.

"이것도 핏불테리어의 촉인가요?"

도수가 물었다.

"그게 아니라 내가 넙치 빈소에서 누굴 좀 만났거든."

"누구요?"

"나도 첨 보는 사람인데……."

나는 주머니를 뒤져 그 남자가 줬던 명함을 찾아냈다.

"아니 이 바닥에서 계장님이 모르는 사람도 있어요?"

"어디 보자……."

나는 광택이 번쩍번쩍 나는 명함을 들여다봤다.

그러고 이름을 확인한 순간 나도 모르게 멈춰 서고 말았다.

"왜요?"

도수가 물었지만 귀에 들어오지 않았다.

나는 명함을 든 그 자세 그대로 족히 몇 분은 서 있었다.

물론 그렇다고 해서 명함 속 이름이 바뀌지는 않았다.

두강식.

명함에는 분명히 그렇게 찍혀 있었다.

그제야 나는 두강식의 얼굴을 사진으로라도 본 적이 없다는 사실을 깨달았다.

그렇다면 두강식은 나에 대해 미리 알고 접근했던 걸까?

화가 나는 한편 당혹스럽기도 했다.

부하 한 명 없이 혼자 넙치의 빈소를 찾아 조문을 한 그 행동이 당혹스러웠고, 내게 의뭉스럽게 접근한 이유를 모르겠으면서도 당혹스러웠다.

나는 두강식의 명함을 구기려다 말고 참았다.

대신에 지갑에 넣었다.

지갑을 열 때마다 볼 수 있도록 맨 앞칸에다가.

두강식과 이런 식으로 조우하리라고는 상상도 못 했다.

만약 두강식이 내 존재를 알고 접근한 것이고 이 행동이 일종의 경고라면 나도 그냥 참고 있을 수만은 없었다.

대한민국 검찰수사관을 건드리면 어떻게 되는지 똑똑히 알려 줘야 했다.

18화
너의 목소리가 보여(1)

손주현을 잡아낸 후 나는 또 여러 사람의 입에 오르내렸다.

통화를 했던 동료의 이야기를 들으니 대부분 내가 못 잡는다는 쪽에 걸고는 결국 돈을 잃었단다.

"그래서 넌?"

내가 물으니 동기가 신나게 웃었다.

"내가 다 땄지!"

나도 같이 웃었다.

축하도 받고, 관심도 받고 하는 상황에서도 일은 끊임없이 생긴다.

이번에 내게 떨어진 미집자는 아주 어렸다.

21살. 대학생이고 이름은 한준민.

무면허에다가 음주운전, 거기에 건널목의 보행자를 치고는 그대로 달아났다가 잡혔다.

뺑소니까지 더했으니 아무리 초범이라도 실형을 면할 수는 없는 법이었다.

게다가 재판정에 한 번도 나온 적이 없으니 죄를 뉘우친다고 볼 수가 없다.

한준민은 최종 결과가 나오는 선고 기일에 자취를 감춘 후 지금까지 넉 달 동안 모습을 드러내지 않고 있다.

둘 다 대학교수인 한준민의 부모님은 아들의 행방에 대해 모르쇠로 일관하는 중이다.

여기까지가 한준민의 서류에 적힌 내용이었다.

나는 이번에도 이 애송이 녀석의 사진을 뚫어지게 봤다.

사진으로 보면 멀끔하게 생긴 평범한 젊은이였다.

나처럼 두 눈에 딱지가 앉을 때까지 사진을 들여다보지 않았다면 경찰이 검문을 통해 잡을 수는 없을 것 같았다.

그렇다는 것은 한준민이 마음대로 돌아다닐 수도 있다는 뜻이다.

속초를 떠나 서울로 올라가 버린 거라면 사실상 잡기도 힘들다.

다행히 한준민 명의로 된 핸드폰이 있었다.

나는 언제나처럼 그 번호로 전화를 걸었다.

"여보세요?"

뜻밖에도 누군가가 바로 전화를 받았다.

"한준민 씨?"

"네, 맞아요. 누구세요?"

"검찰수사관 최수호라고 합니다."

"아! 네. 그런데요?"

나는 순간 당황했다.

한준민의 태연한 태도는 완전히 예상 밖이었다.

사태의 심각성을 모르는 건가?

아니면 절대 잡히지 않을 거라는 자신감이라도 품고 있는 건가?

"이왕 통화가 됐으니 말씀드리죠. 순순히 자수를 하시면 ……."

큰 웃음이 내 말을 싹둑 잘랐다.

"크크크크. 제가 왜 자수를 해요? 씹할. 자신 있으면 그쪽이 잡으러 오던가! 난 자수 같은 거 안 할 거니까 알아서 해요."

한준민은 그렇게 말한 후 전화를 끊었다.

끊어졌다는 사실은 알았지만 나는 한동안 핸드폰을 귀에 대고 서 있었다.

이 정도로 싸가지 없고 겁도 없는 놈은 오랜만이었다.

"이렇게 나온단 말이지."

나는 놈의 위치를 추적하고 통화내역을 분석했다.

출장 기간 중에 핸드폰만 켜져 있으면 한준민을 잡는 것은 그리 어려운 일은 아닐 것 같았다.

역시 놈이 있는 곳은 서울이었다.

그것도 홍대 어딘가.

이번에야말로 오랜만에 서울 출장을 다녀와야 할 판이었다.

한준민이 통화한 영업점 목록을 작성해서 하나씩 탐문을 실시하다 보면 반드시 꼬리를 잡으리라는 확신이 있었다.

*

서울로 향하는 길, 나는 도수가 운전하는 소나타에 앉아 곰곰이 기억을 복기했다.

한준민의 목소리가 크긴 했지만 주위 소음을 다 가릴 정도는 아니었다.

분명 실내 공간이었고 요란한 음악이 들리고 있었다.

노래 제목까지는 몰라도 다시 들으면 금방 알아챌 수 있을 것 같았다.

게다가 희미하게나마 다른 소리도 섞여 있었다.

여러 명이 환호성을 내뱉는 소리.

이런 사실로 종합해 보면 한준민이 전화를 받았던 곳은 클럽이 틀림없었다.

실제 통화 내역에도 클럽은 여러 개가 있었다.

내가 그 말을 하자 도수는 감탄했다.

"이야, 우리 계장님 주특기 나왔네요."

나는 어릴 때부터 귀가 예민했다.

아무리 작은 소리라도 그걸 포착해서 상황을 판단할 수 있었다.

심지어 소리가 눈앞에 보이기까지 했다.

소리는 많은 정보를 포함하고 있다.

눈앞에 그 현장이 없더라도 들리는 소리에 집중하면 그곳의 분위기는 물론 대략의 모양새까지 짐작할 수 있다.

그리고 한번 들은 소리는 절대 잊지 않는다.

미집자의 목소리는 물론이고 통화했을 때 들렸던 잡음까지도 마음만 먹으면 언제든 떠올릴 수 있었다.

나는 지금의 아내에게 등을 떠밀리다시피 해서 검찰수사관이 됐지만 생각할수록 수사관이 될 운명이었다.

끈기가 좋은 건 둘째 치더라도 한번 들은 소리는 선명하게 기억한다는 재능 아닌 재능 역시 수사하는 데 큰 도움이 됐다.

우리는 거의 저녁 무렵이 다 돼서야 홍대에 도착했다.

도수가 운전하는 사이 내가 숙소를 잡았고 일단은 거기로 올라가 한숨 돌리기로 했다.

다섯 시간 넘게 운전을 한 도수는 피곤함에 찌든 얼굴로 말했다.

"계장님, 저 조금만 쉴게요. 그 후에 저녁 먹어요."

"알았어."

나는 대답을 하고 곧장 호텔을 나섰다.

홍대는 진짜 오랜만이었다.

초저녁인데도 젊은이들이 거리를 가득 메우고 있었다.

나는 정처 없이 걸으며 홍대 일대의 클럽 위치를 확인했다.

각 클럽마다 사람들이 조금씩 몰리고 있었다.

홍대는 불야성을 향해 성큼 다가가고 있었다.

나는 주머니에 손을 집어넣고 각종 음식점 간판과 버스커들이 득실거리는 거리를 지나 숙소로 돌아왔다.

"오셨어요?"

때마침 도수가 잠에서 깨어났다.

"저녁이나 먹을까?"

우리는 적당한 밥집을 찾아 홍대 거리를 걸었다.

바로 그때 실시간 위치 알림이 떴다.

한준민이 방금 전 핸드폰을 사용했다는 소리였다.

겁이 없는 건지 무식한 건지 이 뺑소니범은 내가 찾으러 갈 것을 뻔히 알면서도 핸드폰을 켰다.

위치 추적만으로는 절대 찾지 못할 거라는 자신감이라도 있는 건가?

"어디에요?"

도수가 물었다.

"홍대고 바로 근처야."

"와! 간이 큰 놈인가, 아니면 간이 부은 놈인가."

"일단 전화를 해봐야겠어."

나는 한준민에게 전화를 걸었다.

아니나 다를까, 한준민은 이번에도 바로 전화를 받았다.

"오! 검찰 아저씨네. 이번에는 또 뭡니까?"

나는 한준민의 말을 듣는 한편 주위 소리에도 귀를 기울였다.

정신없이 빠르고 시끄러운 음악이 흘러나오고 뭔가가 펑펑

터지는 소리가 났다.

"왜 말이 없지? 여보세요?"

"다시 말씀드릴게요. 한준민 씨, 자수하세요. 한준민 씨 지금 홍대에 있다는 것도 다 압니다."

나는 화를 꾹 참으며 말했다.

"오! 그럼 그쪽도 홍대에 오셨나? 여기선 늙다리 안 끼워 주는데. 게다가 내가 홍대에 친구들이 꽤 많거든요. 자신 있으면 찾아와 보시든가. 크크크."

한준민은 또 일방적으로 전화를 끊었다.

"이런 개······."

나는 화를 내려다가 간신히 내리눌렀다.

도수가 눈치를 살피며 물었다.

"이놈 이거 꽤 건방진가 봐요."

"건방진 정도가 아니야. 자기가 거물이라도 된 것처럼 행동하고 있어. 잡히지 않을 거라고 확신하고 있다고."

"어디서 그런 확신이 나오는 걸까요?"

"부모 후광이겠지 뭐. 돈도 있겠다, 교수다 보니까 발도 넓겠다, 백방으로 도움을 줄 수 있을 거라 생각하는 거지."

"하지만 이미 실형을 선고받았잖아요."

"맞아. 그러니까 이놈은 상황파악을 아예 못 하고 있는 거야. 교도소 가는 것도 부모님이 막아 줄 거라 생각하는 걸 거야."

"정확한 위치는 나왔어요?"

"이쯤이긴 한데……."

밤의 홍대 거리는 젊은이들로 가득 찼다.

특히 클럽이 줄줄이 늘어선 곳에는 사람들이 잔뜩 모여 있었다.

한준민의 위치는 여러 클럽 사이를 가리키고 있었다.

정확한 위치를 알기는 힘들었다.

"어쩌죠?"

"어쩌긴. 한 곳씩 들어가 봐야지."

"어휴, 들어가기 힘들 것 같은데."

도수의 말은 맞았다.

첫 번째 클럽으로 다가가자마자 덩치 큰 종업원이 우리를 저지했다.

"여기는 아저씨들 오는 데 아닙니다."

"네. 아는데, 사정이 좀 있어서요."

나는 명함을 내밀었다.

"검찰…… 수사관?"

종업원은 그렇게 중얼거리며 우리를 아래위로 훑어봤다.

"찾는 사람이 있어서요, 잠시만 둘러보고 나올 겁니다."

"시끄러운 일 생기면 안 되는데."

종업원은 큰 덩치에 어울리지 않게 울상을 지었다.

"걱정하지 마세요."

내가 다시 말하자 종업원은 무전기에 대고 몇 마디를 한 후 우리를 안으로 들여보내 줬다.

클럽 안은 그야말로 딴 세상이었다.

번쩍이는 조명하며 비트가 강한 음악 그리고 무엇보다 곳곳에서 춤을 추는 사람들이 인상적이었다.

나는 입구 쪽에 서서 가만히 귀를 기울였다.

안으로 들어가려던 도수가 멈칫했다.

"안 들어가세요?"

"여기가 아니야."

내가 말했다.

"네?"

"달라. 한준민과 통화할 때 들렸던 소리가 여기에는 없어."

내가 그 소리를 들으며 머릿속에 그렸던 장소의 이미지와도 완전히 달랐다.

"다음 장소로 가 보자."

"네."

우리는 나란히 붙어 있는 두 번째 클럽으로 향했다.

거기서도 비슷한 절차를 거친 끝에 입장할 수 있었다.

우리가 들어가자 노골적으로 시선을 고정한 채 노려보는 남자들도 있었다.

쿵쿵쿵!

역시 두 번째 클럽도 심장이 울릴 정도로 크게 음악을 틀어 놓았다.

그 소리가 어딘지 귀에 익었다.

그것만이 아니었다.

펑!

폭죽 소리가 났다. 그때마다 사람들은 환호성을 질렀다.

아래를 내려다보니 이벤트로 뭔가를 쏘아 대는 것 같았다.

"여기야!"

"정말요?"

"틀림없어. 한준민은 여기서 전화를 받았어!"

나는 핸드폰을 꺼내 다시 한준민에게 전화를 걸었다.

신호음이 몇 번인가 떨어졌을까, 한준민은 이제 전화를 받지 않았다.

대신에 여섯이나 되는 젊은 남자들이 우리를 에워쌌다.

입장할 때부터 노려보던 바로 그놈들이었다.

"뭐, 뭐야?"

도수의 말에 남자들은 웃음을 터트렸다.

"아저씨들, 그냥 두 발로 나가던지, 아니면 쥐어 터져서 네 발로 기어 나가든지 둘 중 하나 선택하세요. 크크크."

남자 중 제일 덩치 큰 놈이 말했다.

목덜미까지 문신으로 덮은 놈이었다.

나는 여섯 명을 쭉 훑어봤다.

아무래도 문신을 한 놈이 이 중에서는 대장인 듯싶었다.

"우리가 누군지 알아? 어린놈들이 겁도 없이!"

도수가 말했다.

씨알도 먹히지 않았다.

"무슨 싸구려 액션 영화 찍으시나? 대사가 왜 이리 촌스러위?"

문신의 말에 놈들은 웃음을 터트렸다.

맹세코 나는 평화주의자다.

말로 해결하는 걸 제일 좋아한다.

매주 꼬박꼬박 교회에도 나가고 목사님 말씀도 열심히 듣는다.

누가 내 한쪽 뺨을 때리면 다른 쪽 뺨도 내줄 용의가 있다.

그럼에도 이 일을 하다 보면 어쩔 수 없이 약간의 폭력을 사용해야 하는 일도 생긴다.

바로 지금처럼.

나는 망설이지 않고 문신에게 다가갔다.

"어?"

문신이 어리둥절한 표정을 지었을 때는 이미 내 주먹이 놈의 턱에 명중한 후였다.

문신은 줄 끊어진 인형처럼 그대로 주저앉았다.

나는 그런 문신의 멱살을 잡고 억지로 끌어올렸다. 그러고는 나머지 다섯을 노려봤다.

"한준민 어디 있어?"

나는 조용히 물었다.

얼어붙은 채 서 있던 다섯 중 한 명이 '7'이라고 적힌 방을 가리켰다.

나는 문신을 밀어버린 다음 7번 방으로 향했다.

그 순간 방문이 열리며 한 사람이 밖으로 나왔다.

한준민이었다.

너의 목소리가 보여(2)

놈은 눈치가 빨랐다.

나와 눈이 마주치자마자 반대편으로 도망치기 시작했다.

나는 한준민의 뒤를 쫓았다.

놈은 테이블 사이를 재빨리 지나치며 내달렸다.

일어서서 춤을 추던 사람들이 놀라서 비명을 질렀다.

그 와중에도 시끄러운 음악과 폭죽 소리는 끊이지 않았다.

조명이 깜박일 때마다 한준민이 사라졌다가 나타났다가를 반복했다.

한준민은 클럽 주방으로 뛰어들었다.

그러고는 도망치면서 손에 잡히는 데로 나를 향해 집어던 졌다.

냄비며 접시 같은 것들이 마구 날아왔다.

아프지는 않았지만 성가셨다.

내가 바닥에 떨어진 행주를 밟고 살짝 미끄러진 순간, 한준민은 뒷문으로 나가 버렸다.

나도 곧장 따라 나갔지만 한준민은 보이지 않았다.

그때였다.

외제차 한 대가 나를 칠 듯 맹렬히 다가왔다.

나는 몸을 날려 가까스로 피했다.

운전석에 앉은 놈은 분명 한준민이었다.

"젠장!"

나는 차를 따라서 무작정 달렸다.

그 순간 택시 한 대가 옆에 멈춰 섰다.

"계장님, 타세요!"

도수가 조수석 창문을 열고 그렇게 외쳤다.

나는 거의 몸을 날리듯 뒷좌석에 올라탔다.

"기사님. 저 차 쫓아가 주세요!"

제법 나이가 든 택시 기사는 자신만만하게 외쳤다.

"맡겨 주세요!"

내가 웬만해선 피하고 싶은 게 자동차 추격전이었다.

나는 미집자가 자동차를 타고 도망가면 다음 기회를 노리며 돌아서는 쪽을 택했다.

이유는 간단했다.

자동차로 추격전을 펼치면 수사관은 물론이고 미집자도 크게 다칠 확률이 높아지기 때문이다.

그러나 지금은 달랐다.

음주 운전이 분명한 상황, 게다가 무면허인 놈이 차를 몰고 도망치는 걸 그대로 보고만 있을 수는 없었다.

한준민의 운전은 위태위태했다.

차선을 마구 바꾸는 것으로도 모자라 반대편 차선을 넘어 앞지르기를 시도했다.

빵!

여기저기서 경적이 울려 퍼졌다.

택시는 그런 한준민을 착실히 따라가고 있었다.

"기사님, 무리하지 않으셔도 됩니다. 놓치지만 말고 따라가면 그걸로 충분합니다."

나는 택시 기사에게 말했다.

"알았어요. 걱정하지 마세요. 내가 왕년에 차 좀 몰았거든. 허허."

기사는 여유로운 표정이었다.

"차 좀 모셨다니 택시 말고 다른 운전도 하셨던 건가요?"

도수가 물었다.

"방송국 뉴스팀 차량 운전사."

기사가 대답했다.

"아!"

"알죠? 거긴 특종이 생명이란 거. 그때 항상 1등으로 도착했던 게 바로 나였지. 그러니까 벨트만 잘 매고 있으세요."

그 말과 동시에 택시가 붕 하는 소리와 함께 앞으로 달려나갔다.

19화 ― 너의 목소리가 보여(2)

한준민은 자동차 두어 대 앞에서 달리고 있었다.

차량이 많은 도심이라 도망치는 자도, 쫓는 우리도 빠르게 달릴 수가 없었다.

초조했다.

그건 한준민이 더한 모양이었다.

4차선에서 막 정지 신호로 바뀌는 순간에 한준민이 멈추지 않고 튀어 나갔다.

"어어!"

도수와 기사가 놀라며 동시에 소리를 질렀다.

끼이익!

반대편에서 달려오던 차들이 가까스로 멈췄다.

그 순간 택시도 튀어 나갔다.

"아니, 기사님. 그, 그럴 것까진 없는…….”

"으아악!"

도수는 아예 비명을 질렀다.

택시는 버스와 부딪칠 뻔하다가 간신히 피하며 한준민을 따라갔다.

이 정도까지 판이 커질 거라고는 생각지도 못했다.

나는 고개를 절레절레 저었다.

그러면서 알아챘다. 뒷좌석 손잡이를 죽어라 잡고 있다는 것을.

*

택시가 무리하고 우리가 목숨을 내건 보람도 없이 결국 한준민을 놓치고 말았다.

차가 별로 없는 직선 도로로 접어들자마자 한준민이 속도를 내기 시작한 것이다.

택시로는 따라잡을 수가 없었다.

"감사합니다, 기사님. 저흰 여기서 내리겠습니다."

내가 말을 했지만 택시는 멈추지 않았다.

"어허, 여기서 포기하는 건 아니죠. 무엇보다 제 자존심이 허락 못 합니다! 이쪽 길은 제가 잘 아니까 한 번만 끝까지 가 보시죠. 택시비 안 받을게요. 보니까 나랏일 하시는 것 같은데 국민 된 도리로 이 정도는 도와드려야지!"

"아니, 그래도……."

"그놈도 계속 달리진 못 했을 겁니다. 빠르게 운전하는 게 엄청 진 빠지는 일이거든요. 어딘가에서 숨을 고르고 있을 게 뻔해요. 뭐 위치 추적기 같은 거 없나? 안 떠요?"

수사관을 했으면 분명 아주 뛰어난 실적을 올렸을 거라 생각하며 나는 한준민의 위치를 확인했다.

기사의 말은 맞았다.

꽤 떨어진 위치이긴 해도 한준민은 멈춰 있는 상태였다.

나는 기사에게 위치를 보여 줬다.

"여기가 어디쯤인지 아시겠습니까?"

한참 들여다보던 기사가 알겠다는 듯 아! 하며 말했다.

"여기 아파트 공사장이네. 이쪽 길로 쭉 가다가 왼쪽으로 빠지면 대규모 아파트 공사장이 나오거든요. 거기가 맞아요!"

"그럼 부탁드립니다."

내 말에 기사는 힘차게 고개를 끄덕였다.

사뭇 비장하기까지 했다.

나는 제발 큰 사고로 이어지지 않기를 빌며 전방을 바라봤다.

그때였다.

한준민에게서 전화가 걸려왔다.

예상 못 했던 전화라 나도 당황했다.

나는 숨을 한 번 고른 후 전화를 받았다.

"수사관 아저씨, 거래하는 건 어때요? 액수만 말하면 우리 엄마 아빠가 바로 쏴 줄 수 있거든. 그러니까 시원하게 한번 말해 봐요. 나 같은 놈 살짝 눈감아 준다고 세상이 뒤집히는 건 아니잖아요?"

무식한 건지, 아니면 상황 파악이 안 되는 것인지 모를 지경이었다.

어쨌든 두 가지 가능성 모두 한준민이 멍청하다는 걸 바탕으로 깔고 있었다.

검찰수사관을 무턱대고 도발하더니 서울 시내에서 자동차 추격전을 벌이질 않나, 지금은 또 회유하려 하고 있었다.

"말도 안 되는 소리 말고 법의 심판을 받으셔야 합니다."

내가 말했다.

"법? 그거 없는 인간들한테나 적용된다는 거 누가 모를 줄 알아? 우리 집이 재벌은 아니지만 그래도 돈이 꽤 있거든요."

나는 한준민의 말 같지도 않은 회유는 싹 무시한 채 배경에서 들리는 소리에만 집중했다.

바람이 불었다. 바람 부는 소리가 꽤 컸다.

녹슨 철물이 끼익끼익 신음을 뱉었다.

결정적으로 한준민의 말이 중간중간 끊겼다.

나는 단서가 될 만한 소리를 더 듣고 싶었다.

"한준민 씨가 지금 말한 것도 법을 어기는 겁니다. 이건 따로 조사를 받아야겠네요."

"씹할! 그딴 소리 그만하시고요, 얼마면 되는지 말만 하라고!"

순간 희미하긴 하지만 귀에 익은 소리가 들려왔다.

부우웅.

커다란 덤프트럭이 지나가는 소리였다.

"얼마를 줘도 소용없으니까 이제 끊겠습니다."

나는 전화를 끊은 후 말했다.

"한준민은 지금 차에서 내려 담배를 피우고 있습니다. 게다가 기껏 차를 대고 숨은 곳이 아직 덤프트럭이 들고나는 공사장입니다. 거길 찾아가면 될 것 같네요."

"아니, 용하네. 그런 걸 어떻게 아시지?"

기사는 감탄했다.

"같이 다닌 지 꽤 됐는데도 언제나 놀랍니다. 저도."

19화 — 너의 목소리가 보여(2)

도수가 말했다.

*

나는 수시로 한준민의 위치를 확인했다.

아직까지는 그 자리 그대로였다.

핸드폰을 통해서 추적당하고 있다는 사실 자체를 모르는 것 같았다.

아니면 추적을 당하더라도 꼭 핸드폰을 켜 놓아야 하는 상황이거나.

궁지에 몰렸으니 부모님 카드를 쓰려는 모양이었다.

내게 돈을 주려던 것 역시 어쩌면 부모와 합의를 본 것일지도 모른다.

"다 왔어요. 저 앞에서 왼쪽으로 꺾으면 공사 현장이 나옵니다."

기사가 앞을 가리키며 말했다.

"혹시 라이트 끄고 운전할 수 있으시겠습니까?"

"그럼요!"

기사는 왼쪽 길로 접어든 뒤 전조등을 다 껐다.

드문드문 가로등이 서 있는 탓에 길은 상당히 어두웠다.

"천천히 가시죠."

나는 그렇게 말한 후 창문을 활짝 열고 고개를 내밀었다.

한준민은 분명히 겁에 질려 있었다.

목소리의 미세한 떨림만으로도 벌벌 떠는 애송이의 모습이 훤히 그려졌다.

폼이란 폼은 다 잡았지만 막상 진짜로 쫓기고 보니 게임도 아니고, 장난도 아니라는 생각을 했을 것이다.

초조함과 두려움 그리고 조바심은 치명적인 실수를 터트리는 뇌관과 같다.

한준민이 여전히 같은 자리에 머물고 있는 것만 봐도 알 수 있었다.

패닉.

애송이는 그야말로 혼란에 빠져 어디로 가야 할지도 모르는 상태일 게 뻔했다.

내가 창밖으로 주위를 살피고 있을 때 덤프트럭 한 대가 큰 소리를 내며 지나갔다.

"기사님, 저 트럭, 저걸 따라가 주세요."

"알겠습니다."

얼마나 달렸을까, 환하게 불을 밝힌 공사장이 모습을 드러냈다.

그곳만 공사를 시작한 지 얼마 안 되는 듯 트럭으로 자재를 실어 나르느라 바쁜 것 같았다.

"틀림없어. 저기에 한준민이 있을 거야!"

내 말에 도수가 입을 열었다.

"그럼 내려서 조용히 걸어갈까요?"

좋은 생각이었다.

이번에는 기사도 순순히 말을 들어줬다.

"여차하면 또 쫓아야 할지 모르니까 난 여기 있을게요."

"감사합니다."

나는 진심을 다해 말했다.

도수와 나는 택시에서 내려 공사장을 향해 천천히 접근했다.

공사장 불빛이 워낙 환해서 밖으로 밀려난 어둠이 한층 더 두꺼워진 느낌이었다.

나는 전방을 살피다가 빨간 점 하나를 발견했다.

도수를 툭 쳤다.

"담뱃불이네요!"

도수가 속삭였다.

드디어 놈을 찾았다.

"택시 이쪽으로 불러 줘."

나 역시 속삭이듯 도수에게 말했다.

그러고는 잰걸음으로 한준민에게 다가갔다.

다행히 한준민은 비스듬히 등을 돌린 채 담배를 피우며 전화 통화에 정신이 팔려있었다.

나는 자동차 옆으로 빙 돌아서 한준민 앞에 휙 나타났다.

"으악!"

한준민은 비명과 함께 그대로 주저앉아 버렸다.

"뭐, 뭐야?"

"검찰수사관 최수호입니다. 통화 자주 했으니 더는 소개 안

해도 되겠죠?"

"여, 여길 어떻게 알고……."

한준민은 진심으로 놀란 듯 꼼짝도 못 하고 입만 벌리고 있었다.

"죄를 짓고는 절대 도망 못 갑니다. 게다가 돈을 준답시고 눈감아줄 수사관, 대한민국에는 한 명도 없습니다."

한준민은 모든 것을 포기한 듯 어깨를 축 늘어뜨렸다.

마침 택시가 라이트를 번쩍이며 달려왔다.

"또 한 번 무면허에 음주운전을 한 죄는 다시 법정에서 따져야겠네요. 물론 공무 집행 방해도 그래야 하고."

나는 한준민을 택시에 밀어 넣으며 말했다.

"진짜 궁금해서 그러는데 여긴 줄 어떻게 알았어요? 위치 추적이 그렇게 정교해요?"

나는 말 없이 내 귀를 가리켰다.

그러고는 한마디를 했다.

"때로는 소리가 중요한 단서가 되는 법이죠."

20화

미행

몇 번 말했지만 나는 촉이 좋다.

촉이라는 건 단순히 눈치가 빠른 것과는 다르다.

물론 신기니 뭐니 하는 것들과도 완전히 다르다.

촉이라는 건 일종의 본능이다.

갖가지 경험이 쌓이고 쌓여 머릿속에서 데이터를 만들어 내고 그게 또 경고의 메시지로 변해 신경을 자극하는 것, 그게 바로 촉이다.

설명할 수 없는 촉이 발동해서 미집자를 검거하기도 하고, 위험을 피하기도 했다.

누군가는 지독히 운이 좋다며 부러워하기도 하는데 촉은 운보다는 육감에 가깝다는 게 내 생각이다.

이런 내 촉에 의하자면 나는 며칠째 미행당하고 있다.

*

처음에는 까맣게 몰랐다.

주로 미행하는 쪽이었지 거꾸로 내가 미행당할 일은 없었으니까.

최초로 이상함을 느낀 것도 촉 덕분이었다.

출근을 하려고 차에 올라타려는데 뭔가 찜찜한 기운이 가시질 않았다.

뭐지?

그렇게 생각하며 나는 차에서 내려 찬찬히 살펴봤다.

이른바 촉이 발동한 것이다.

차는 겉으로 보기엔 아무런 이상도 없었다.

혹시나 해서 보닛도 열어 봤지만 적어도 내 눈에는 특이점이 보이지 않았다.

타이어에 바람이라도 빠졌나 싶어 쪼그리고 앉아 살펴보고 있을 때 바로 그걸 발견했다.

차량 하부에 붙여 놓은 위치 추적기였다.

나는 빨간색 불이 반짝이는 추적기를 들고 한동안 서 있었다.

누가 나를 감시한다는 생각에 혼란스러움을 느꼈다면 곧바로 찾아온 궁금증은 누가 했느냐는 것이었다.

검찰수사관의 차에 위치 추적기를 달 만한 인간.

제일 먼저 떠오른 이름이 있었다.

두강식.

그자라면 이런 일쯤 아무렇지 않게 실행할 것이다.

나는 위치 추적기를 버리듯 쓰레기통에 던져 놓고 검찰청으로 향했다.

이번 일을 보고할까 말까 고민하던 중에 무심코 본 사이드 미러에 수상한 움직임이 포착됐다.

짙은 회색 승용차 한 대가 굳이 차량 없는 차선에서 내 차선으로 진입을 시도했다.

내 기억이 정확하다면 저건 내가 아파트에서 나올 때부터 자연스레 따라붙던 차였다.

나는 혹시나 해서 다시 차선을 바꿨다.

아니나 다를까, 회색 차도 비교적 자연스럽게 내가 달리는 차선으로 들어왔다.

미행과 위치 추적기.

내가 망상에 빠진 게 아니라면 분명 나를 감시하는 존재가 있다는 뜻이었다.

나는 찜찜한 기분을 누르며 검찰청으로 향했다. 사이드 미러로 확인하니 회색 차는 크게 유턴을 해 어딘가로 사라졌다.

단순히 위치 추적기만 단 게 아니라 미행까지 붙였다는 사실이 영 찜찜했다.

이 일을 꾸민 사람들은 도대체 얼마 동안 나를 감시해 온 걸까?

한번 그런 생각을 하자 모든 게 의심스러웠다.

나는 신중하고 꼼꼼하게 행동하기로 마음먹었다.

그러면서 잡아들여야 하는 미집자 리스트를 훑었다.

오늘은 상습적으로 마약을 투여하고 판매까지 한 이익한이란 미집자를 선택했다.

이익한은 별다른 직업도 없이 속초와 강릉 일대를 다니면서 몰래 마약 거래를 했던 인물이었다.

집행 유예 기간에 같은 범죄를 또 저질러 이번에야말로 교소도 신세를 지내게 되었다.

문제는 이익한이 아니라 그 아버지였다.

이익한의 아버지 이명학은 속초 바닥에서는 이름깨나 알려진 사업가이자 갑부이기도 했다.

한때는 이명학에게 밥 한 그릇 안 얻어먹은 공무원이 없다고 할 정도였다.

재판 중 사라진 이익한이 아버지의 비호를 받고 있다는 사실은 누구나 짐작 가능했다.

애초에 집행 유예 기간에 동종 범죄를 저지르고도 구속 수사를 받지 않았다는 것부터 이명학의 빽이 아니면 불가능한 일이었다.

결국 이명학을 설득하는 게 이익한을 잡을 수 있는 가장 좋은 방법이었다.

나는 점심시간이 지난 후 설렁설렁 외출을 했다.

이명학이 사장으로 있는 '명진 무역'은 검찰청에서 그리 멀지 않은 곳에 자리했다.

걸어서 15분이면 충분했다.

나는 신경을 곤두세운 채 거리를 걸었다.

왼쪽 골목에서 한 명, 검찰청을 나오자마자 따라붙은 또 다른 한 명, 그리고 방금 아이스 아메리카노를 사서 거리로 나온 한 명까지 총 세 명이 나를 따라붙었다.

나는 전혀 모르는 척 행동했다.

여느 때와 똑같이 걷고 똑같이 행동했다.

그러고는 명진 무역으로 들어섰다.

"어떻게 오셨어요?"

안내를 맡은 직원이 웃으며 물었다.

"사장님 좀 만나려고요."

내가 대답을 하자 직원 얼굴이 살짝 굳었다.

"어…… 그, 그게 사장님께서 지금 바쁜 일이 있으셔서."

"검찰에서 나왔다고 전해 주세요. 최수호가 찾아왔다고."

내가 말하자 직원은 서둘러 어딘가로 전화를 걸었다.

잠시 후 직원이 말했다.

"올라오시랍니다."

"3층이죠?"

"네, 맞습니다."

3층에서 엘리베이터를 내리자마자 사장실이 보였다.

나는 예의상 노크를 한 번 하고 문을 열었다.

의자에 앉아 있던 이명학이 벌떡 일어났다.

"아이고, 우리 최 계장 오랜만이네. 허허."

이명학은 뛰어난 장사꾼이었다.

셈이 빠르고 머리도 잘 돌아갔다.

손해 볼 만한 일에는 절대 손을 대지 않았고, 설령 손을 댔다 해도 아니다 싶으면 언제든 빠질 줄 아는 추진력도 가지고 있었다.

이명학은 내가 찾아온 이유를 알 거라 생각했다.

그러니 긴 말은 필요 없었다.

"사장님, 아들은 어디 있습니까?"

"그, 그게 나도 잘······."

"제가 여기까지 온 이유 아시죠? 어차피 아드님은 잡힐 수밖에 없습니다. 핸드폰 싹 털면 몇 시에 누구한테 전화했는지 다 나옵니다. 실시간으로 위치도 추적해요. 그런데 그 과정에서 혹시라도 사장님 이름이 거론되면 여러 가지로 곤란하시잖아요."

"아니, 그건 그런데······."

"아드님 이런 식이면 큰일 납니다. 지금도 이미 충분히 위험한 상태고요. 차라리 교도소에서 몇 년 지내며 약을 끊는 게 더 좋을 겁니다. 그러니 혹 연락이 닿으면 꼭 자수하라고 전해 주세요."

"알았어. 최 계장. 고마워."

이명학은 풀 죽은 표정으로 대답했다.

나는 그 모습을 보며 아마 사나흘 내로 답이 올 거라 확신을 품었다.

그것과는 별개로 나는 궁금한 걸 물었다.

"사장님, 근데 여기 뒷문 같은 건 없습니까?"

"뒷문? 저기 비상계단이 있긴 한데. 근데 거기로 나가면 막다른 골목이 나와."

"그건 상관없습니다. 그럼 가 보겠습니다. 연락 주세요."

나는 엘리베이터가 아닌 비상계단으로 1층까지 내려갔다.

두꺼운 철문은 잠겨 있지 않았다.

나는 그걸 열고 밖으로 나갔다.

과연 사장의 말처럼 그 길은 높은 벽이 가로막고 있었다.

눈대중으로 높이를 재 봤다.

그러고는 훌쩍 뛰어올라 벽에 매달렸다.

상체를 끌어올리자 나머지는 쉬웠다.

나는 벽에 쪼그리고 앉아 정문 쪽 상황을 살폈다.

검찰청에서부터 나를 미행하던 남자가 당황한 표정으로 전화하는 모습이 보였다.

나는 최대한 소리를 죽여 바닥으로 뛰어내렸다.

남자는 철수 명령을 받기라도 한 것처럼 왔던 길을 되돌아 걷기 시작했다.

나는 그 뒤를 조용히 따라갔다.

미행을 당하던 이가 거꾸로 미행을 하는 재미있는 상황이 펼쳐졌다.

남자는 자신이 미행당한다는 사실은 꿈에도 모른 채 발걸음을 서둘렀다.

나는 적당히 거리를 두고 그 뒤를 따랐다.

이대로 가면 미행을 사주한 사람과 만날 수 있을까?

그리고 목적을 알 수 있을까?

이 미행의 끝에 뭐가 있는지 몰라 불안하면서도 짜릿했다.

남자는 검찰청을 지나 커피숍으로 들어갔다.

나도 그 뒤를 따랐다.

＊

커피숍은 문을 열기 전이었다.

창문에도 전부 블라인드가 내려가 있었다.

나는 아랑곳하지 않은 채 커피숍 문을 열고 안으로 들어갔다.

"아직 영업 전……."

남자는 계산대에 서 있다가 나와 눈이 마주쳤다.

순간 남자의 얼굴이 붉어진다 싶더니 표정이 일그러졌다.

"저 아시죠?"

나는 남자에게 물었다.

"그, 그게……."

"절 미행하라고 시킨 사람한테 어서 연락하세요. 빨리 오라고. 안 그러면 시끄러워질 테니까."

"오해가 있는 것 같은데요. 전 손님을 첨 봤고 미행한 적도 없습니다."

"그래요? 그럼 경찰서에 가서 한 번 이야기해 볼까요?"

나는 핸드폰을 꺼내 들었다.

그러자 남자의 얼굴이 하얗게 질렸다.

"알겠습니다. 일단은 진정하고 자리에 좀 앉으시죠."

"진정해야 할 사람은 그쪽인 것 같은데요."

나는 팔짱을 낀 채 자리에 앉았다.

"지금 전화하겠습니다."

남자가 말하며 핸드폰을 들었다.

나는 커피숍 내부를 둘러봤다.

겉으로 보기에만 커피숍이지 안은 인테리어조차 하지 않은 그냥 시멘트 건물일 뿐이었다.

개업을 안 했다는 걸 떠나 아예 장사할 의지가 보이지 않는 곳이었다.

혹시 아지트인가?

그렇다면 설명이 가능했다.

물론 알아내야 할 게 더 많았지만.

이들의 정체는 물론이고 왜 나를 미행했는지 그걸 꼭 알아야 했다.

내가 검찰수사관이라는 걸 알면서도 미행했다는 것은 두 가지 의미로 해석할 수 있었다.

첫째는 검찰수사관 정도는 마음대로 할 수 있는 큰 힘이 개입했다는 것.

둘째는 그저 머저리들이라는 것.

나는 출입구 쪽을 노려보고 있었다.

남자와는 한마디도 나누지 않았다.

괜스레 시시껄렁한 대화를 주고받을 심정도 아니었다.

얼마나 기다렸을까, 이윽고 문이 열렸다.

나는 물론이고 남자도 문을 뚫어져라 바라봤다.

건물 안으로 낯익은 남자가 들어왔다.

이두산 검사였다.

✳

예상하지 못했던 사람의 등장에 나는 적잖이 당황했다.

반면 이두산 검사는 태연하게 웃으며 내 맞은편에 앉았다.

"놀라셨죠? 죄송합니다."

이두산 검사가 말했다.

나는 이 상황을 조금도 이해할 수 없었다.

"검사님이 지시한 일입니까?"

믿을 수 없었지만 일단은 그렇게 물었다.

"네."

이두산 검사는 고개를 끄덕였다.

"하아."

맥이 풀리는 것과 동시에 의문이 들었고 또 화가 나기도
했다.

검사와 검찰수사관은 서로 돕는 존재였다.

군이 따지자면 상하 관계보다 협업 관계라는 게 더 어울렸다.

물론 검사의 지시를 받아 일을 할 때도 있지만 수사관은 나름의 규칙과 체계 속에서 독자적인 임무를 수행하는 경우가 많다.

특히 미집자 검거의 경우에는 더 그렇다.

그렇기에 검사들 역시 수사관에게 함부로 대하지 않을 뿐더러 오히려 존중하는 태도를 보인다.

수사관들도 마찬가지다.

검사의 요청을 받았을 때 군말 없이 수행하는 이유는 검사에 대한 존경심에 바탕을 두고 있다.

검사와 검찰수사관은 헌법 수호라는 같은 목적의 배를 모는 선원들인 셈이다.

서로를 믿지 못하면 배는 산으로 가 버린다.

나는 이두산 검사를 존경해 왔다.

그 뚝심과 배짱은 분명 대단한 것이었다.

그런 이두산 검사가 내 뒤를 밟으라고 지시를 했다니, 솔직히 말해 충격이 컸다.

나는 표정을 감추지 못한 채 이두산 검사를 바라봤다.

그러자 이두산 검사가 꾸벅 고개를 숙였다.

"정말 죄송합니다. 최 계장님, 잠시 제 이야기 좀 들어 주시겠습니까?"

이야기야 얼마든지 들어 줄 수 있었다.

하지만······.

"검사님. 제가 납득할 만한 이유를 말씀하시지 못한다면 전 이번 일에 대해 공식적으로 문제 제기를 하겠습니다."

"네, 알겠습니다."

이두산 검사는 진지한 표정으로 대답했다.

"그러면 이야기해 주시죠."

내가 말했다.

"아시겠지만 저희 팀은 이제 두강식 체포에 모든 걸 걸었습니다. 더불어 명동 기획파를 아예 없애려 하고 있죠."

이미 알고 있는 사실이었지만 나는 잠자코 들었다.

"그런데 생각보다 두강식 이놈이 요리조리 잘 피해 다니네요. 두강식이 떴다는 첩보를 듣고 움직였는데도 항상 한발 먼저 그 장소를 뜨는 일이 많았습니다. 그것만이 아닙니다. 명동 기획파가 운영하는 불법 도박장을 급습했을 때도 이미 다 도망을 치고 만 원짜리 한 장 안 남은 상태더군요. 벌써 몇 번이나 같은 일이 벌어졌습니다. 이쯤 되니 의심이 들더군요."

"내부에서 두강식을 도와주는 사람이 있다?"

이두산은 고개를 끄덕였다.

"아무래도 그런 것 같아 며칠 전에 저희 쪽 선수 몇 명을 교체했습니다. 그런데 뭔가 아쉽게 느껴지더군요. 각 분야에서 최고를 모으기는 했는데 그래도 모자란 느낌이었습니다. 그러던 중에 최 계장님 생각이 났습니다."

"그때도 말씀하셨죠. 도움이 필요하면 부탁하시겠다고."

"그렇죠."

대충 그림이 그려졌다.

이두산 검사는 명동 기획파를 일망타진하고 두강식을 체포하는 데 모든 걸 걸고 있다.

그럼에도 번번이 실패하니 초조하고 답답했으리라.

그러던 참에 나를 떠올렸는데 나라고 해서 깨끗하다는 확신을 가지지는 못 했을 것이다.

그렇게 생각하자 퍼즐이 맞춰졌다.

이두산 검사는 아마 대검에 요청해서 나를 알아보려 했을 것이다.

즉, 나를 미행한 이들은 감찰부 수사관이라는 뜻이었다.

"그럼 바로 절 부르시지 그랬습니까."

내가 말하자 이두산 검사는 슬쩍 웃었다.

"보험이 필요했거든요. 최 계장님이 우리 쪽 사람이라는 확실한 보험."

역시 내 예상이 맞았다.

"허."

나는 쓴웃음을 지었다.

나를 믿지 못했다는 사실이 섭섭했지만 한편으로는 이두산 검사의 꼼꼼함이 마음에 들기도 했다.

돌다리도 두드려 보고 건너는 것.

바쁘고 정신이 없을수록 꼭 필요한 일이 바로 그것이었다.

나라면 어땠을까?

결론은 이미 나왔다.

내가 이두산 검사였다고 해도 같은 지시를 내렸을 거다.

"사실 전 두강식과 한 번 마주친 적이 있습니다."

"그래요?"

나는 이두산 검사에게 넙치의 장례식장에서 있었던 일을 이야기했다.

"그건 두강식 쪽에서 일부러 접근한 게 확실해 보이네요. 그런데 계장님은 움직이지도 않았는데 어떻게 냄새를 맡은 걸까요?"

이두산 검사가 물었다.

"저도 그게 이상해서 곰곰이 생각해 봤는데 아무래도 넙치에게서 제 이름을 얻어낸 것 같습니다. 넙치가 실종되기 전에 제가 두강식에 대해 좀 물었거든요."

"아! 그럴 수도 있겠네요."

"두강식 입장에서는 사전에 경고를 할 셈으로 저를 만나본 것일 테고요."

"하긴. 이 바닥 사람이라면 최 계장님을 모를 수가 없으니."

"그나저나 미행한 결과는 어땠습니까?"

내가 웃으며 묻자 이두산 검사도 웃으며 대답했다.

"한 가지는 확실했습니다. 최 계장님이 정말 규칙적으로 사신다는 거. 회사, 집, 교회, 운동 말고는 아예 움직이질 않으시더군요."

"그것들만 있으면 충분하니까요."

"하하, 저도 그렇게 심플하게 살아야 할 텐데 말입니다."

"그럼 이제 어떻게 하실 생각입니까?"

내 질문에 이두산 검사는 웃음기를 빼고 진지한 표정을 지었다.

"저희와 같이 하시죠."

"밀린 일들이 몇 개 있습니다."

"그거 해결하시는 동시에 저희 쪽 일도 도와주실 수 있겠습니까?"

나는 고개를 끄덕였다.

"감사합니다. 그럼 잘 부탁드립니다."

이두산 검사가 손을 내밀었고 나는 그 손을 잡고 악수를 했다.

전쟁은 이제부터 시작이었다.

조폭 두목의 말로(1)

이번에 잡아야 할 사람은 조폭 두목이었다.

이름은 공석출.

한때 속초 일대를 호령하던 '금강파'의 두목이자 폭행 및 각종 사기 사건으로 실형을 선고받은 자다.

벌금 미납도 여러 건 있었다.

나는 처음에 공석출의 이름을 보고 깜짝 놀랐다.

이 정도 되는 거물이 도망자 신세가 되다니 믿을 수가 없었다.

한편으로는 한 세대가 저무는 것 같아 씁쓸한 느낌이 들기도 했다.

공석출이 누군가.

내가 속초로 오기 전부터 이미 오랫동안 악명을 떨치던 자다.

속초 제일의 조폭답게 금강파는 돈이 되는 일에는 전부 개입했다.

심지어 합법적인 회사를 운영하기도 했다.

금강파는 잔인하기로 유명해서 아예 다른 조직이 덤벼들 여지를 주지 않았다.

군소 조직의 조폭 세 명이 금강파 말단의 아킬레스건을 끊었던 사건이 있었다.

말단 중의 말단이라 그냥 넘어갈 법도 했지만 공석출은 참지 않았다.

부하 수십 명을 대동하고 직접 그 조직의 본거지로 쳐들어가 아예 박살을 내 버렸다.

목격자에 의하면 죽은 사람이 안 나온 게 신기할 정도의 일방적인 폭행이었다고 한다.

한편으로는 속초 조폭 중에 공석출 밥을 안 먹은 놈이 없다는 이야기가 떠돌기도 했다.

그만큼 베푸는 것 역시 잘한 인물이 공석출이었고 그래서 따르는 이들이 많았다.

공석출은 속초에서의 입지가 확고했다.

정치는 물론 경찰과도 연이 닿아 있었고 그 때문에 절대 잡히지 않을 거라는 말이 많았다.

몇 명인지 특정할 수는 없지만 실제로 공석출에게 뭔가를 받아먹은 공무원들도 있었다.

그런 공석출이 도망자가 된 것이다.

물론 그 이유는 명동 기획파 때문이다.

명동 기획파가 세를 불려 가던 중에도 끝까지 버틴 게 바로 금강파였다.

처음에는 금강파가 유리해 보였다.

속초에 원체 깊게 뿌리를 내리고 있었고 그만큼 입지도 단단했기 때문이다.

하지만 결과는 정반대였다.

금강파는 세대교체가 제대로 이루어지지 않았던 반면, 명동 기획파는 두강식의 명령이라면 불속에라도 뛰어들 준비가 된 어린놈들이 수두룩했다.

금강파의 중간 보스급들이 칼침을 맞거나 집단 폭행을 당하는 일들이 몇 건이나 발생했다.

금강파의 위세는 눈에 띄게 줄어들었다.

급기야 사업도 줄여 나갔다.

아예 금강파를 배신하고 나가 명동 기획파에 들어가는 조폭도 많았다.

대규모 물갈이가 시작된 것이었다.

명동 기획파는 금강파 밑에서 힘을 못 쓰고 있던 군소 조직을 모두 흡수했다.

그 덕분에 명동 기획파는 금강파 단독으로는 감당할 수 없는 수준으로 커 버렸다.

한때는 공석출이 꼬리를 내리고 줄행랑을 놓았다는 소문도 돌았다.

공석출 입장에서는 치욕적인 일이었다.

그러다 보니 찍소리도 못 했던 이들이 공석출을 고발했다.

인과응보였다.

더는 뒤를 봐주는 사람도 없는 상황에서 공석출은 속절없이 당할 수밖에 없었다.

결국 얼마 안 남은 부하들마저 돌아서며 죄를 덮어쓸 인물조차 씨가 말라 버렸다.

남은 건 교도소행뿐이었다.

나는 공석출과 아무런 접점이 없었지만 그가 이런 식으로 퇴장하는 걸 보는 것만으로도 입맛이 썼다.

"그러니까 착하게 살아야지."

나는 공석출의 사진을 보며 그렇게 중얼거렸다.

인적 사항에 나와 있는 공석출의 집은 이미 누군가에게 팔린 상태였다.

즉, 공석출은 집도 절도 없이 그야말로 도망만 다니고 있는 셈이었다.

그나마 핸드폰 사용 기록이 나오지 않는 것으로 봐서 부하 두어 명과 같이 다니는 모양이라고 나는 생각했다.

그렇다면 뒤를 쫓기가 쉽지는 않을 것이다.

특히 혼자서 추적하려면 꽤 성가실 것 같았다.

나는 민형식에게 도움을 구하기로 했다.

전화를 걸자 민형식은 대번에 받았다.

"어때? 요즘 바빠?"

"저야 뭐 늘 비슷하죠. 벌금 미납한 사람들 잡으러 다니는 거. 선배님은요?"

내가 이두산 검사를 돕는다는 건 일단은 비밀이었다.

"나도 뭐 미집자들 잡느라 똑같지 뭐. 근데 이번 건은 약간 복잡해서 그러는데 혹시 도움 좀 부탁할 수 있을까? 그쪽 업무에 방해되지 않는 선에서 말이야."

"어휴. 당연하죠! 선배가 도와달라시면 전 다 팽개치고 달려가야죠."

"공석출이라고 알지?"

"금강파 두목이죠?"

"응. 그 인간을 잡아야 해."

"알겠습니다. 기꺼이 돕겠습니다."

"고마워. 내가 서류 좀 보고 다시 연락 줄게."

나는 공석출의 서류를 내려다봤다.

지금까지 저질렀던 악행은 서류의 분량과 비례한다.

공석출은 거의 책 한 권 수준이었다.

일단은 빠른 속도로 서류를 훑어봤다.

공석출은 속초에서 나고 자란 속초 토박이었다.

대부분 범죄도 역시 속초에서 저질렀다.

즉, 공석출은 속초가 고향이자 발판인 셈이었다.

이 정도로 깊게 뿌리를 내린 상태라면 아무리 도망을 친다 해도 쉽게 다른 지역으로 가지는 못 했으리라.

그렇다는 말은 공석출은 지금도 속초의 모처에서 숨어 있다는 뜻이 된다.

거기까지 생각하자 어디서부터 시작해야 할지 감이 왔다.

나는 민형식에게 다시 전화를 걸었다.

이제는 움직여야 할 순간이었다.

*

"그러니까 공석출 가족은 다 외국에 있는 거네요?"

민형식의 질문에 고개를 끄덕였다.

"딸 둘이 있는데 둘 다 캐나다에서 공부하고 있지. 물론 아내도 건너갔고. 제법 오래됐어."

"거기도 타격이 크겠네요."

"그렇겠지. 집안이 풍비박산 난 거나 마찬가지니까."

"천하의 공석출이 이렇게 되니까 기분이 묘하네요."

운전을 하던 도수가 말했다.

"나도 그래. 아무도 못 건드릴 것 같았는데."

"역시 두강식이 그만큼 세고 지독한 거겠죠?"

민형식이 물었다.

"그렇지. 그리고 똑똑하고."

두강식의 이름이 나오자 다시 불타올랐다.

놈을 꼭 잡고 싶었다.

아마 이두산 검사도 같은 마음이겠지.

"계장님, 그럼 지금 우리가 가는 곳은 어딥니까?"

도수가 물었다.

"아! 공석출의 내연녀가 사는 곳이야. 도심에서 제법 큰 바를 운영하는 사장인데 공석출과 둘이 그렇고 그런 사이로 지낸 지 벌써 몇 년 됐어."

"공석출이 거기 숨어 있는 걸까요?"

민형식의 물음에 나는 고개를 저었다.

"그건 아닐 거야. 이미 샅샅이 수색을 했거든."

"지난번처럼 비밀 공간에 숨은 거 아닐까요?"

도수가 물었다.

"이 집은 그런 공간이 있을 정도로 넓지 않아."

"그럼 어떻게 하시려고요? 잠복입니까?"

"그렇지."

도수는 알겠다는 듯 슬쩍 웃었다.

아마 어떤 간식을 챙길지 생각하고 있는 것이리라.

"공석출이 내연녀에게는 연락하고 있다고 생각하시는 거죠?"

"대대적인 수사에도 공석출의 비자금이 발견되지 않았어. 이런 놈들 특징 알지? 현금을 잔뜩 숨겨 놓는 거. 난 그 현금이 내연녀에게 있다고 봐."

"수색을 했다면서요."

"사람을 찾는 목적이었으니까 아마 자세히 뒤지진 않았을 거야."

"그럼 내연녀가 공석출에게 도피 자금을 공급하고 있을 지

21화 ─ 조폭 두목의 말로(1)

도 모르겠네요."

"맞아. 그래서 가 보자는 거야. 안 그래도 내연녀 최미정은 며칠째 바를 안 열고 있거든."

"그래도 얻는 건 없을 거야. 최미정 역시 이 바닥에서 잔뼈가 굵을 대로 굵은 사람이니까."

"하긴……."

"어! 비 온다."

도수의 말이 끝나기가 무섭게 후드득 비가 쏟아지기 시작했다.

"오늘 비 온다고 했던가?"

내가 묻자 도수가 핸드폰을 들여다보며 말했다.

"늦은 오후부터 내린다고 했네요. 내일까지 계속 올 거랍니다."

"이거 곤란하네요."

민형식이 말했다.

잠복할 때 제일 난감한 경우가 바로 비나 눈이었다.

시야가 제한될 수밖에 없어 더 신경을 써야 한다.

감시 대상자도 이런 날씨면 집에서 나오지 않을 확률이 높았다.

"비 그치면 내일 다시 올까?"

내가 말했다.

"그래도 밤까지만 기다려 보죠. 이왕 왔으니."

민형식의 그 한 마디가 얼마나 결정적인 역할을 했는지 나는 나중에야 알 수 있었다.

"좋아. 그럼 가벼운 마음으로 보고 있자고."

나는 공석출의 서류를 다시 살피는 틈틈이 빌라 입구를 봤다.

한동안은 비가 쏟아질 뿐 아무 일도 일어나지 않았다.

우리 셋은 돌아가며 하품을 했다.

주위는 어느새 어둑어둑해졌다.

조금 있으니 가로등에 불이 들어왔다.

먹구름 때문인지 평소보다 일찍 밤이 찾아온 듯했다.

배도 고프고 소변도 마려웠지만 일단은 참았다.

핸드폰을 확인했다.

벌써 9시가 넘었다.

슬슬 집중력이 떨어질 시간이었다.

"10시까지만 있다가 가자고."

이번에는 아무도 토를 달지 않았다.

9시 30분이 막 지났을 때 예상하지 못한 일이 벌어졌다.

커다란 이삿짐 트럭 한 대와 사다리차 한 대가 골목을 지나 빌라 입구에 멈춰 선 것이다.

"어? 뭐죠?"

머리를 기대고 있던 민형식이 용수철처럼 상체를 일으켰다.

"이 시간에 이사를 간다고요?"

도수가 물었다.

내 머릿속에 떠오르는 말은 하나였다.

야반도주.

트럭에서 내린 인부들은 익숙하게 움직였다.

사다리차는 빌라 위로 사다리를 올려보냈다.

"몇 층에서 멈췄지?"

내가 묻자 도수가 대답했다.

"5층, 5층입니다!"

최미정이 바로 5층에 살았다.

502호.

"내리자. 도수 넌 대기하고 있다가 혹시 자동차가 나오면 길을 막아 버려."

"네!"

나는 민형식과 함께 비를 맞으며 빌라로 달려갔다.

몇몇 인부가 짐을 가지고 내려오고 있었다.

사다리차도 움직이기 시작했다.

나는 인부 중 한 명을 붙잡고 물었다.

"몇 호가 이사가는 겁니까?"

"502호요. 근데 왜요?"

"감사합니다."

나는 민형식과 함께 계단을 달려 올라갔다.

엘리베이터가 5층에서 내려올 생각을 안 해서 어쩔 수 없었다.

5층 복도로 들어서자 바로 502호가 보였다.

활짝 열어놓은 문으로 인부들이 드나들었다.

"최대한 소리 내지 말고 옮기라고. 몇 번 말해!"

현관에 서서 그렇게 지시하는 사람이 책임자인 것 같았다.

나는 그 사람에게 다가갔다.

"집주인은 어디 계십니까?"

"집주인? 당신들 뭐요?"

책임자는 우리를 위아래로 훑었다.

"검찰에서 나왔습니다. 둘 다 수사관입니다."

"검찰?"

그제야 책임자 얼굴에 당황한 표정이 떠올랐다.

"집주인은 어디로 갔습니까?"

나는 다시 물었다.

"집주인 방금 엘리베이터 타고 내려갔어요."

젠장.

나와 민형식은 누가 먼저랄 것도 없이 다시 계단을 달려 내려갔다.

뒤쪽에서 책임자 목소리가 들렸다.

"우린 그냥 시킨 대로 해 준 것밖에 없어요."

나는 계단을 내려가면서 도수에게 전화를 걸었다.

"네, 계장님."

"도수야. 지금 차 한 대 나갈지도 몰라."

"알겠습니다!"

우리는 1층으로 내려와 다시 밖으로 나갔다.

그때였다.

21화 — 조폭 두목의 말로(1)

파란색 미니 쿠페 한 대가 지하주차장에서 나와 우리 옆을 지나쳐 달려갔다.

그 짧은 순간 나는 운전석에 탄 여자를 확인했다.

최미정이었다.

조폭 두목의 말로(2)

"달려!"

나와 민형식은 빗길을 달렸다.

저 멀리 도수가 운전하는 소나타가 골목을 가로막으며 멈춰 서는 게 보였다.

미니 쿠페의 브레이크 등에 불이 들어왔다.

빵!

최미정이 경적을 울렸다.

빵!

또 한 번.

그래도 소나타가 움직이지 않자 최미정은 운전석 문을 열고 소리쳤다.

"빨리 비켜!"

바로 그때 내가 달려가 열린 운전석 창문으로 손을 집어넣었다.

"뭐야?"

최미정이 다 놀라기도 전에 잠금 장치를 풀고 운전석 문을
활짝 열었다.

"누구야? 갑자기 왜……."

"검찰수사관 최수호입니다. 최미정 씨 맞죠?"

미처 말을 잇지 못하고 나와 민형식을 바라보는 최미정에게
내가 말했다.

"거, 검찰이 왜?"

"공석출 씨와 관련해서 몇 가지 질문이 있어서요."

"난 아무것도 몰라요. 해 줄 말도 없어요. 그리고 지금 이사
중이니까 더 방해받고 싶지 않네요."

"공석출 씨와 내연 관계라는 건 알고 있습니다. 저희가 알고
싶은 건 공석출 씨의 행방이고요. 그런데 지금 보니 그것 말고
도 해명하셔야 할 일이 더 많겠네요."

"내가 왜 해명을 하죠? 그냥 이사 가는 것뿐인데!"

"그냥 이사라……. 저랑 내기 하나 하시겠습니까? 저기 뒷
좌석에 실은 상자에 현금이 가득 찼다는 데 전 수사관 직을 걸
겠습니다. 그리고 저 돈이 공석출의 범죄 수익 비자금이라는 데
전 재산을 걸죠. 어때요? 최미정 씨는 뭘 거시겠습니까?"

최미정은 말없이 나를 노려봤다.

"인정하시는 겁니까?"

재차 물었지만 반응은 똑같았다.

민형식은 그사이 경찰에 신고를 했다.

"지금 제 동료가 경찰을 불렀습니다. 공석출의 범죄 수익 비자금 은닉을 도운 죄 그리고 그걸 훔친 죄는 경찰에서 따질 겁니다. 그 전에 하나만 가르쳐주시죠. 공석출, 지금 어디 있습니까? 마지막 정이라도 있다면 가르쳐주세요. 공석출은 우리만 쫓고 있는 게 아닙니다. 명동 기획파에서도 찾아다닌다는 소문이 쫙 퍼졌습니다. 공석출이 명동 기획파에 먼저 잡힌다면 어떻게 될까요?"

최미정은 눈을 내리깔았다.

한참 생각을 하던 최미정이 드디어 입을 열었다.

"찜질방을 전전하고 있다는 이야기만 들었어요. 하루씩 다른 곳으로 옮겨 다닌다고."

"찜질방이라……."

"전 도우려고 했어요. 하지만 명동 기획파가 협박을 하는 바람에 이렇게 도망치게 된 거예요."

"그럼 그 어디보다도 안전한 경찰서로 가시죠."

때마침 경찰차가 도착했다.

최미정은 모든 걸 체념한 듯 차에서 내렸다.

"선배님, 지금 바로 찜질방 가실 거죠?"

민형식이 물었다.

"그래야지. 최미정이 잡혔다는 소식도 곧 퍼질 거니까 그 전에 공석출을 잡아야 해."

"그런데 어느 찜질방인지 감이 안 오네요."

22화 ― 조폭 두목의 말로(2)

"걱정하지 마. 나한테 방법이 있으니까."

우리는 속옷까지 흠뻑 젖은 채로 차에 올랐다.

나는 핸드폰을 꺼내 들었다.

*

사람이 제일 중요하다.

선거 홍보 문구 같지만 이건 내 신념 중 하나다.

모든 일에 사람이 중심이 되면 범죄도 사라질 것이다.

세상의 범죄는 대부분 사람을 사람으로 보지 않아서 생겨
난다.

나는 주위 사람을 챙기면서 행복감을 느낀다.

한번 스친 인연이라도 소중하게 생각해야 한다는 건 아버지
께서 수도 없이 하신 말씀이었다.

나는 정보를 모아서 미집자의 뒤를 쫓는다.

그 정보라는 건 통화 내역처럼 디지털화될 수도 있지만 오
직 사람을 통해서만 얻을 수 있는 경우도 많다.

사람을 통해 얻는 정보, 그게 바로 소문이다.

소문은 여러 곳에서 생겨난다.

많은 사람이 드나드는 곳일수록 여러 소문이 모이고 또 퍼
져 나간다.

그중 한 곳이 바로 찜질방이다.

긴장을 풀고 속 이야기를 할 수 있는 곳, 반면에 누가 엿듣고

있는지를 알 수 없는 곳이 바로 찜질방, 그중에서도 사우나다.

나는 속초 내 사우나를 골고루 이용한다.

그러면서 자연스레 사장들과 친분을 쌓는 건 물론이고 세신사들과도 안면을 트며 친하게 지내 왔다.

사람들은 자신의 벌거벗은 몸을 맡기는 건 물론이고 여러 정보가 담긴 이야기조차 스스럼없이 세신사에게 털어놓는다.

혹은 같이 간 친구들끼리 이야기를 나눈다.

나는 적어도 속초에 있는 세신사의 번호는 다 알고 있었다.

핸드폰을 꺼내 든 나는 그 세신사들에게 일일이 문자를 보냈다.

혹시 공석출을 발견했으면 제보를 달라고.

"역시 대단하시네요. 선배는."

민형식이 감탄하며 말했다.

"그러니까요. 전 여자친구 한 명 챙기는 것도 버겁던데."

도수는 그렇게 말하고는 자기 입을 틀어막았다.

나는 그걸 놓치지 않았다.

"여자친구? 너 방금 여자친구라고 했지?"

"아니. 그, 그게 아니고."

"그게 아니긴 뭐가 그게 아니야. 누구야? 언제 사귄 거야?"

"그때 말씀드렸던 그 여자 분이에요. 선톡 해 준."

"정말? 그냥 영화 보고 밥만 먹었던 거 아니었어?"

"그러고 두어 번 더 만났어요. 전 당연히 호감이 있었는데 거절당할까 봐 표현을 못 했거든요. 그런데 여자 분이 먼저 사

22화 ─ 조폭 두목의 말로(2)

귀자고 하더라고요."

"너 거짓말이면 혼난다!"

"제가 왜 거짓말을 해요. 그냥 제가 매력적인걸."

도수는 싱글싱글 웃었다.

행복해 보였다.

"하아, 도저히 믿을 수 없지만 아무튼 축하한다."

"감사합니다, 계장님. 나중에 도움 필요하면 말씀드릴게요."

"무슨 도움?"

"계장님 맛집 잘 아시잖아요."

"하하, 그런 거라면 언제든 도와주지."

그때 핸드폰이 진동했다.

문자 메시지가 도착해 있었다.

"왔어!"

나는 그렇게 말한 뒤 문자를 확인했다.

- 계장님, 여기 와 있습니다. 공석출.

문자를 보낸 이는 해수 찜질방의 세신사였다.

"어딥니까?"

민형식이 물었다.

"해수 찜질방! 도수야 거기로 가자."

"네!"

우리가 탄 소나타는 한밤중의 빗속을 빠르게 달렸다.

＊

　나와 민형식이 찜질방으로 들어가자 사장이 눈을 동그랗게 떴다.

　　검찰수사관 두 명이 흠뻑 젖은 채로 왔으니 놀랄 법도 했다.

"어디서 뭘 하다 온 겁니까?"

사장이 물었다.

"지금부터 여기서 뭘 해야 합니다."

내가 말했다.

"네?"

"여기 공석출 와 있죠?"

"모르겠는데……."

사장은 진짜 모르는 눈치였다.

"그럼 저희가 직접 들어가서 좀 보겠습니다."

"손님들 많은데 시끄럽게만 하지 않으면……."

사장은 불안한 표정으로 나를 바라봤다.

"대화로 해결할게요."

내가 해 줄 수 있는 말은 그게 전부였다.

해수 찜질방은 꽤 넓었다.

2층까지 있는 데다가 층마다 방도 여러 개였다.

찜질방은 이미 소등을 한 상태였다.

너무 어두워 누운 사람들 얼굴이 제대로 보이지 않았다.

"어쩌죠? 하나도 안 보이는데."

민형식이 말했다.

"어차피 로비에는 없을 거야. 아마 방 하나를 차지하고 부하들과 있을 거야."

문제는 어느 방에 있느냐였다.

아주 뜨거운 방은 일단 제외했다.

거기서 밤새 잘 수는 없으니까.

그러면 수면실과 아이스방, 그리고 산림욕방이 남았다.

우리는 수면실부터 훑었다.

깜깜하기는 마찬가지였지만 상대적으로 사람이 적어 확인하는데 시간이 많이 걸리지 않았다.

"없는데요."

"산림욕방으로 가지."

에스키모가 아니고서야 아이스방에서 자지는 않을 테니 남은 건 산림욕방뿐이었다.

하지만 거기에도 없었다.

그제야 슬슬 초조해졌다.

설마 사우나만 이용하고 간 건 아니겠지?

우리는 다시 1층 로비로 나왔다.

나는 고민에 빠졌다.

그때 민형식이 2층을 가리키며 말했다.

"저긴 뭐가 있죠? 불이 켜져 있는데."

그러고 보니 불 켜진 방이 하나 있었다.

나는 기억을 더듬었다.

"맞다! 저기 만화책 꽂혀 있고 컴퓨터 할 수 있는 방이야."

우리는 누가 먼저랄 것도 없이 2층으로 올라갔다.

그러고는 휴식 공간이라고 적힌 방으로 들어갔다.

거기에 늙수그레한 남자가 벽에 기댄 채 앉아 있었다.

안경을 아래로 쓰고 싸구려 만화책을 보는 중이었다.

"공석출 씨."

나는 남자의 이름을 불렀다.

공석출은 태연하게 고개를 들었다.

내 목소리에 한쪽 구석에서 쪼그려 자고 있던 조폭 두 명이 벌떡 일어났다.

"괜찮아."

공석출은 그 둘을 향해 가만히 있으라는 손짓을 보냈다.

다행이었다.

놈들은 덩치가 컸고, 몸싸움이라도 벌어진다면 골치 아팠을 테니까.

"최수호 계장 맞지요? 검찰수사관."

역시 공석출은 나를 알고 있었다.

"맞습니다. 그리고 이쪽은 제 동료 민형식 수사관입니다."

내 말에 공석출은 고개를 끄덕였다.

"내 각오는 하고 있었지. 검찰이건 두강식이건 조만간 찾아올 거라고."

"어느 쪽이 먼저 오길 바라셨습니까?"

내 물음에 공석출은 미소만 지었다.

"저희와 같이 가시죠."

내 말이 떨어지기 무섭게 덩치 둘이 나와 공석출 사이를 가로막았다.

"두 분 하고는 관계가 없으니 좀 비켜주시죠."

민형식이 말했다.

"그래. 자네들은 이제 돌아가."

공석출이 어느새 일어나 둘의 어깨에 손을 올려 놓았다.

"하지만……."

"속초를 떠. 아니 강원도를 떠서 한동안 숨어서 지내."

덩치 둘은 고개를 푹 숙였다.

나는 공석출의 손목에 수갑을 채웠다.

공석출은 자기 손목을 내려다봤다.

"수갑 차는 게 이리 홀가분한 일일 줄 알았다면 진즉 자수할 걸. 허허."

"왜 안 그러셨습니까?"

내가 물었다.

"최소한의 자존심이라고 해두지."

그게 공석출에게서 들은 마지막 말이었다.

공석출은 교도소에 들어간 지 사흘만에 작업을 당했다.

누군가가 칫솔을 갈아 만든 흉기로 공석출의 목을 찌른 것이다.

두강식이 손을 썼다는데 나는 전 재산을 걸 수도 있었다.

23화

자금줄(1)

이두산 검사가 지금까지 당하고만 있었던 것은 아니었다.

이두산 검사는 내부 문제와 싸우는 중에도 두강식의 최대 자금줄 하나를 박살냈다.

바로 필로폰 시장이었다.

명동 기획파가 막강한 자금을 손에 넣을 수 있었던 것은 마약이라는 마법의 줄을 잡았기 때문이었다.

명동 기획파가 득세한 후로 강원도 내에서 유통되는 필로폰 양이 두 배 이상 많아졌다.

처음에는 필로폰이 어디서 흘러 들어오는지 아무도 감을 잡지 못했다.

그러던 중에 그 진원지가 속초라는 사실이 밝혀졌다.

경찰은 물론이고 검찰도 전부 놀랐다.

강원도 쪽의 대표적인 관광지이다 보니 여러 사건 사고가 많은 건 사실이었지만 속초는 적어도 마약과는 거리가 멀었기 때문이다.

하지만 뒤를 잡힌 잔챙이 마약상들은 하나같이 비슷한 진술을 했다.

속초에 필로폰이 차고 넘친다고.

이두산 검사는 사실상 명동 기획파가 속초 속 어둠의 세계를 집어삼킨 지금, 마약을 건드릴 이는 두강식뿐이라고 결론지었다.

문제는 어디서, 어떤 방법으로 들여오는가 하는 것이었다.

이두산 검사는 혹시 몰라 직접 제조를 할 만한 폐공장이나 넓은 지하 공간 같은 곳들도 다 살펴봤다.

그러고는 전국의 약쟁이 기술자를 만나는 것도 빼먹지 않았다.

그들은 입을 모아 강원도에 남은 기술자는 없다고 말했다.

직접 제조가 아니라면 남은 루트는 하나였다.

바로 수입.

필로폰이야 일본에서 들여오면 된다.

문제는 들키지 않아야 한다는 데 있었다.

이두산 검사는 몇 달간 조용히 지켜보며 명동 기획파의 이상 행동을 찾으려 애썼다.

거대 폭력 조직이 제일 하지 않을 것 같은 일이 무엇일까?

조폭들은 돈이 되는 거라면 별의별 일을 다 한다.

포장마차를 관리하는 것도 그들이고, 겨울철 군고구마 장사를 관리하는 것도 그들이다.

명동 기획파도 온갖 자질구레한 일에 다 손을 대고 있었다.

그러던 참에 이두산 검사는 이상한 장면을 목격했다.

명동 기획파 조직원들이 정기적으로 부두에 들러 낚싯배나 고기잡이배 선장들과 만나곤 했던 것이다.

명동 기획파가 수산물 시장까지 손을 뻗쳤다는 이야기는 듣지 못했다.

게다가 뱃사람들 역시 한 성질 하는 사람들이라 조폭의 개입을 순순히 받아들이지도 않았을 터.

이두산 검사는 뭔가가 있다고 확신했다.

얼마 뒤 이두산 검사는 사전 예고도 없이 부두를 덮쳤다.

그러고는 배를 한 척, 한 척 다 조사했다.

거기서 나온 게 바로 필로폰이었다.

물이 절대 안 들어가게 포장을 한 필로폰을 저장고에 깐 다음 그 위에 얼음을 채우고 고기까지 집어넣으면 완벽하게 위장할 수 있었다.

일본에서 출발한 마약선이 중간의 다른 배에 필로폰을 전달하면 그 배는 속초 앞바다 근처까지 와 고깃배에 다시 전달해 주는 식으로 마약 거래가 이루어지고 있었다.

이두산 검사의 활약 덕분에 선장 여럿이 잡혀 들어갔다.

그들과 엮여 있던 명동 기획파 조직원들도 쇠고랑을 찼다.

모두 필로폰 유통을 책임지던 놈들이었다.

이두산 검사가 한번 뒤집어엎은 뒤 필로폰 공급은 제로로 떨어졌다.

그 말은 곧 명동 기획파의 최대 자금줄이 사라졌다는 뜻이
었다.

*

"놈들은 상당히 어렵겠네요."

이두산 검사의 설명을 들은 후 내가 말했다.

"그렇죠. 마약 쪽으로는 당분간 엄두도 못 낼 겁니다."

"그럼 다른 사업을 생각하게 되겠네요. 땅이랑 건설 쪽 일은
여전히 이권을 쥐고 있죠?"

내가 물었다.

"네. 거긴 합법과 불법 사이에서 교묘하게 줄타기하고 있어
아직 건드리기가 애매합니다. 하지만 놈들이 원하는 건 당장에
사용할 수 있는 현금이죠. 건설 쪽은 현금 도는 속도가 느리니
두강식 입장에서는 속 좀 탈 겁니다."

"그러면 현금을 마련하려고 온갖 수를 쓰겠군요."

"맞습니다. 일단은 업소들에 받는 보호비를 높였습니다. 하
지만 그것만으론 부족해요."

"그렇다면······."

"유흥이죠. 그것도 성매매 쪽. 지금이 딱 관광객이 몰릴 때
라 그쪽을 통해 현금을 마련하려고 애를 쓸 겁니다."

"성매매라면 두꺼비가 꽉 잡고 있지 않습니까?"

일명 두꺼비, 본명은 김철두인 이 자는 터키탕의 대부라 불린다.

한때는 전국의 성매매업을 좌지우지했던 인물인데 나이가 들면서 은퇴하고 속초에 자리를 잡았다.

말이 은퇴지 속초에서도 똑같이 성매매업에 뛰어들었고 그 결과 속초에서 성매매업소에 가려면 두꺼비의 허락을 받아야 한다는 농담까지 돌게 되었다.

"두꺼비도 두강식에게 넘어간 지 오래됐습니다. 말로는 동업이라고 하지만 사실상 두꺼비가 두강식 밑으로 들어간 거라고 봐야죠."

"그러면 결국 두꺼비를 잡아들이면 명동 기획파는 돌이킬 수 없을 정도로 휘청이겠네요."

"빙고! 그런데 문제는……."

"두꺼비가 순순히 잡힐 인물이 아니죠."

"그것도 빙고."

산전수전, 공중전까지 다 겪은 이가 바로 두꺼비다.

속초에 산다는 소문만 돌 뿐 실제로 두꺼비와 마주친 사람은 찾을 수가 없었다.

두꺼비는 이미 여러 범죄 행위로 쫓기고 있었지만 벌써 몇 년째 잘도 피해 다녔다.

"절 따로 부르신 이유를 알겠네요."

내 말에 이두산 검사는 씩 웃었다.

"계장님의 정보력과 추적 능력의 도움을 받고 싶습니다. 앞으론 다른 분들과도 만나게 될 겁니다. 필요한 사람 있으면 언제든 말씀하세요."

"알겠습니다. 일단은 나름의 방법으로 두꺼비를 한번 파 보겠습니다."

*

나는 그날부터 남는 시간에는 계속 속초 시내를 돌아다녔다.

그러면서 정보원들에게 두꺼비에 관해 물었다.

속초 소문이라면 훤한 정보원도 두꺼비에 대해서는 잘 모르고 있었다.

그럼에도 계속 묻고 다닌 이유는 검찰에서 찾는다는 소식이 두꺼비 귀에 들어가기를 바라서였다.

누군가에게 쫓기고 있다는 사실을 알면 더 깊이 숨을 것 같지만 실은 그렇지 않다.

오히려 불안하고 좀이 쑤셔서 그놈이 누구인지 확인해 보려는 게 도망자의 습성이다.

나는 두꺼비라고 다르지 않을 거라 생각했다.

그러는 한편 이두산 검사 쪽 사람들과도 인사를 나누게 되었다.

이두산 검사가 대검에 요청해 파견을 온 수사관들이었다.

이두산을 검거하고 명동 기획파라는 전국구 폭력 조직을 와

해하기 위해 정예 멤버를 꾸린 것이다.

모두 순하고 믿음직해 보였다.

나는 그중에서도 박민규라는 사무관과 친해졌다.

박 사무관은 꼼꼼하게 일 처리를 하는 건 물론이고 사람을 편하게 대하는 능력이 있었다.

내게 제일 말을 많이 걸고 도움이 필요하면 말하라고 해 준 이도 박 사무관이었다.

박 사무관은 이두산 검사와 함께 두강식 검거의 중심에 선 인물이기도 했다.

물론 대부분 일은 이두산 검사가 실행했지만 그걸 돕는 이는 바로 박민규 사무관이었다.

박 사무관은 6급 계장으로 이두산 검사와는 과거에 같이 일했던 경험이 있었다.

그 인연으로 서울에서 속초까지 파견을 나온 것이었다.

어느 날 사무실에 나와 박 사무관만 남게 된 적이 있었다.

"두꺼비 잡는 거 힘들죠?"

박 사무관이 특유의 사람 좋아 보이는 표정을 지으며 물었다.

"쉽지 않네요. 이제 통신 영장을 발부받았으니, 그쪽으로 파고들어야죠."

"그나마 좋은 소식이네요. 두꺼비도 어쨌든 핸드폰은 사용할 테니까."

"그런데 이건 시간이 오래 걸려서. 사실 제보 하나를 받긴 했거든요."

"제보?"

"두꺼비가 자주 찾는 업소가 있다는 거죠. 그래서 오늘 한번 찾아가 보려고요."

"혼자 가시면 위험하잖아요."

"위험할 것 같으면 도망치죠, 뭐. 전 원래 도망도 잘 치거든요. 하하."

박 사무관은 나를 따라 웃었다.

그러고는 말했다.

"현장에서 도움 필요하면 바로 연락하세요."

"네, 알겠습니다."

나는 고개를 끄덕였다.

*

두꺼비가 자주 찾는 곳은 안마방을 가장한 성매매업소였다.

소문에 의하면 이곳의 바지 사장과 그렇고 그런 사이라 위험을 무릅쓰고라도 종종 찾는다고 했다.

나는 마사지라고 크게 내걸린 불 들어온 간판을 보며 잠복하고 있었다.

운전석에는 물론 도수가 앉아 있었다.

"아니 계장님은 언제 또 이런 일까지 맡게 되신 겁니까?"

내가 이두산 검사와 함께 두강식 검거 작전을 펼치게 됐다는 사실은 도수에게 오늘 처음 말해줬다.

"일복이 많은 걸 어떡하냐."

"덕분에 제 일복도 터지네요."

"너 설마 데이트 못 해서 불평하는 건 아니지?"

"어떻게 아셨대요? 와! 이젠 독심술까지 하시는구나."

"이게!"

나는 도수의 너스레에 웃음을 터트리고 말았다.

우리는 한참을 같이 웃었다.

잠시 후 도수가 말했다.

"전 계장님이 걱정돼서 그러죠. 두강식이 보통 놈이 아니잖아요."

"맞아. 보통 놈이 아니지. 그러니까 더 잡아야 해. 아니, 잡고 싶어. 보통 놈이 아닌 것들은 보통 사람들을 엄청나게 괴롭히거든."

"하긴. 그러네요. 우리가 잡을 수밖에 없네요."

"그 전에 우선 두꺼비부터 처리하자고. 잘하면 오늘 나타날지도 모르니까."

내 바람과 달리 두꺼비는 밤이 새도록 모습을 보이지 않았다.

나와 도수는 사우나에 가서 간단하게 샤워만 한 후 바로 출근했다.

잠이 몰려왔지만 쉴 수는 없었다.

나는 이두산 검사에게 어제 일을 보고하는 한편 통신 기록을 조사한 결과도 말해 줬다.

"두꺼비는 핸드폰을 켰다가 재빨리 끄는 식으로 추적을 피하고 있습니다."

"그런 방법은 어디서 안 거지?"

이두산 검사가 고개를 갸우뚱하며 중얼거렸다.

"아무튼, 두꺼비는 이런 방법으로 속초 곳곳을 누비고 있습니다. 다만 이제는 위치 추적까지 가능하게 됐으니, 두꺼비가 핸드폰을 켜는 즉시 알람이 뜰 겁니다."

"좋습니다. 꼭 잡아 봅시다!"

이두산 검사가 힘차게 말했다.

*

며칠이 지났다.

미집자 검거와 달리 두꺼비 검거는 진척이 없었다.

나는 두꺼비의 업소를 무작위로 돌며 뒤를 쫓았는데 내가 갈 때마다 어제 다녀갔다는 이야기만 들었다.

내 인내심도 슬슬 바닥나기 시작했다.

김철두가 두꺼비처럼 생긴 외모에 비해 머리가 좋다는 이야기는 이미 들었지만, 이 정도로 잘 피해 다닐 줄은 몰랐다.

나는 박 사무관과 점심을 먹으며 그 이야기를 했다.

"나름 이쪽 세계에서 오래 살아남은 인물이다 보니 숨는 재주도 습득했나 봅니다."

박 사무관이 말했다.

"그렇게 말입니다. 이렇게 꽉 막힌 느낌은 처음이네요."

"계장님은 집에 잘 들어가십니까?"

"야근하느라, 잠복하느라 못 들어갈 때 많죠."

"저도 그런데요, 돌아보니 그게 참 후회가 되더군요."

그렇게 말하는 박 사무관의 표정은 무척 어두웠다.

"무슨 일이라도 있으세요?"

"제 아들이 교통사고를 당했어요. 벌써 2년도 넘었는데 이놈이 깨어날 생각을 안 해요. 아직도 병원에 누워만 있습니다. 녀석이 놀아 달라고 할 때는 바쁘다는 핑계로 거절했는데 이젠 시간이 남아돌아도 놀아 줄 수가 없네요."

"아! 그런 일이……."

나는 말을 이을 수가 없었다.

어떤 위로도 박 사무관의 아픈 마음에는 닿지 못할 것 같았다.

그때였다.

두꺼비의 알람이 떴다.

핸드폰을 켰다는 신호였다.

지금 막 알람이 온 거니 실제로는 5분 정도 전에 핸드폰이 켜진 것이리라.

"두꺼비다!"

나는 그렇게 소리치며 벌떡 일어났다.

"어딥니까?"

박 사무관이 물었다.

"안마방. 그 안마방 근처에 있는 기지국 주소가 떴습니다."

나는 곧장 밖으로 달려 나가 아무 택시에나 올라탔다.

도수를 부를 틈도 없었다.

"기사님, 갈매기 안마방 아시죠? 거기 좀 가 주세요."

"어이구, 대낮부터 되게 급했나 봅니다."

기사가 노골적으로 웃으며 말했다.

"아니, 그게 아니고…… 뭐 아무튼 빨리만 가 주세요!"

"네!"

택시는 안마방을 향해 달렸다.

24화

자금줄(2)

나는 택시에서 내리자마자 안마방으로 달려 올라갔다.

안마방 문은 굳게 닫혀 있었다.

나는 주먹으로 문을 마구 두드렸다.

"누구야?"

거친 목소리와 함께 문이 열렸다.

안마방 바지 사장인 윤영미가 모습을 드러냈다.

"잠깐 좀 둘러보겠습니다."

"없어요."

"네?"

"회장님 여기 없다고. 나간 지 한 시간도 넘었어요."

"하지만 핸드폰이……."

"이거?"

윤영미는 그렇게 말하며 최신형 핸드폰을 꺼내 보여 주

었다.

"이거 회장님이 나 쓰라고 주신 건데."

윤영미는 실실 웃으며 그렇게 말했다.

나는 그런 윤영미를 밀치며 안으로 들어갔다.

그런 뒤 안마방 곳곳을 샅샅이 뒤졌다.

두꺼비는 없었다.

흔적도 찾지 못했다.

"두꺼비가 여기 온 건 확실한 겁니까?"

윤영미를 향해 물었다.

"오셨지. 나랑 막 즐겁게 하려던 참에 전화를 받고는 급히 나가셨는걸."

"전화……."

나는 치밀어 오르는 분노를 애써 참으며 안마방에서 나왔다.

이두산 검사의 말이 맞았다.

두강식의 끄나풀이 내부에 있었다.

그렇지 않고서야 두꺼비가 이런 식으로 피해 다닐 수는 없었다.

나는 길에 서서 천천히 숨을 골랐다.

이럴 때일수록 침착해야 한다.

냉철함을 잊어버리면 남는 건 누추한 분노뿐이다.

나는 이두산 검사에게 전화를 걸었다.

"최 계장님."

이두산 검사가 전화를 받자마자 나는 빠르게 말했다.

"이 전화 도청 안 되는 거 확실합니까?"

"확실합니다."

이두산 검사의 목소리가 낮아졌다.

"그러면 제 이야기를 들어 주세요. 두꺼비를 또 놓쳤습니다."

나는 방금 겪었던 일을 하나도 빠짐없이 이야기했다.

내 이야기를 다 들은 이두산 검사가 조용히 물었다.

"결론은 뭡니까?"

"우리 중에 아직도 배신자가 있습니다."

내가 대답했다.

후우.

이두산 검사는 한숨을 내쉬었다.

"두강식은 어쩌면 훨씬 더 철두철미하고 계획적인 놈일지도 모르겠습니다."

내 말에 이두산 검사가 물었다.

"앞으로 어떻게 해야 할까요?"

"지금은 놈들의 자금줄을 끊는 것보다 내부의 적을 찾아내는 게 더 시급해 보입니다."

"어떤 식이 좋겠습니까?"

"검사님 생각은 어떠십니까?"

"지금 이 멤버를 파견받으려고 뽑으면서 나름 꼼꼼히 검토하고 관찰했다고 생각합니다. 그런데도 배신자가 섞여 들었다는 건 제 방법이 잘못됐다는 소리겠죠. 최 계장님 의견을 듣고 싶습니다."

내게도 미행을 붙인 이가 이두산 검사다.

아마 다른 멤버들에게도 똑같이 했으리라.

"검사님은 저를 백 프로 믿으십니까?"

내가 물었다.

잠시 정적이 흐른 후 대답이 돌아왔다.

"네."

"저도 마찬가지입니다. 검사님을 믿습니다. 그렇다면 우리 둘을 제외한 다른 사람은 믿지 않는다는 전제하에 계획을 세워야죠."

"어떤 계획입니까?"

"역정보를 흘리려고 합니다."

＊

"두꺼비를 또 놓치고 말았습니다. 아무래도 다른 방향으로 접근해야겠습니다."

다음 날이었다.

나는 이두산 검사를 포함한 멤버들 앞에서 어제의 일을 설명했다.

"다른 방법은 어떤 게 있을까요?"

이두산 검사가 물었다.

"제가 미집자 검거 때 쓰는 방법인데 두꺼비를 불러들일 함정을 파는 거죠."

"아! 함정."

"네. 구체적으로 말씀드리자면 이렇습니다. 그러니까……."

그때였다.

노크 소리와 함께 도수가 슬쩍 문을 열었다.

"최 계장님, 지금 미집자 관련해서 급한 일이 생겼습니다."

"알겠어!"

나는 대답을 한 후 이두산 검사에게 양해를 구하고 사무실 밖으로 나왔다.

이제부터 작전 시작이었다.

"저 연기 괜찮았나요?"

도수가 물었다.

"백 점 만점에 백 점이다."

나는 대충 칭찬해 준 후 내 사무실로 들어갔다.

그러고는 기다렸다.

지금쯤 이두산 검사는 멤버들의 핸드폰을 다 걷고 있을 것이다.

핑계는 있었다.

도청 못하도록 무언가를 설치한다는 핑계였다.

이두산 검사는 잠깐이면 된다는 말도 빼먹지 않았으리라.

나는 시간이 흐르길 기다렸다.

한편으로는 과연 누가 배신자일지 머릿속으로 그려봤다.

그 누구도 상상하기 싫었다.

그저 내가 착각한 것이길 빌었다.

시간이 됐다.

나는 다시 이두산 검사 사무실로 뛰어 들어갔다.

"두꺼비 위치를 확인했습니다!"

내 말에 일제히 고개를 돌렸다.

"어딥니까?"

"부두 쪽에 있는 업소라고 합니다. 제가 거기 심어 놓은 정보원이 방금 연락해 줬습니다. 정보원 말에 의하면 아마 오래 쉬었다가 갈 것 같다고 합니다."

"그래도 마냥 시간을 잡아먹을 순 없죠. 우르르 몰려가는 것보다 최소 인원만 움직이면 좋겠는데, 일단 제가 최 계장님과 가도록 하겠습니다. 다른 분들은 여기서 대기하다가 지원 요청을 하면 와 주세요."

모두 고개를 끄덕였다.

"검사님, 그럼 제게 딱 한 시간만 주십시오. 아까 벌어진 일을 좀 수습해야 하는 데 시간이 필요합니다."

"알겠습니다. 그럼 정확히 한 시간 후에 출발하겠습니다!"

"네."

나는 힘차게 대답한 후 사무실을 빠져나와 아예 1층으로 내려갔다.

1층에는 도수가 이미 차를 대기하고 있었다.

"이제 거기로 가면 됩니까?"

도수가 물었다.

"그래. 가능한 한 빨리. 동선이 겹치면 안 되니까."

"알겠습니다."

소나타는 매끄럽게 달렸다.

*

부두의 업소까지는 30분이 걸리지 않았다.

일단 나만 차에서 내렸다.

"도수야, 넌 차 안 보이게 잘 숨겨 놓고 대기하고 있어."

"네."

나는 그렇게 말한 후 업소로 들어갔다.

대낮이라 업소는 아직 문을 열지 않았다.

덩치 큰 양복쟁이 한 명이 지키고 서 있을 뿐이었다.

"아직 안 열었어."

양복쟁이는 다짜고짜 반말부터 했다.

나는 성큼성큼 다가가 놈의 정강이를 힘껏 걷어찼다.

"악!"

정강이를 부여잡느라 몸을 숙인 놈의 코에 그대로 주먹을
먹였다.

양복쟁이는 부러진 코를 부여잡고 쓰러졌다.

나는 놈에게 명함을 내밀었다.

"검찰에서 왔으니까 문 좀 열어 주지."

놈은 허둥지둥 일어나서는 잠긴 문을 열었다.

나는 놈에게 눈짓을 보냈다.

"네?"

놈은 알아먹지를 못했다.

"아무 방에나 들어가서 절대 나오지 마세요."

내가 거친 목소리로 말하자 그제야 놈은 후다닥 방으로 들어갔다.

내 신경은 날카롭게 곤두섰다.

배신한 동료를 찾아내기 위해 이런 일을 한다는 것 자체가 마음에 들지 않았다.

그럼에도 해야만 했다.

그것도 내가 중심에 서서.

그 사실이 내 성질을 건드렸다.

나는 업소 계산대 아래 숨었다.

모두 핸드폰을 반납한 상태, 연락할 방법이라고는 없을 것이다.

그렇다면 배신자는 직접 여기로 달려와 두꺼비를 빼낼 수밖에 없다.

나는 숨을 죽인 채 기다렸다.

차라리 아무도 안 오길 바라면서.

하지만 내 바람은 10분도 지나지 않아 무너졌다.

입구 쪽에서 인기척이 들린 것이다.

"없습니까? 아무도 없습니까?"

귀에 익은 목소리였다.

배신자는 조심스레 업소 안으로 들어왔다.

그러고는 목소리를 조금 높였다.

"회장님, 여기 계십니까? 지금 큰일 났습니다. 빨리 피하셔야 합니다, 회장님!"

배신자가 방문을 하나씩 열기 시작했다.

"회장님, 검찰에서 오고 있습니다!"

이 정도면 충분했다.

나는 핸드폰으로 모두 녹음을 하고 있었다.

그걸 끈 뒤 나는 계산대 밑에서 천천히 일어났다.

그러고는 배신자를 불렀다.

"박 사무관님."

박민규는 화들짝 놀라며 뒤를 돌아봤다.

"아니, 최 계장님이 어떻게……."

사람은 너무 놀랐을 때 멍한 표정이 된다.

혹은 웃음을 터트리기도 한다.

박민규는 둘 다였다.

처음에는 멍하니 나를 바라보다가 끝내 허허 웃었다.

"아! 약간 오해를 하실 수도 있겠는데 제가 여기 온 건 다른 이유가 아니라……."

"돈이 필요했습니까?"

내가 물었다.

"그게 아니고……."

말은 그렇게 했지만, 박민규는 손을 덜덜 떨고 있었다.

보기 애처로울 정도였다.

"아니면 약점이라도 잡혔습니까?"

차라리 협박받았다고 말해주기를 바랐다.

하지만 아니었다.

"병원비 때문에……."

박민규는 절망 어린 표정으로 그렇게 말했다.

그 순간 이두산 검사도 안으로 들어왔다.

"검사님! 죄송합니다."

박민규는 이두산 검사를 보자 닭똥 같은 눈물을 흘렸다.

"사무관님, 사무관님과는 옛날부터 함께해서 제가 따로 조사도 안 했는데……."

이두산 검사는 침통한 표정으로 말을 잇지 못했다.

2년째 식물인간으로 입원해 있다면 매달 나가는 병원비가 엄청날 것이다.

월급으로는 감당도 안 될 정도로.

쉽게 그림이 그려졌다.

아들을 위해서, 집안을 위해서 돈을 받고 하수인이 되기로 한 박민규의 그릇된 결심을 아프도록 이해할 수 있었다.

"두꺼비의 도주를 도왔던 거 매번 사무관님이 하신 겁니까?"

내가 물었다.

"네, 두강식으로부터 그런 지시를 받았습니다."

박민규가 고개를 떨군 채 대답했다.

"다른 끄나풀은 없습니까?"

이번에는 이두산 검사가 물었다.

"네. 제가 알기론 없습니다."

"알겠습니다. 그럼 같이 가시죠."

이두산 검사의 말에 박민규는 고개를 끄덕였다.

우리는 두강식의 자금줄을 끊기 위해 두꺼비를 쫓았다.

하지만 두꺼비가 아닌 배신자를 먼저 색출해 냈다.

박민규에게는 자신의 지위와 정보가 자금줄이었다.

우리는 일단 검찰청으로 돌아가기로 했다.

가는 길에는 박민규가 나와 같은 차를 탔다.

박민규는 멍한 표정으로 창밖만 바라봤다.

"수사에 최대한 협조해 주세요. 그러면 조금이라도 죄가 덜어질 수 있을 테니까."

내가 말했다.

"계장님, 두강식의 무서운 점이 뭔지 아십니까?"

박민규가 물었고 나는 가만히 있었다.

"그건 바로 사람의 약점을 지독하게 파고든다는 겁니다. 계장님도 조심하세요."

그 말의 여운이 차 안에 오래 남아 있었다.

두꺼비 체포 작전(1)

박민규를 잡아낸 다음 날부터 본격적인 두꺼비 체포 작전이 시작됐다.

우리는 심기일전해 의욕이 넘쳤지만, 걸림돌이 생긴 건 분명했다.

박민규가 잡혔기에 두꺼비는 더욱 몸을 사릴 것이다.

게다가 핸드폰으로 위치를 추적한다는 걸 알았으니 쉽사리 핸드폰을 켜지도 않을 것이다.

그 모든 걸림돌을 제거하고 두꺼비를 잡으려면 역시 발로 뛸 수밖에 없었다.

나는 어디서부터 접근해야 할지 고민했다.

답답한 마음이라도 달랠 겸 나는 오랜만에 정보원을 불러냈다.

녀석은 단번에 포장마차로 달려왔다.

"요즘 좀 어때?"

내가 묻자, 정보원은 고개부터 흔들었다.

"어휴, 말도 마세요. 명동 기획파 놈들 악에 받쳐서 돌아다니는데 밤에는 무서워서 다닐 수가 없어요."

"하긴 돈줄이 묶였으니."

"맞다. 그래서 두꺼비 뒤를 쫓는 거죠?"

"넌 모르는 게 없네. 그 이야긴 어디서 들었어?"

"에이, 이 바닥 좁잖아요. 한 다리 건너면 다 이웃사촌인데 비밀이 어디 있습니까."

"그런데 두꺼비 소문은 왜 이리 없는 거야?"

"그 양반이 워낙 두문불출하니까 그렇죠. 주위에도 입 무거운 애들만 있고."

"두꺼비를 빨리 잡아야 두강식 숨통을 조일 수 있는데."

"아! 혹시 그거 아세요?"

"뭘?"

"두꺼비한테 당한 여자가 있는데 지금 속초에 내려와 있다는 거."

"자세히 말해 봐."

"두꺼비가 잘나가던 시절에 같이 동업했던 여자가 있었어요. 배 사장이라고. 그때 전국을 막 주무르고 다니고 할 때였거든요. 둘이 사귄다 아니다 뭐 이런 말도 돌았는데 어쨌든 몇 년간 서로 아주 잘 지냈죠. 근데 두꺼비가 뜬금없이 배신했다네요. 배 사장 쪽 애들 싹 처리하고 배 사장 지분도 모조리 뺏은 거죠. 배 사장은 한 푼도 못 받고 밀려난 거고."

"한을 품었겠네."

"맞아요. 배 사장은 길길이 뛰었죠. 그런데 어떡해요? 도와 줄 사람도 없고 힘도 없으니 그냥 당하고만 있을 수밖에. 근데 이 배 사장이라는 사람이 역시 보통이 아니야. 어떤 짓을 했냐 하면 경찰에 가서 다 불어 버린 거예요. 심지어 자기 잘못까지 인정하면서. 게다가 정리를 워낙 깔끔하게 해 와서 경찰이 따로 서류를 검토할 필요가 없었다잖아요."

"오! 그때부터였구나. 두꺼비라는 인간의 실체가 세상에 알려진 게."

"그렇죠. 그 사건으로 배 사장은 빵에 들어갔고 두꺼비는 체포는 면했지만, 수도권 쪽 사업은 다 접고 도망칠 수밖에 없었죠."

"여기로 온 이유가 있었네."

"네. 여자가 한을 품으면 진짜 무서워요."

"그런데 배 사장이 속초로 왔다고?"

"출소했거든요. 속초로 애들 몇 명 데리고 와서는 두꺼비 목을 따겠다고 시뻘건 눈으로 돌아다닌다고 해요."

"속초 어디 묵고 있는데?"

"만나시게요?"

"왜? 안 돼?"

"완전 돌아이라는 말이 있거든요. 경찰이고 검찰이고 조폭이고 아무 것도 안 가린다고."

"근데 두꺼비는, 아니 두강식은 그 성가신 사람을 왜 그냥 두는 거야?"

"그게 의문이에요. 그건 저도 잘 모르겠네요."

"알았어."

"참! 동명항에 있는 호텔이에요. 배 사장 숙소."

"고마워. 너도 몸조심해라."

"계장님도요. 요즘 이 바닥에서 제일 주목받는 사람이 계장님이니까."

"어허, 언제부터 검찰수사관을 그렇게 높게 봐줬다고."

"아마 두꺼비를 잡으면 제일 핫한 스타가 되실걸요?"

"농담은. 나 간다."

나는 계산을 하고 포장마차에서 나왔다.

배 사장이라…….

어떤 사람일지 궁금했다.

＊

내 궁금증이 풀린 건 호텔 앞에서 잠복한 지 이틀째 되는 날이었다.

도수와 함께 차 안에서 삼각김밥을 먹고 있는데 갑자기 시끄러운 목소리가 들렸다.

우리는 반사적으로 호텔 입구를 향해 고개를 돌렸다.

"야! 오늘은 그 새끼 꼭 잡아야 하니까 정신들 똑바로 차려!"

빨간색으로 머리를 염색하고 역시나 빨간색 립스틱을 두껍게 바른 여자가 거의 소리를 지르다시피 하며 호텔을 빠져나왔다.

여자 주위에는 덩치 큰 남자 둘이 따르고 있었다.

"저 사람이네요."

도수가 중얼거렸다.

"백 미터 밖에서도 알아보겠네."

나는 그렇게 말하며 차에서 내렸다.

배 사장은 주차장 쪽으로 걸어가는 중이었다.

나는 잰걸음으로 다가가 불러 세웠다.

"배 사장님."

배 사장이 고개를 돌렸다.

가까이서 보니 더 인상적이었다.

도무지 나이를 짐작할 수 없었고, 표정을 읽을 수도 없었다.

잔뜩 찌푸린 미간을 바탕으로 언제나 짜증과 화가 나 있을 거라는 것만 추측할 뿐이었다.

"넌 뭐야?"

배 사장은 대뜸 반말부터 했다.

"검찰수사관이고, 이름은 최수호라고 합니다."

일단은 정중하게 소개했다.

"검찰?"

배 사장은 나를 향해 돌아섰다.

관심을 끄는 데는 성공한 것 같았다.

"여쭤보고 싶은 게 있어 기다리고 있었습니다."

내 말에 배 사장은 허! 하고 코웃음을 쳤다.

"아니 대한민국 검사들이 언제부터 내 말에 신경을 썼다고 인제 와서 이래? 응?"

"전 검사는 아니고요. 검찰수사관입니다."

"그게 나한테 뭔 상관이야? 그 나물에 그 밥이지!"

"그러네요. 아무튼, 조언 좀 듣고 싶은데 시간 괜찮으신가요?"

배 사장은 나를 훑어봤다.

마치 건강한 소인지 아닌지를 살펴보는 장사꾼 같았다.

"얼마나 걸려?"

배 사장이 물었다.

"바쁘십니까?"

"두꺼비라고, 죽여야 할 인간이 있거든."

"두꺼비가 어디 있는지 아십니까?"

"왜? 너도 두꺼비에 관심 있어? 그래서 나하고 이야기하자는 거야?"

"네."

나는 솔직하게 인정했다.

정신 사나워 보이는 모습을 하고는 있지만 배 사장이라는 사람은 절대 돌아이가 아니었다.

그냥 연기를 하고 있을 뿐이었다.

적어도 내가 받은 인상은 그랬다.

"검찰에서 두꺼비를 잡겠다고?"

"여러 사정이 얽혀 있긴 하지만 일단은 그렇습니다. 전 벌써 몇 주째 두꺼비를 쫓고 있고요."

"그런 거라면 내가 도움이 안 되겠는데. 나도 그 새끼가 어디 있는지는 모르거든. 그냥 업소마다 찾아다니면서 개판을 만들어 놓고 오지. 그러면 언젠가 두꺼비가 내 앞에 나타날 테니까. 그 새끼, 의외로 끈기가 없어."

"저는 지금 당장 두꺼비를 잡고 싶습니다. 그리고 사장님께서 도움을 주시면 가능할 거라 믿습니다."

"아이고, 아멘이다야. 믿기는 개뿔. 일단 이야기는 좀 나눠 보자고."

배 사장은 그렇게 말하며 다시 호텔로 들어갔다.

나는 덩치 둘과 함께 그 뒤를 따랐다.

배 사장은 호텔 안의 커피숍에 자리를 잡고는 다리를 꼬고 앉았다.

"뭐 마실래?"

"전 괜찮습니다."

"어휴, 재미없어. 난 늘 마시던 거로."

덩치들은 그 말이 떨어지기 무섭게 주문하러 달려갔다.

"말을 참 잘 듣네요."

내가 말하자 배 사장이 웃었다.

"내가 좀 예뻐해 주니까."

"두꺼비와의 악연은 익히 알고 있습니다. 복수심에 불탄다는 것도 알고요."

내가 말했다.

"알고 있으니 설명하기 좋네. 난 두꺼비를 내 손으로 죽일 거야. 검찰 할애비가 온대도 양보 안 해."

"궁금한 게 있습니다."

"뭔데? 어쨌든 그쪽은 예의라는 걸 좀 아는 것 같으니까 내가 성심성의껏 대답해 줄게."

"두꺼비 취미가 뭡니까?"

"뭐?"

배 사장의 눈이 동그랗게 변했다.

"너 좀 웃기다! 하하하."

배 사장은 나를 보며 배까지 쥐고 웃었다.

"농담이 아닙니다."

"그러니까, 두꺼비를 잡고 싶은데 이 배한숙이한테 와서 묻는다는 게 기껏 두꺼비 취미야?"

배 사장은 다시 한번 호텔이 떠나가라 웃었다.

"그게 중요하거든요."

내가 끝까지 진지한 표정을 유지하자 배 사장도 웃음을 멈췄다.

"계속해 봐."

"두꺼비는 소문만 무성할 뿐 너무 뜬구름 같은 존재라 떠오르는 이미지가 없습니다. 뭘 좋아하는지, 뭘 싫어하는지, 뭘 무

25화 ― 두꺼비 체포 작전(1)

서워하는지 알아야 앞으로의 행동도 짐작할 텐데 그게 안 되니 답답하기만 했죠."

"아하. 그러니까 취미 같은 거라도 알아서 두꺼비에 대해 그 뭐냐, 프로파일링 같은 거라도 해 보고 싶다는 거잖아. 그치?"

"전 전문가가 아니니까 프로파일링까진 아니고 그냥 정보를 많이 얻고 싶은 것뿐입니다."

"음……. 일리가 있긴 하네. 근데 그 새끼는 딱히 취미 같은 것도 없었어. 자기가 업소를 운영하면서도 그 짓에도 관심이 없더라고. 아! 돈 버는 거 좋아하는 건 확실하네. 뭐, 그건 나도 그러니까."

"골프를 친다거나, 아니면 와인을 수집한다거나……."

"그 새낀 그런 고급스러운 거 모른다니까."

"그런가요."

나는 적잖이 실망했다.

배 사장이라면 더 많은 정보를 가지고 있을 줄 알았다.

두꺼비가 어떤 인물인지 조금 더 그려 볼 수 있을 거라 생각했는데 그게 아니었다.

"아! 한 가지는 있다."

배 사장이 갑자기 입을 열었다.

"뭡니까?"

"잠깐. 대답하기 전에 내가 먼저 물을게. 그래서 나한테 돌아오는 이득은 뭐지?"

예상했던 질문이었다.

정보 제공자는 대가를 원한다.

대개는 돈이면 충분하다.

하지만 배 사장은 다를 것 같았다.

"어떤 걸 원하십니까?"

"두꺼비."

"그건 곤란합니다."

"뭐가 곤란해! 너희들이 두꺼비 잡아다가 하는 거라곤 국민 세금으로 재워 주고 먹여 주는 것밖에 더 있어?"

"두꺼비는 미끼입니다."

내가 말하자 배 사장은 나를 똑바로 노려봤다.

"그러면 미끼로 쓸 만큼 쓰고 넘기면 되잖아!"

"제가 결정할 수 있는 사안이 아닙니다."

"그러면 넌 뭘 생각하고 왔어? 뭐라도 준비했을 거 아냐. 설마 공짜를 바란 건 아닐 거고."

배 사장이 말했다.

"사실 생각을 안 하고 왔습니다."

이번에도 솔직하게 말했다.

"허!"

배 사장은 다시 한번 코웃음을 쳤다.

그러고는 말했다.

"꺼져!"

"대신에 이건 약속드릴 수 있습니다. 배 사장님이 위기에 처했을 때 제가 딱 한 번 도와드리겠습니다."

"목숨을 걸고?"

"네, 목숨을 걸고."

진심이었다.

아내가 들었다면 바로 등짝을 때렸겠지만.

"좋았어. 그런 자세는 마음에 든다 야. 나 사실 쟤들 못 믿거든. 내가 죽을 판이면 제일 먼저 도망갈지도 몰라."

"그런 상황이 오면 절 부르세요."

"오케이. 접수했다. 딴말하기 없기다?"

나는 고개를 끄덕였다.

"그럼 알려줄게. 두꺼비 그 새끼 외제차라면 사족을 못 써. 특히 BMW라면 껌벅 죽지. 온갖 튜닝을 다 하고 몰고 다니는데 그게 얼마나 웃기던지. 생각해 봐. 두꺼비같이 생긴 게 BMW에서 내린다고!"

"BMW 튜닝이라고요?"

예상하지 못한 취미였다.

"그래. 그게 두꺼비의 유일한 취미야. 내가 알기론 그래."

"알겠습니다. 감사합니다."

나는 고개를 숙였다.

"알았으면 빨리 꺼져. 혹시나 해서 말하는데 두꺼비, 내가 먼저 찾으면 그냥 죽여 버릴 거야."

"만약 그런 일 생기면 여기로 연락하십시오. 도움이 필요하실 때도."

나는 배 사장 앞에 명함을 놓고는 호텔에서 나왔다.

두꺼비 체포 작전(2)

"BMW 튜닝이라고요?"

어이없어하기는 이두산 검사도 마찬가지였다.

"네. 그래서 지금 속초를 중심으로 강원도 일대에 외제차 튜닝을 잘하는 곳이 있는지 조사하고 있습니다."

"역시 사람이란 모를 일이네요. 그 변태 놈 취미가 자동차 튜닝일 줄은……."

"검사님 취미는 뭡니까?"

내가 물었다.

"저야 뭐 테니스죠. 하하. 계장님은요?"

"저는 스키 타는 걸 좋아합니다. 스키가 좋아서 강원도를 못 떠날 정도죠."

그렇게 말한 순간 어떤 생각이 머리를 스치고 지나갔다.

내가 미간을 찌푸리며 앞을 노려보자, 이두산 검사가 놀란 얼굴로 물었다.

"괜찮으세요?"

"검사님."

"네."

"강제로 테니스를 금지한다면 어떨 것 같습니까?"

"네? 그거야 뭐 하고 싶어 미치겠죠. 안 그래도 작년에 테니스 엘보가 와서 한 몇 개월 못 쳤는데 이건 뭐 좀이 쑤셔서……."

"저도 그렇습니다. 누가 스키를 못 타게 하면 전 그 사람과 아예 인연을 끊을 것 같거든요. 게다가 무슨 수를 써서라도 스키장을 찾아갈 거고요."

"저도 그 마음 이해합니다. 그런데요?"

"두꺼비도 같은 마음 아닐까요?"

내가 물었다.

그제야 이두산 검사의 눈이 빛났다.

"아!"

"돈은 차고 넘치는데 취미 생활을 마음대로 못 하면 그것보다 화나고 답답한 일이 없을 것 같거든요. 튜닝이라는 게 집에서 혼자 힘으로는 할 수가 없으니까 더욱 그렇겠죠."

"그렇다면 최 계장님 말씀은 두꺼비가 숨어다니기는 하지만 몰래 튜닝숍을 다닐 거라는 거죠?"

"네. 지금까지는 BMW 튜닝 이력을 가진 카센터만 조사했는데 방향을 바꿔야 할 것 같습니다."

"동의합니다. 단골손님 목록을 확보하는 게 중요하겠네요."

"네. 그리고 우선은 튜닝숍을 찾아야 하고요."

"그걸 찾는 건 어렵지 않을 것 같은데요? BMW 전문에다가 제일 잘하고 비싼 곳을 찾으면 거기가 바로 두꺼비 단골이 아닐까요?"

"맞네요. 알겠습니다. 그렇게 범위를 좁혀 보겠습니다."

나는 내 사무실로 돌아오자마자 도수를 불렀다.

"또 출동인가요?"

도수가 사무실로 들어오며 물었다.

"아니. 이번엔 네 인맥이 좀 필요해서."

"제가 인맥이 어디 있다고."

"너 자동차 동호회 회원이지?"

"네. 그렇긴 하죠. 제가 젤 좋아하는 게 그거니까. 흐흐."

"그러면 그 동호회 통해서 혹시 BMW 튜닝을 전문적으로 하는 숍을 알 수 없을까?"

"아! 두꺼비 때문에 그러시는구나."

"그래."

"그거라면 저도 알아보겠습니다. 방구석 전문가들이 많긴 하지만 실제 정비를 하거나 튜닝을 하는 기술자들도 회원이거든요."

"그럼 여기서 빨리 글 좀 올려봐."

나는 그렇게 말하며 자리에서 일어섰다.

도수는 자리에 앉자마자 인터넷 창을 띄우더니 자신이 가입

한 동호회 카페에 접속했다.

"BMW 튜닝 어디로 가면 되나요, 빨리 이렇게 써봐."

내가 말했다.

"에이, 계장님. 아직 이쪽 세계를 모르시네요. 그렇게 쓰면 댓글도 잘 안 달려요. 자, 보세요. 이렇게 쓰는 겁니다."

도수는 거침없이 제목을 써 내려갔다.

<나 속초에 BMW 튜닝하러 간다!>

"뭐야? 이걸로 무슨 정보를 얻어?"

"기다려 보시라니까요."

도수의 말이 맞았다.

채 몇 분도 지나지 않아 댓글이 줄줄이 달렸다.

나는 댓글을 쭉 읽어 내려갔다.

수많은 댓글 속에서 가장 많은 단어는 하나였다.

강릉.

＊

BMW 튜닝하려면 강릉으로 가야죠!

강릉 파워 튜닝숍이 일대에서는 제일이에요!

BMW 좀 타봤다가 하는 사람은 서울에서 강릉까지 찾아온다니까요!

무조건 강릉 파워 튜닝숍에 가세요.

강릉이 진리임.

거기 사장이 명장이래요. 강릉 파워 튜닝숍.

"보셨죠?"

도수는 의기양양한 미소를 지었다.

"그러니까 강릉에 있는 파워 튜닝숍이 제일인 거지?"

"네. 그러네요."

"두꺼비도 이 정보를 알까?"

"알지 않을까요? 튜닝이 취미라고 할 정도면 아마 전국 튜
닝숍을 다 꿰고 있을걸요."

"좋아. 일단 강릉으로 가보자."

"알겠습니다."

우리는 곧바로 그 튜닝숍으로 향했다.

"넌 튜닝에는 관심 없어?"

강릉으로 가는 길에 도수에게 물었다.

"튜닝의 끝은 순정이라잖아요. 저도 어릴 때 요상한 튜닝 다
하고 다녔는데 이젠 안 그래요."

"그럼 두꺼비는 왜 그러는 거지? 나이도 많은데."

"철이 덜 들었나 보죠. 호호."

파워 튜닝숍은 강릉에서도 외곽에 있었다.

그런데도 꽤 많은 차가 서 있었고, 대부분 BMW였다.

"잘 찾아온 거 같은데요."

"그러네."

우리는 주차하고 차에서 내렸다.

우리가 입구 쪽으로 갔을 때 마침 나이 많은 남자가 밖으로 나왔다.

"안녕하세요?"

나는 그 남자를 향해 인사를 했다.

"무슨 일입니까?"

남자가 물었다.

"BMW 튜닝에 대해 좀 물어볼 게 있어서요."

"당신들 타고 온 차 소나타잖아. 안에서 다 보여."

"아! 그게 아니고……."

전설의 명장은 꽤 예민하고 까칠했다.

"그러면 경찰이야?"

눈치도 빨랐다.

"경찰은 아니고 검찰에서 나왔습니다."

"그게 그거지 뭐."

명장은 신경도 안 쓴다는 듯 우리를 지나쳐 자동차 쪽으로 갔다.

"BMW 튜닝의 일인자라고 들었습니다."

내가 말하자 명장은 고개를 비스듬히 돌려 바라봤다.

"검찰이 BMW 튜닝에는 왜 관심을 가져? 어떤 범죄자 놈이 우리 가게에서 튜닝이라도 했대?"

"그게 맞는지 아닌지 알고 싶어서 이렇게 찾아왔습니다."

내 말에 명장은 피식 웃었다.

"그 범인 누군지는 모르겠지만 고생 좀 하겠네."

"네?"

"아니. 당신 얼굴을 보니까 뚝심 있고 고집 세고 할 것 같거든. 내가 아무리 거부해도 꼭 알아낼 것 같다는 말이야."

"아!"

이번에는 나도 웃었다.

평생 차만 바라보고 살았을 것 같은 양반이 의외로 관상에도 조예가 깊었다.

"그래서 뭐가 필요한 거야?"

명장이 물었다.

"고객 리스트가 필요합니다. 그중에서도 고액을 내고 튜닝을 한 고객 리스트면 더 좋고요."

"그런 거라면 있지. 근데 나 이거 가르쳐 주면 나중에 보복 당하는 거 아냐? 지금 죽긴 싫은데."

"아닙니다. 그럴 일 없으니 걱정하지 않으셔도 됩니다."

"그럼 따라와 봐."

명장은 우리를 사무실로 데리고 들어갔다.

"다른 직원은 없습니까?"

도수가 명장을 향해 물었다.

"있지. 우리 아들놈. 밥 먹으라고 들여보냈어."

명장은 그렇게 말하며 서랍장을 뒤지기 시작했다.

그러더니 파일 하나를 꺼냈다.

파일 겉면에는 VIP라고 크게 적혀 있었다.

"여기 정리를 해 놓긴 했는데, 원하는 사람이 있을지는 모르겠네."

"감사합니다!"

나는 그 파일을 받아 들고는 처음부터 훑어 내려갔다.

도수도 거들었다.

그렇게 몇 장쯤 보고 있을 때 도수와 내가 동시에 소리쳤다.

"찾았다!"

김철두.

그 이름이 딱 적혀 있었다.

나는 이름을 따라 쭉 시선을 이동했다.

다른 칸에 3이라는 숫자와 엔진이라는 단어가 적혀 있었다.

파일을 들고 곧장 명장에게로 달려갔다.

"이 사람, 김철두라는 이 사람 아십니까?"

명장은 안경을 이마에 올리고 멀찌감치 떨어져서 파일을 바라봤다.

그러더니 고개를 끄덕였다.

"알지! 싸가지 없는 놈."

"네?"

"난 그렇게 불러. 싸가지 없는 놈이라고. 튜닝 때문에 3개월에 한 번씩 와서 검사를 꼭 받아야 하거든. 근데 올 때마다 성질을 긁는 거야. 난 벼락부자인 줄 알았는데 범죄자였군."

"3개월에 한 번씩이요?"

내가 물었다.

"그래. 엔진 쪽 튜닝을 했거든. 그러면 비행기 이륙하는 것 같은 소리가 난단 말이야. 그게 꽤 까다롭고 위험하기도 해서 3개월마다 검사를 해. 내가. 그러고 보니 오늘 내일 중으로 오겠는데? 이제 3개월이 다 됐거든."

나는 주먹을 불끈 쥐었다.

"감사합니다. 잡을 수 있겠네요."

진심으로 말했다.

"잠복이라도 할 거야?"

명장이 물었다.

"네. 이틀 사이에 오는 거라면 근처에서 잠복하려고요."

"그럼 엄한 데서 기다리지 말고 우리 사무실에 있어. 그놈 도착하면 내가 알려줄 테니까."

"알겠습니다!"

그렇게 해서 세상에서 제일 편한 잠복을 시작했다.

*

두꺼비가 나타난 건 이틀째 되는 날이었다.

대낮이었는데 어디서 비행기 소리가 들린다 싶더니 눈부시게 화려한 BMW 한 대가 숍 안으로 들어왔다.

명장이 신호를 보내고 말고 할 것도 없었다.

BMW에서 내린 이는 분명 두꺼비, 아니, 김철두였다.

　　　　　　　　　　26화 ─ 두꺼비 체포 작전(2)

"빨리 좀 봐줘. 나 바쁘니까."

김철두는 명장을 향해 퉁명하게 말했다.

"어디 급하게 갈 데라도 있으셔?"

명장이 물었다.

"갈 데가 없어. 없어서 큰일이야. 씹할."

나와 도수는 눈빛을 교환했다.

지금이 나갈 타이밍이었다.

"그러면 엔진을 한번 볼까."

이것이 명장이 만든 신호였다.

거기에 딱 맞춰 우리는 사무실에서 나왔다.

딴 데를 보고 있던 김철두는 인기척을 듣고는 고개를 돌렸다.

나와 눈이 마주쳤다.

"씹할!"

김철두가 몸을 돌려 달리려는 순간 내가 먼저 놈의 어깨를 잡았다.

"놔!"

김철두가 소리쳤다.

"김철두, 일명 두꺼비 맞죠?"

"난 아니야. 아니라고!"

"저는 검찰수사관 최수호라고 합니다. 순순히 체포에 응하세요."

내 말에 두꺼비는 악을 쓰며 대답했다.

"너 내가 누군지 알고 이러는 거야? 내 뒤에 누가 있는지 알고 이러는 거냐고?"

"뒷배라면 저도 든든합니다."

나는 수갑을 꺼내며 말했다.

"흥. 최수호라고 했지? 넌 이미 리스트에 올라가 있어. 몰랐지? 내가 이대로 잡히면 복수가 시작될 거야."

"좋은 정보 감사합니다만, 저는 원체 겁이 없거든요."

나는 두꺼비에게 미란다 원칙을 고지한 후 쇠고랑을 채웠다.

놈은 그제야 조금 얌전해졌다.

그렇다고 말하는 걸 멈춘 건 아니었다.

"후회할 거야. 너 이 새끼 분명 후회할 거라고! 두강식이 가만히 안 있지. 절대 가만히 안 있는다고!"

"그런 게 두려웠으면 이 일도 못 하죠."

나는 두꺼비를 차에 태웠다.

도수가 운전석에 올라탔다.

나는 고개를 돌려 명장에게 슬쩍 눈인사를 건넸다.

"끝났어. 이제 너희 인생은 끝났다고!"

두꺼비가 또 입을 놀렸다.

나는 크게 웃었다.

"뭘 모르나 본데 진짜 끝난 건 그쪽이라고."

내 말에 두꺼비는 입을 다물었다.

26화 — 두꺼비 체포 작전(2)

위기일발(1)

작두라는 자가 있다.

본명은 모른다.

두강식의 오른팔이고 칼잡이라는 사실만 알려졌을 뿐이다.

작두는 두강식의 보디가드 겸 비서 역할을 했다.

몇몇 정보원은 두강식 못지않게 잔인한 자가 작두라고 이야기했다.

두강식은 시키기만 할 뿐 실행하는 건 작두라고 이야기하는 이도 있었다.

"두강식 주변의 주요 인물 중에 제대로 파악이 안 된 건 이 작두뿐입니다. 아는 라인을 총동원해서 작두에 대해서 좀 알아봅시다."

이두산 검사가 특별 지시를 내릴 정도로 작두는 베일에 싸인 인물이었다.

그런 작두가 검찰수사관 한 명을 노리고 있다는 소문이 속초 바닥에 파다하게 퍼졌다.

그 검찰수사관은 다름 아닌 나, 최수호였다.

내가 두꺼비를 체포했다는 소식은 바람보다 빠르게 퍼졌다.

동시에 이두산 검사가 두꺼비의 운영 업소들을 전부 뒤집어 놓으면서 소문은 더 빨리, 그리고 더 크게 번져 나갔다.

황당하고 말도 안 되는 소문도 많았다.

내가 두꺼비의 부하 다섯과 싸운 끝에 이겼다는 둥, 소나타로 BMW와 자동차 추격전을 벌인 끝에 잡았다는 둥 조금만 생각해 봐도 말도 안 되는 소문이 진짜처럼 사람들 입에 오르내렸다.

결국 정보원의 말이 맞았다.

두꺼비를 잡은 나는 화제의 인물이 되고 말았다.

"고생했습니다."

나는 이두산 검사가 따라 주는 술을 받았다.

나와 이두산 검사는 조용한 일식집에서 조촐하게 축하했다.

"검사님 덕분에 더 깔끔하게 해결됐습니다. 그 타이밍에 업소를 장악하지 못했다면 장부고 뭐고, 다 날아갔을 겁니다."

"증거들 그리고 증인들도 다 확보했으니 이제 두꺼비는 꼼짝도 못 할 겁니다."

"두강식은 미친 듯이 화를 내고 있겠죠?"

"그렇죠. 사흘 전부터 업소를 통한 현금 동원을 할 수 없게 됐으니 지금쯤 타격이 꽤 클 겁니다."

　　　　　　　　27화 ― 위기일발(1)

"이제 다음 단계는 뭡니까?"

"잠시 시간을 두고 지켜봐야죠."

"시간을 둔다고요?"

"네. 명동 기획파는 의리와 형제애 뭐 이런 거로 뭉친 조직이 아닙니다. 오로지 돈으로 뭉친 거죠. 그런데 돈이 없으니 어떻게 되겠습니까? 밑에서부터 서서히 무너지는 거죠. 지금은 공포 분위기를 조성해 붙잡고 있겠지만 얼마 안 가 이탈하는 조직원들이 생길 겁니다."

"그렇게 되면 지금까지 음지에 있던 반대 세력들도 기지개를 켜겠네요."

"그렇죠. 한 달, 딱 한 달만 있으면 명동 기획파는 3분의 1로 줄어들 거라 확신합니다."

"그렇게 되면……."

"두강식의 맨몸이 드러나는 거죠. 맨몸으로 싸워서는 두강식에게 승산이 없습니다."

"좋은 작전이네요."

"아! 한 가지 조심해야 할 게 있습니다."

이두산 검사는 진지한 표정이었다.

"뭔가요?"

"놈들의 보복이죠. 악에 받친 놈들이 어떤 짓을 할지 알 수가 없으니, 그건 조심하셔야 합니다. 특히 계장님은……."

"알고 있습니다. 각오도 하고 있고요. 그런데 요즘 세상에 검찰수사관을 담그는 무식한 조폭이 몇이나 되겠습니까? 하하.”

내 생각은 그랬다.

아무리 범죄가 잔혹해졌다고 해도 넘지 말아야 할 선이란 존재하는 법이다.

조폭들 역시 마찬가지다.

그들에게 그 선이란 경찰과 검찰은 건드리지 않는 것이다.

잘못 건드렸다가는 뼈도 못 추린다는 사실을 조폭들은 잘 알고 있었다.

“그래도 보디가드를 한 명 두는 게 어떻겠습니까?”

이두산 검사가 조심스레 물었다.

“괜찮습니다. 일단은 화장실부터 다녀오겠습니다.”

얼큰하게 취기가 올라왔다.

두꺼비를 잡아서 기분이 좋은 것도 사실이었다.

내 능력을 인정받는 건 언제나 대환영이었다.

동시에 불안한 마음이 없느냐 하면 그건 아니었다.

나는 괜찮다.

문제는 가족들이었다.

당분간은 가족들을 특히 신경써야겠다고 생각하며 나는 화장실로 들어갔다.

소변은 한참 나왔다.

마침내 지퍼를 채우고 손을 씻으려 할 때였다.

척 보기에도 수상한 차림을 한 남자 하나가 화장실로 들어왔다.

27화 — 위기일발(1)

벙거지에 마스크.

게다가 이렇게 더운데 점퍼를 입었다.

심지어 한 손은 점퍼 안에 넣고 있었다.

남자는 내 눈치를 살피더니 변기 쪽으로 다가갔다.

나는 물을 틀었다.

다음 순간, 남자가 칼을 꺼내고는 달려들었다.

미리 대비하고 있던 나는 남자를 향해 고무호스를 휘둘
렀다.

짝!

호스는 칼이 내게 닿기도 전에 남자의 얼굴을 후려쳤다.

"악!"

남자가 비명을 질렀다.

나는 호스로 한 번 더 후려쳤다.

남자가 한 손으로 막으며 칼을 휘둘렀다.

어설픈 동작이었다.

나는 칼을 든 남자의 손을 잡은 다음 뒤로 꺾었다.

"아아!"

남자가 다시 비명을 질렀다.

그 상태 그대로 남자의 목을 잡고는 세면대에 처박았다.

쿵 소리가 제법 크게 들렸다.

"무슨 일입니까?"

이두산 검사가 놀란 얼굴로 들어왔다.

그러고는 바로 핸드폰을 들고 신고했다.

"누가 보냈어?"

내가 물었다.

남자는 대답하지 않았다.

"누가 보냈냐고?"

다시 물었다.

"현, 현상금."

"뭐라고?"

"당신한테 현상금이 걸렸다고! 당신을 손봐 주면 돈을 준대. 그것도 오천을 현금으로."

나는 멍하니 이두산 검사를 바라봤다.

현상금을 내건 작자가 누군지는 뻔했다.

두강식.

설마 이런 식으로 보복할 줄은 몰랐다.

"경찰이 오고 있습니다. 일단은 경찰에 넘기죠."

이두산 검사가 말했다.

✳

우리는 경찰서에서 진술을 마친 후 함께 나왔다.

"휴우."

이두산 검사가 먼저 한숨을 쉬었다.

그러고는 말했다.

"참 쉽지 않네요. 그렇죠?"

"그러네요."

나는 여전히 멍한 상태였다.

"저…… 이런 말씀 드리긴 좀 그런데 계장님은 이쯤에서 빠지는 게 어떨까요?"

내가 바라보자, 이두산 검사는 말을 덧붙였다.

"솔직히 두강식이 이렇게까지 나올 줄은 몰랐습니다. 현상금 오천이라……. 누군가를 손봐 주고 오천을 얻을 수 있다면 눈에 불을 켜고 달려들 인간이 이 바닥에는 셀 수도 없이 많을 겁니다. 오늘처럼 매번 운이 좋을 순 없어요."

맞는 말이었다.

나는 고개를 끄덕였다.

"잠시 쉬면서 다른 지역에 가 계시는 건 어떨까요? 두강식은 제가 책임지고 체포하겠습니다."

"아닙니다."

나도 모르게 그 말이 입에서 튀어나왔다.

"네?"

"제가 이 상태로 도망치면 다들 이렇게 생각할 겁니다. 역시 두강식에게는 검찰도 손을 쓸 수 없구나. 그러곤 자기들 세상인 것처럼 다시 날뛰겠죠. 검사님이 짠 계획도 어그러질지 모릅니다. 아니 분명 그렇게 될 겁니다."

"하지만……."

"제 몸은 제가 지킬 수 있습니다. 그러니 끝까지 함께하고 싶습니다."

"휴우."

이두산 검사는 다시 한숨을 쉬었다.

"두강식에게 쇠고랑을 채우는 건 제가 될 겁니다."

나는 말했다.

그것은 일종의 선언이었다.

*

내가 습격받았다는 사실을 아내에게는 비밀로 했다.

괜히 불안감을 심어 주고 싶지 않았다.

아내는 강한 사람이었다.

어떨 때는 나보다도 훨씬 용기 있었다.

아이 둘을 키우면서 바보 같은 남편 뒷바라지까지 하는 아내를 보고 있으면 절로 존경심이 생겼다.

그랬기에 더욱 걱정을 덜어 주고 싶었다.

하지만 그것이 내 실수가 될 줄은 알지 못했다.

*

그 사건 이후 나는 주위를 살피는 버릇이 생겼다.

점심을 먹을 때도 불안감을 떨칠 수가 없었다.

도수와 민형식은 나를 위해 매일 번갈아 가며 같이 점심을 먹어 줬다.

다행히 위험한 순간은 없었다.

다만 작두가 나를 노린다는 소문은 끝도 없이 들려왔다.

"현상금 때문은 아닐 거예요."

정보원은 내게 전화를 걸어 와 그렇게 말했다.

"그럼 왜 나를 노리는 거야? 두강식이 시켜서?"

"그렇기도 하겠지만 제 생각엔 그냥 계장님을 한번 이겨 보고 싶은 것 같아요."

"뭐? 고작 그런 이유로 나를 노린다고? 작두는 내게 원한을 품을 일도 없잖아."

"아! 모르시는구나."

"뭘?"

"작두 그놈, 원래 두꺼비 부하였어요. 그것도 아주 충직한 부하. 죽을 뻔한 작두를 두꺼비가 살려 줬다고 했나, 아무튼 그래요. 그러다가 두꺼비 명령을 받아서인지 지금은 두강식 밑에 있는 거죠."

"그럼 난 작두한테 생명의 은인을 체포한 놈이 되는 거네."

"그런 셈이죠."

"차라리 당당하게 나타나서 한판 붙자고 하던지."

"그건 작두 스타일이 아니거든요. 어쨌든 이번엔 진짜 조심하셔야 해요. 작두는 뭐랄까, 변화구 투수 같거든요."

나는 전화를 끊고 한참 생각했다.

변화구 투수라······.

감도 오지 않았다.

그리고 며칠이 지났다.

세상은 평화롭게 돌아가는 듯했다.

나도 조금씩 경계를 풀었다.

늘 신경과민인 채로 사는 건 끔찍한 일이었다.

그렇게 조금 방심하고 있을 때 사건이 터졌다.

*

수요일 저녁이었다.

나는 야근 중이었다.

전화가 걸려 온 건 저녁 8시가 지나서였다.

"여보세요?"

"최수호 씨 맞습니까?"

전화기 너머 상대가 그렇게 물었다.

위험하다!

촉이 발동했다.

나는 수화기를 꼭 쥐었다.

"네. 그런데요?"

"야근 중인 거 맞네요. 흐흐."

상대가 이상한 톤으로 웃었다.

"너 누구야?"

내가 물었다.

"남편은 야근 중이고, 애들하고 부인은 저녁 예배를 드리러

교회에 가 있고."

서늘한 기운이 등을 훑고 지나갔다.

"무슨 뜻이야? 무슨 짓이냐고?"

"오! 조금 있으면 교회에서 돌아오겠네. 흐흐."

뚝.

전화가 끊어졌다.

나는 곧바로 자리에서 일어났다.

주차장까지의 거리가 몇백 미터는 되는 것 같았다.

나는 달리면서 경찰서에 전화를 걸었다.

"무슨 일입니까?"

"저 검찰청에서 근무하는 최수호라고 합니다."

"아! 네. 수사관님. 도와드릴 일이 있을까요?"

"저희 아파트로 경찰들 좀 보내주세요. 자세한 건 나중에 말씀드리겠습니다."

나는 전화를 끊고 차에 올라탔다.

시동을 거는 것과 동시에 가속 페달을 밟았다.

차는 그야말로 튕기듯 튀어 나갔다.

*

아파트 주차장에 대충 차를 대고는 집으로 달렸다.

차를 몰고 달리는 동안 수도 없이 기도했다.

나는 한 번도 속도를 늦추지 않고 달렸다.

카메라 같은 건 신경도 안 썼다.

아내와 아이들에게 전화도 계속했다.

세 명 다 전화를 받지 않았다.

미칠 것 같았다.

위기일발(2)

나는 아파트 입구에서 위를 올려다봤다.

우리 집인 601호는 불이 꺼져 있었다.

아직 안 돌아온 건가?

그럴 리는 없었다.

예배를 끝내고 돌아오고도 남을 시간이었다.

나는 엘리베이터를 타고 6층으로 올라갔다.

도어락을 열고 들어가자 캄캄한 어둠이 나를 맞이했다.

정전이라도 된 듯 현관 불도 켜지지 않았다.

"여보."

나는 아내를 불렀다.

"애들아."

대답이 없었다.

거실 스위치를 눌렀지만 역시 불은 들어오지 않았다.

나는 한 손에 핸드폰을 꽉 쥐고 안방으로 향했다.

그때였다.

가느다란 신음이 들렸다.

첫째 방에서였다.

나는 방을 향해 몸을 돌렸다.

그 순간 오싹한 기운이 나를 덮쳤다.

나는 반사적으로 몸을 피했다.

어둠 속에서도 번쩍이는 칼날이 허공을 갈랐다.

안방에서 튀어나온 남자가 나를 향해 씩 웃어 보였다.

"반사 신경 좋으시네. 흐흐."

놈이다.

나는 바로 알아챘다.

저 미친놈이 작두라는 것을.

"가족들은 어떻게 했어?"

나는 애써 차분하게 물었다.

"걱정하지 마. 다들 묶여 있긴 하지만 아직은 목숨이 붙은 상태거든. 나중에 당신이 보는 앞에서 한 명씩 차례로 죽여 줄 거야."

"경찰들이 올 거야."

"그것도 걱정하지 마. 내가 더 빠를 테니까."

작두는 순간적으로 팔을 뻗었다.

생각보다 리치가 길었다.

상체를 최대한 뒤로 뺐지만, 칼이 콧등을 스치고 지나가는 걸 막을 수는 없었다.

"다음엔 목이야. 흐흐흐."

작두는 조금씩 거리를 좁혀 왔다.

나는 뒤로 물러날 수밖에 없었다.

하지만 놈과의 대결에서 이기려면 간격을 좁혀야 했다.

결국은 얼마나 용감하냐의 싸움이었다.

작두의 품 안으로 겁 없이 달려들어야 이길 수 있었다.

조금의 틈만 생긴다면, 작두가 일초라도 한눈을 판다면 다가갈 수 있을 것 같은데⋯⋯.

작두는 칼잡이 특유의 동작으로 칼을 놀리며 나를 위협했다.

나는 작두가 칼을 거둬들이는 순간을 노려 쥐고 있던 핸드폰을 던졌다.

퍽!

작두는 팔을 들어 핸드폰을 막았다.

실패였다.

그 순간 어둠을 뚫고 누군가가 작두를 향해 달려왔다.

"이야아!"

작두가 뒤를 돌아보기도 전에 몸통을 부딪친 사람은 바로 아내였다.

작두는 균형을 잃은 채로 나를 향해 다가왔다.

나는 그 순간을 놓치지 않았다.

오른손 주먹에 온 힘을 모아 작두의 턱을 향해 어퍼컷을 먹였다.

"윽!"

작두는 괴상한 소리를 내며 휘청거렸다.

나는 한 번 더 주먹을 휘둘렀다.

이번에도 턱이었다.

퍽!

내 펀치는 턱에 명중했고 작두는 종잇장처럼 흐물거리며 쓰러졌다.

나는 쓰러진 작두의 손목에 재빨리 수갑을 채웠다.

"당신 괜찮아?"

아내가 물었다.

"당신이야말로 괜찮아?"

아내는 고개를 끄덕였다.

"애들은?"

"애들도 괜찮아."

"미안해. 내 실수야."

"일단은 이것 좀 풀어 줘. 깨물어서 억지로 끊고 나왔더니 이가 너무 아파."

"설마 묶인 걸 이로 물어서 뜯어냈다고?"

내가 물었다.

"당신이 생명의 은인이야!"

나는 아내를 안으려 했다.

"빨리 이것부터 풀어!"

아내가 소리쳤다.

*

아내의 말에 의하면 작두는 문을 열 때 갑자기 덮쳐서 칼로
위협했다고 한다.

나는 그제야 아내에게 모든 것을 빠짐없이 이야기해 주었다.

그러면서 덧붙였다.

"당신이 원하면 두강식 일에는 더 손을 안 댈게. 안전한 곳
에서 좀 쉬지 뭐."

불같이 화를 낼 거로 생각했지만 아내는 오히려 차분하게
말했다.

"안 돼. 손 떼지 마."

"뭐?"

"당신이 손 떼면 그 나쁜 놈은 누가 잡아?"

"아니, 그거야 검사도 있고, 경찰도 있고……."

"당신이 제일 잘해서 뽑힌 거라며. 그러면 끝까지 책임을 져
야지."

"하지만 나 때문에 가족이 큰일 날 뻔했잖아!"

"그러니까 더 손을 떼지 말아야지! 어디가 안전한 곳인데?
그 나쁜 놈이 그대로 있는 이상 안전한 곳은 없어. 그러니까 빨
리 잡아 줘. 나 대신 한 대 콕 쥐어박는 거 잊지 말고."

나는 아내를 바라봤다.

진심이었다.

아내의 흔들리지 않는 눈동자가 그렇게 말하고 있었다.

"알았어. 내가 잡을게. 대신에 그동안은 애들 데리고 다른 데 좀 가 있어. 부탁이야."

"그래. 그건 나도 찬성."

우리는 극적으로 합의를 봤다.

*

한편 검찰청은 발칵 뒤집혔다.

검찰수사관 집에서 조폭이 칼부림하다니, 그것도 가족을 인질로 잡은 채로⋯⋯.

누구도 상상하지 못한 일이었다.

심지어 뉴스에 나오기도 했다.

지역 방송이라 그나마 다행이었고, 아무도 다치지 않아서 천만다행이었다.

제일 걱정한 이는 누가 뭐라 해도 이두산 검사였다.

"계장님."

사건 다음 날 사무실로 찾아간 내게 이두산 검사가 떨리는 목소리로 입을 열었다.

나는 손을 들어 이두산 검사의 다음 말을 막았다.

"검사님, 일단 제 이야기 먼저 들어주세요."

"네. 아, 알겠습니다."

나는 이두산 검사에게 아내와 나눴던 이야기를 들려줬다.

그러고는 덧붙였다.

"검사님, 이제 이 일은 적어도 제게는 단순한 업무가 아니게 되었습니다. 저와 제 가족을 지켜야 하는 일이 되어 버렸습니다. 그러니 절대 물러서거나 도망갈 수 없습니다. 두꺼비도 잡았고, 작두도 잡았습니다. 이제 남은 건 두강식뿐입니다. 두강식, 꼭 제 손으로 잡게 해 주십시오."

이두산 검사는 나를 한참 바라본 뒤 조용히 물었다.

"두렵지는 않습니까?"

나 역시 이두산 검사를 바라보며 대답했다.

"두렵습니다."

"알겠습니다. 두려워할 줄 알아야 진짜 용기도 생기는 법이죠. 잡읍시다. 두강식. 끝까지 함께하시죠."

나는 이두산 검사와 오래 악수하였다.

검찰수사관은 실적이 좋다고 해서 특진이 되거나 하지 않는다.

나 역시 특진을 바라지도 않는다.

전국에서 근무하는 수사관 모두 나보다 더 열심히 일한다고 생각하기 때문이다. 아마 다른 수사관도 마찬가지일 것이다.

누구든 먼저 승진해서 검찰수사관의 본분에 맞는 일을 하면 된다.

그것이 내 본심이었다.

＊

두꺼비와 작두를 잡았지만 나는 여전히 전과 똑같은 최수호 계장이었다.

민형식은 그게 불만인 모양이었다.

"선배님, 솔직히 이게 말이 됩니까? 난다 긴다 하는 검사들도 못 한 일을 선배님 혼자 해냈는데 하다못해 공식적인 칭찬이라도 해 줘야죠! 아니면 뭐 밥값이라도 넉넉하게 주든가."

"하하, 우리가 언제부터 그런 거 신경 쓰면서 이 일했어? 그래도 사람들이 다 알아주잖아! 소문도 좋게 나고."

그 말은 사실이었다.

두강식이 내게 걸었던 현상금 이야기는 썰물처럼 사라져 버렸다.

작두를 잡고 정확히 사흘 후 정보원이 그 소식을 알려왔다.

작두도 잡힌 마당이니 이제는 아무도 나를 건드리지 못할 거라고.

정보원은 이렇게 말한 후 전화를 끊었다.

"이 바닥 놈들은 이제 계장님 이름만 들어도 벌벌 떨어요."

공공의 표적이 되었다가 갑자기 공공의 두려움이 된 나는 그저 웃고 말았다.

나는 본래 일을 하는 한편 두강식의 모든 걸 알아내기 위한 본격적인 작업에 들어갔다.

작두와의 사건이 있고 딱 일주일 후 나는 퇴근도 미루고 두

28화 ─ 위기일발(2)

강식이 자주 들린다고 소문난 곳을 조사하고 있었다.

그때 사무실 문이 열리며 도수가 고개를 들이밀었다.

"어? 계장님, 아직 안 가셨어요?"

"응. 좀만 더 보다가 가려고. 너도 퇴근이 늦네?"

"아! 여자친구가 이쪽으로 온다고 했거든요. 지금 나가서 밥 먹고 영화 보려고요. 흐흐."

"밥은 뭐 먹으려고?"

"계장님이 지난번에 말씀해 주신 간장게장 전문점 있잖아요. 검찰청 바로 옆에 있는 곳. 거기 가려고요."

"거기 좋지! 데이트 잘해라. 썰렁한 이야기 해서 분위기 깨지 말고."

"여자친구는 제가 숨만 쉬어도 웃어 주거든요."

도수는 그렇게 말하고는 쏙 사라졌다.

나는 피식피식 웃으며 다시 모니터로 눈을 돌렸다.

얼마나 시간이 지났을까, 옆에 놓아둔 핸드폰이 부르르 떨었다.

나는 아내일 거로 생각하며 무심코 핸드폰을 들여다봤다.

두강식.

액정에 그 이름이 떠 있었다.

명함을 받은 후 내가 저장해 둔 바로 그 번호로 두강식이 전화를 해 온 것이다.

나는 잠시 숨을 고른 후 전화를 받았다.

"안녕하십니까? 전에 인사드렸던 건설업자입니다."

"아! 잘 지내시죠? 요즘 경기가 안 좋다는 이야기 들었는데."

나도 능청스럽게 맞받아쳤다.

"누가 자꾸만 방해해서요. 우리 쪽 사업과는 관계도 없는데 무슨 배짱인지 자꾸 딴죽을 거는데 골치 아파서 미칠 지경입니다. 허허."

"어려운 사정 이야기하시려고 전화 건 겁니까?"

내가 물었다.

"아! 이런 제가 용건부터 말했어야 하는데 죄송합니다."

"말씀해 보시죠. 그 용건."

"얼마면 계장님을 살 수 있습니까?"

의외의 질문에 당황하면서도 한편으로는 안도감도 들었다.

이렇게 노골적으로 나온다는 건 두강식이 그만큼 코너에 몰렸다는 뜻이니까.

"전 돈 몇 푼에 살 수 있는 사람이 아닙니다. 전화 잘못 거셨네요."

두강식은 한동안 말이 없다가 다시 입을 열었다.

"우리 쪽 규칙이 있죠. 먼저 회유하라. 사실 그게 제일 깔끔하니까요. 그런데 회유해도 안 먹히면 다음 단계는 뭘까요?"

내가 잠자코 있자 두강식이 말했다.

"협박이죠."

28화 ─ 위기일발(2)

"그것도 안 통한다는 건 이미 경험했을 텐데요."

"네. 그래서 다른 쪽으로 한 번 파 보려고요. 어디 보자. 계장님과 늘 같이 다니는 그 운전해 주는 젊은 사람 이름이⋯⋯."

그 말을 듣는 순간 분노가 확 치밀었다.

"도수 손끝 하나라도 건드리면 넌 그냥 죽는 거야! 알아?"

"맞네요. 도수라는 그 친구 지금도 애인이랑 데이트하느라 정신이 없는데 어떻게 할까요?"

나는 일방적으로 전화를 끊은 다음 도수에게 연락했다.

도수는 바로 전화를 받았다.

"계장님, 저 지금 간장게장⋯⋯."

"도수야. 어서 거기서 나와. 아니, 나오지 말고 여차하면 무기로 쓸 만한 거 하나 들고 정문 바라보며 서 있어! 내가 갈게."

"무, 무슨⋯⋯."

"나중에 설명해 줄게!"

나는 밖으로 달려 나갔다.

시동 걸고 차를 빼고 하는 시간도 아까웠다.

전력으로 달리면 몇 분 안 걸려 간장게장집에 도착할 수 있었다.

나는 제발 아무 일 없기를 바라며 간장게장집 안으로 들어갔다.

"계장님!"

도수가 달려와 숨을 헐떡이는 나를 놀란 눈으로 바라봤다.

"아무 일 없었어?"

"네. 아무 일 없긴 했는데 갑자기 왜 그러세요?"

도수는 들고 있던 의자를 내려놓으며 말했다.

가게 안의 모든 시선이 우리를 향하고 있었다.

"가자. 나가서 설명해 줄게."

나는 어금니를 깨물었다.

두강식에 대한 분노가 식지 않았다.

포위망을 좁혀라(1)

조직을 운영하려면 돈이 필요하다.

스키 동호회만 봐도 회비를 걷지 못하면 꾸려갈 수가 없다.

그건 부녀회도 마찬가지고 회사와 국가도 마찬가지다.

조직원의 수가 많을수록 더 많은 돈이 필요하다는 것 역시 공통점이다.

이 말은 즉, 조폭이라고 다를 게 없다는 뜻이다.

아니, 오히려 더 치명상을 입는 게 조폭이다.

불법 행위로 돈을 번다는 것 자체가 모래로 집을 짓는 것과 다름없이 위험한 일이다.

위세를 떨칠 때도 위험 요소가 큰데 하물며 돈줄까지 막힌 조직은 끝내 와르르 무너지고 만다.

그 과정이 기냐 아니냐의 차이만 있을 뿐이다.

이두산 검사의 작전대로 명동 기획파의 굵직한 자금줄은 모두 묶였다.

게다가 오른팔인 작두까지 체포됐다.

두강식의 처지에서 보자면 차와 포까지 다 먹힌 상황이었다.

오죽했으면 나에게 직접 전화를 해 협박을 했을까.

물론 협박의 효과는 있었다.

도수는 두강식 체포에서 발을 빼기로 했다.

나에게는 그야말로 뼈 아픈 손실이었다.

그런 점에서라면 두강식의 협박이 조금은 영향을 끼친 셈이다.

그 사실에 화가 났지만 도수까지 위험에 처하게 그냥 둘 수는 없었다.

"계장님, 필요할 땐 불러 주세요. 제가 바로 달려갈게요."

도수는 그렇게 말하며 눈물까지 글썽거렸다.

아무튼, 명동 기획파에서 하나둘 조직원들이 빠져나온다는 이야기가 들릴 때쯤, 나는 아예 이두산 검사 사무실로 출퇴근을 하게 되었다.

이두산 검사는 포위망을 좁혀야 한다고 강조했다.

"맹수를 잡을 땐 사방에서 점점 포위해 들어가야 합니다. 법을 이용해 두강식의 발을 묶는 건 제가 할 테니 다른 쪽의 압박은 최 계장님께서 해주세요."

다른 쪽이라면 두강식의 영역을 서서히 지워 나가는 작업이리라.

29화 ─ 포위망을 좁혀라(1)

이쪽은 내가 전문이었다.

"알겠습니다. 제 방식대로 해 보겠습니다."

내게는 이미 수많은 자료가 있었다.

발품을 팔아야겠지만 자료 속 목록과 명단을 하나씩 지워갈수록 두강식은 점점 더 숨이 막힐 것이다.

*

두강식은 행방을 감춘 상태였다.

자기 집에도, 명동 기획파 사무실에도 나타나지 않았다.

그렇다고 명동 기획파가 와해된 것은 아니었다.

깊은 내상을 입긴 했지만 간신히 조직은 돌아가는 상태였다.

대신 훨씬 무자비하고 폭력적으로 변했다.

그래야만 밤의 세계를 통치할 수 있으리라 생각했겠지만 그건 두강식의 또 다른 오판이었다.

어느 날 낯선 번호로 전화가 걸려왔다.

마침 이두산 검사와 같이 있을 때였다.

나는 전화를 받았다.

"네. 최수호입니다."

"두강식에 대해 제보할 게 있습니다."

여자였다.

목소리가 가늘게 떨렸다.

"아! 네. 대신에 스피커폰으로 받아도 되겠습니까?"

나는 그렇게 물으며 이두산 검사에게 눈짓을 보냈다.

"네, 상관없습니다."

대답을 들은 나는 스피커 모드로 바꿨다.

"자, 말씀해보시죠. 긴장을 좀 덜고 천천히 말씀하시면 됩니다."

"두강식이 지금 여기 와 있습니다."

여자는 낮은 목소리로 말했다.

"거기가 어딥니까?"

"그, 근데 제가 제보했다는 거 아무도 모르겠죠?"

여자가 물었다.

"네. 그건 확실히 말씀드릴 수 있습니다!"

이두산 검사가 대답했다.

"여기 칠복성입니다. 두강식이 룸 하나를 빌려 놓고 부하들과 밥을 먹고 있습니다. 룸 이름은 난초입니다."

"두강식이 확실합니까?"

이번에는 내가 물었다.

"저 예전에 명동 기획파가 운영하는 업소에서 일했던 적이 있습니다. 그때 두강식을 한 번 봤는데 절대 잊지 못할 얼굴이었습니다."

이 정도면 거의 확실했다.

이두산 검사도 고개를 끄덕였다.

"알겠습니다. 지금 바로 출동하겠습니다. 감사합니다!"

내 말이 끝나기가 무섭게 여자는 전화를 끊었다.

이두산 검사는 경찰에 연락을 해 지원 요청을 했다.

그사이 나는 팀원들을 불러 모았다.

거기까지 채 5분도 걸리지 않았다.

우리는 스타렉스 한 대에 같이 타서 칠복성으로 향했다.

"만일의 사태에 대비해 검찰청에서 야근하던 수사관도 다 동원했습니다."

이두산 검사의 말에 우리는 모두 귀를 기울였다.

"놈들이 미처 반항하지 못하게 단번에 제압해야 합니다. 알겠죠?"

"네."

잠시 후 우리는 칠복성 앞에 도착했다.

우리를 포함한 수사관들은 차에서 내리자마자 곧장 칠복성 안으로 들어갔다.

칠복성은 고급 중식당이었다.

중요한 손님을 접대할 일이 있으면 나도 종종 찾곤 하는 곳이었다.

난초라는 이름의 룸은 제일 구석에 있었다.

경찰과 함께 우르르 들어서자 테이블 손님들이 놀라서 바라봤다.

이두산 검사와 나는 거의 뛰다시피 룸으로 향했다.

그때였다.

난초 룸 문이 활짝 열렸다.

우리는 움찔했고 다음 순간 욕이 저절로 튀어나왔다.

"젠장!"

룸은 텅 비어 있었다. 문을 연 사람도 종업원이었다.

달려가 보니 놈들은 음식도 다 먹지 않고 서둘러 자리를 뜬 것 같았다.

"여기 있던 손님들 언제 나갔습니까?"

이두산 검사는 불안한 표정으로 다가온 사장에게 물었다.

"나간 지 십 분도 안 된 것 같은데 왜 그러시죠? 어디서 오신 건지……"

"십 분이면 이미 멀리 도망간 후겠네요."

내가 말하자 이두산 검사는 구겨진 표정으로 고개를 끄덕였다.

"철수합시다."

이두산 검사가 말했다.

그 말에 나도 룸에서 나가려 했다.

그때 누군가가 내 등을 툭 쳤다.

돌아보니 문을 열었던 바로 그 종업원이 서 있었다.

종업원과 눈이 마주친 순간, 나는 바로 깨달았다.

"전화 주신 분?"

나는 속삭이듯 물었다.

"네. 제가 제보하고 얼마 안 돼서 두강식이 전화를 받더니 다들 그냥 나가버렸어요. 마침 제가 룸에 서빙하러 들어갔을 때라 똑똑히 봤어요."

"알겠습니다. 용기 내 주셔서 정말 감사합니다."

나는 고개를 숙인 뒤 룸에서 나가 팀과 합류했다.

스타렉스에 오르기 전 나는 이두산 검사에게만 따로 방금 들었던 이야기를 전달했다.

"전화를 받고 나간 거라면 누군가가 두강식에게 경고를 해 준 게 틀림없군요."

"그렇습니다. 게다가 이번이 처음이 아니니까요."

비슷한 일은 며칠 전에도 있었다.

믿을 만한 정보통을 통해 두강식이 사무실에 올 거라는 이 야기를 듣고 잠복했지만 놈은 끝내 나타나지 않았다.

정보가 새고 있다는 뜻이었다.

"어떻게 하면 좋겠습니까?"

이두산 검사가 내게 물었다.

"정보가 새는 것과는 별개로 두강식의 숨통을 더 조일 필요 가 있을 것 같습니다. 그리고 어제 막 두강식의 가족을 포함해 최측근 인물들의 전화번호를 모두 확보했습니다. 통신 영장만 나오면 그걸로 추적해 보겠습니다."

내가 말했다.

"영장은 바로 처리하겠습니다. 두강식 숨통 조이는 건 계장 님의 방식대로 하시죠."

"어쨌든 긍정적으로 생각하자면 이런 제보가 계속 오는 게 두강식의 위세가 떨어졌다는 증거죠. 마찬가지로 두강식이 갈 만한 곳 역시 한 군데가 줄었고."

"그렇죠."

이두산 검사는 그렇게 말하며 저 멀리 어딘가를 노려봤다.

마치 두강식이 거기 있기라도 한 것처럼.

*

나는 두강식의 과거를 쫓아 서울로 향했다.

두강식의 지난 자취가 남긴 범죄 기록을 가지고서.

두강식의 모든 것을 알고 싶었다.

그래야만 놈의 다음 행동을 예측할 수 있을 것 같았다.

두강식이 아무리 거물이라 해도 내게는 다른 미집자와 그리 다를 게 없었다.

잡아서 법의 집행이 행해지도록 만들어야 하는 존재.

전에도 말했던가, 경찰과 검찰수사관의 차이점에 대해서.

경찰은 범인이 아닐지도 모른다는 가능성을 염두에 둔 채로 용의자를 쫓는다.

반면 검찰수사관은 이미 법의 심판을 받은 범인을 쫓는다.

그러기에 망설임 없이 전진할 수 있는 것이다.

확신이 주는 자신감과 용기는 꽤 크다.

두강식도 마찬가지다.

놈이 천하의 나쁜 인간이란 사실을 나는 전혀 의심하지 않았다.

나쁜 놈은 반드시 벌을 받게 되어 있다.

이런 믿음이 내 수사의 원동력이었다.

그리고 내가 겁먹지 않고 두강식에게 다가가는 용기의 근원이기도 했다.

내가 서울에서 처음 만난 사람은 두강식이 활동했던 조직과 경쟁 관계였던 '경호파'의 중간 보스였다.

불도저로 불렸던 그는 현재는 조직 세계에서 은퇴해 한식점 사장이 되었다.

"두강식이 때문에 골치 아프죠?"

불도저는 대뜸 그렇게 물었다.

"그러게요."

나는 웃었다.

"걔는 여기 서울에 있을 때도 그랬지. 우린 두강식을 바퀴벌레라 불렀소. 잡기도 힘든데 또 이리저리 잘도 돌아다녀! 게다가 쉽게 죽기를 하나. 허허."

불도저는 문신을 완전히 가린 정장 차림의 사장님이 되어 사람 좋게 웃었다.

"두강식이 서울에 있을 때도 악명이 높았습니까?"

"약고 잔인했지. 봐주는 게 없었고 당하면 두 배로 갚아 주고 그랬소. 이게 잘 돌아가."

불도저는 자기 머리를 가리켰다.

"서울 쪽에 두강식의 연고가 아직 남아 있을까요?"

"걔는 동업자들 사이에서도 미친놈으로 통했소. 아마 이쪽에 친구가 남아 있진 않을 텐데 그래도 도망을 친다면 서울로 올라올 확률이 높지."

"이유가 있을까요?"

"두강식이 걔가 이 서울 바닥에서부터 시작했잖소. 속초 가서 대장질 잘했지만, 서울에도 군데군데 깔아 놓은 게 아직 있을 거요."

"친구는 없지만……."

"돈은 있는 거지. 돈만 있으면 친구든 뭐든 살 수 있잖소."

그렇게 말하는 불도저의 눈빛이 순간 예리하게 변했다.

"명동 기획파를 움직일 자금은 없지만 자신이 쓸 만큼은 충분히 빼돌려 놨겠군요."

내 말에 불도저는 고개를 끄덕였다.

"우리 같은 하루살이 인생들은 현금이 제일이지. 그 현금이 떨어지지 않는 한, 도망칠 여력은 충분히 될 거요."

"알겠습니다. 서울 쪽 동향을 잘 파악해야겠군요."

이야기가 거의 끝나갈 무렵 불도저는 한 마디를 더했다.

"조심하시오. 두강식의 특기가 정보를 모아서 역습하는 거니까."

나는 미소를 지으며 대답했다.

"그건 아마 제가 더 잘할 겁니다."

*

두 번째로 만난 사람은 예전에 두강식 밑에 있었던 조폭이었다.

징역을 살고 나왔지만 여전히 이쪽 세계에서 밥을 벌어 먹고사는 계란이라는 남자.

명동의 포장마차에서 인사를 나눴는데 보자마자 왜 계란이라 불리는지 알 수 있었다.

아주 매끈한 대머리였는데 두상이 예뻐 딱 계란이 연상됐다.

"두강식 그 새끼는 내가 먼저 죽이고 싶은 놈입니다."

계란은 소주 한 잔을 털어넣자마자 말했다.

"듣자 하니 두강식에게 된통 당하셨다고요?"

"그 새끼는 건달 자격도 없어요. 그냥 양아치지. 선배를 대신해서 후배가 빵에 가는 거야 뭐 당연하다고 쳐. 근데 두강식은 미안하다, 고맙다 이런 말 한마디 없이 그냥 누명을 씌워 버리는 거죠. 내가 그렇게 당했다니까! 정신 차리고 보니 살인자가 돼 있더라고요. 거기까진 또 좋아. 그랬으면 남은 가족이라도 챙겨 주는 게 규칙인데 이 새끼는 그런 것도 없었다니까요."

김양수와 똑같은 경우였다.

그러니까 두강식은 이미 서울에서도 양아치 짓을 하며 자기 한 몸 지키는 데만 신경 썼다는 거다.

"두강식이 서울로 도망온다면 어디로 갈까요? 어떤 사람은 여기 친구가 없어서 독자적으로 움직일 거라고 하던데."

내가 물었다.

계란은 주위를 쓱 살피더니 상체를 내게로 기울인 채 조용히 말했다.

"친구는 없는데 의형제 비슷한 놈이 있긴 해요."

"의형제?"

"최만진이라고, 감빵 동기이기도 하고 지랄 같은 성격도 비슷해서 둘이 죽이 아주 잘 맞았거든요."

나는 머릿속에 저장된 정보를 떠올려 봤다.

두강식 주변 인물에 대한 건 모조리 머리에 들어있었다.

최만진.

청담 쪽을 호령하는 조직, '번영파'의 중간 보스.

놈의 이력과 함께 험악한 인상까지 단번에 떠올랐다.

"최만진이라면 번영파?"

"오! 알고 계시네. 맞아요. 끼리끼리 논다고 최만진도 성격이 진짜 개 같거든요. 유일하게 허물없이 지냈던 게 두강식이니까 아마 최만진은 그 새끼를 받아 줄 거예요."

이건 꽤 고급 정보였다.

"두강식의 취미는 뭡니까?"

두강식의 취미는 의외로 알아내기가 힘들었다.

붙잡힌 조직원들도 딱히 명쾌한 대답을 하지 못했다.

내가 묻자 계란은 큭큭거리며 웃었다.

"수사관님은 짐작도 못 하셨을 텐데요, 그 새끼 취미가 의외로 단순해요."

"뭔가요?"

"사우나."

"사우나?"

생각지도 못했던 대답이었다.

"골프도 치고, 비싼 자동차도 사 모으고, 여자도 만나고 다니고 하지만 그건 그냥 돈이랑 시간이 남아돌아서 그러는 것뿐이에요. 두강식이 진짜 좋아하는 건 뜨거운 물에 지지는 거예요. 오죽하면 자기 집 지하에 사우나 시설을 만들어 놨겠어요."

"아! 그 정도로……."

"최만진 하고도 만났다 하면 사우나부터 가요. 그 새끼 서울에 있을 때 하루가 멀다고 청담동에 있는 온천 사우나에 갔거든요. 거기서 최만진 하고도 만나는 거죠. 느긋하게 사우나 때리고 국밥 먹고 그게 코스였어요."

나는 '온천 사우나'라는 상호를 재빨리 받아 적었다.

"거긴 아직도 있나요?"

"그럼요. 거긴 번영파 전용 사우나나 다름없어요. 여전히 잘되죠."

30화 ─ 포위망을 좁혀라(2)

*

　　마지막으로 만난 사람은 두강식을 잡는 데 성공했던 서울
지검의 김진영 검사였다.

　　"두강식 잡을 때 진짜 고생했죠."

　　김진영 검사는 슬쩍 웃으며 말했다.

　　"그때는 두강식이 중간 보스에 오르기도 전이었던 거로 알
고 있습니다."

　　내가 말했다.

　　"그렇죠. 어찌 보면 이제 막 훈장 몇 개 달기 시작했던 시절
이죠. 전 그저 그런 조폭이라 생각하고 쫓았는데 이놈이 생각
보다 치밀하더라고요."

　　"그때부터 그랬군요."

　　"네. 두강식은 그 당시에도 핸드폰을 열 대 넘게 가지고 다
녔어요. 그걸 돌아가면서 쓰니까 위치 추적이 여간 까다로운 게
아니었죠. 거기다가 어떻게 정보를 빼내는지 잡으러 가면 귀신
처럼 사라진 게 한두 번이 아니었어요."

　　지금과 똑같은 패턴이었다.

　　"결국 어떻게 잡으셨습니까?"

　　내가 물었다.

　　"두강식이 딱 한 번 실수를 했거든요."

　　"어떤……."

　　"당시 사귀던 여자가 있었는데 그 집에 떡하니 나타났던 거

죠. 계속 안 잡히니 이놈 간이 커졌던 거예요. 반면 우린 잠복 중이었고."

"어이없는 실수네요."

"네. 나중에 잡고 나서 물어보니 이렇게 말하더라고요. 방심 했다고. 그게 자기 단점이라고."

과연 두강식은 자기 단점을 고쳤을까?

나는 그게 궁금했다.

＊

두강식의 가족 전화번호까지 통신영장이 발부되었다.

탐문이 발로 하는 수사라면 통신 기록을 분석하는 일은 엉 덩이로 하는 수사였다.

나는 어마어마한 양의 통신 기록을 놓고 하나씩 살피기 시 작했다.

가끔 일어나 화장실에 가거나 밥 먹는 시간을 빼고는 꼼짝 도 하지 않았다.

"장기전이 될 텐데 쉬엄쉬엄하세요. 계장님 몸 상합니다."

그렇게 말하는 이두산 검사 역시 초췌한 몰골이기는 마찬가 지였다.

이두산 검사와 나머지 멤버들은 계속 잠복을 했다.

두강식의 아내가 사는 아파트에는 한 달 넘게 잠복을 하는 중이었다.

물론 두강식은 한 번도 나타나지 않았다.

그렇다고 해서 아내와 연락을 전혀 안 할 리는 없었다.

나는 그 흔적을 찾으려고 아내의 통신 기록을 집중적으로 뒤졌다.

그러기를 며칠, 드디어 유의미한 정보를 찾아냈다.

"검사님, 찾았습니다. 거의 사흘에 한 번꼴로 두강식 부인에게 전화를 거는 같은 번호가 있습니다."

"영장 올려 주세요. 바로 추적합시다!"

이두산 검사가 말했다.

나는 번호를 다시 확인했다.

두강식이 본격적으로 쫓기기 시작한 후로 이 번호가 아내의 통화 기록에 찍혔다.

아내에 대한 사랑이 절절해서 그런 건지 자식들 안부가 궁금해서 그런 건지는 모르겠지만 전화를 건 이는 분명 두강식이었다.

물론 이 번호를 가진 핸드폰의 명의는 두강식이 아니었다.

대포폰이거나 부하의 핸드폰이라는 뜻이었다.

결국 만반의 준비를 하고 있다가 핸드폰 위치 정보가 떴을 때 그곳을 덮치는 게 최선이었다.

그 기회는 생각보다 빨리 왔다.

*

영장을 받은 지 이틀 후, 점심 무렵에 알람이 떴다.

핸드폰이 이미 파악된 주거지 근처의 기지국에서 켜졌다는 문자였다.

나는 곧장 이두산 검사에게 보고했다.

"출동합시다!"

알람이 가리키는 장소는 속초 시내의 한 복합 건물이었다.

검찰청과도 그리 멀지 않은 위치였다.

"의외네요. 아직 속초에 있다는 것도 의외고, 이렇게 가까운 곳에서 전화를 걸었다는 것도 의외고."

팀원 중 한 명이 말했다.

나도 같은 생각이었다.

더군다나 검색해 보니 그 복합 건물은 엘리베이터도 없는 5층짜리 낡은 빌딩이었다.

몇 개의 음식점이 1층에 자리하고 그 위로는 거의 원룸이었다.

내가 그 이야기를 하자 이두산 검사는 고개를 갸우뚱하면서도 쉽게 희망을 저버리지 않았다.

"어쩌면 그게 두강식의 방식일지도 모릅니다. 우리가 전혀 예상 못 한 곳에 숨는 거죠."

이두산 검사의 말에도 일리는 있었다.

*

선팅을 짙게 한 낯선 차가 보이면 괜히 눈길을 끌까 봐 한 블록 전에 차를 세우고 걸어서 이동했다.

건물의 출입구는 총 두 곳이었다.

거기에 한 명씩 배치하고 지하 주차장으로 또 한 명을 내려보낸 후 나와 이두산 검사가 건물로 들어갔다.

우리는 1층 상가부터 훑었다.

문을 연 가게는 세 개였다.

분식집, 커피숍, 그리고 초밥집.

세 곳 모두 두강식은커녕 다른 손님조차 거의 없었다.

"2층 원룸에 있는 거라면 곤란한데요."

내가 말했다.

원룸을 일일이 찾아다니며 수색할 수는 없었다.

그때 이두산 검사가 입술을 한 번 깨물더니 입을 열었다.

"책임은 제가 지겠습니다."

"네? 무슨 책임을……."

이두산 검사는 내가 말릴 새도 없이 화재경보기 쪽으로 다가가 유리를 깨고 벨을 눌러 버렸다.

곧 요란한 경보음이 울렸다.

생각보다 큰 소리에 깜짝 놀랐다.

이두산 검사는 나를 한 번 보더니 소리를 지르며 한 층씩 올라가기 시작했다.

"불이야! 대피하세요!"

나도 바로 이두산 검사를 따라서 힘껏 소리를 질렀다.

"불이야! 불이야!"

효과는 당장 나타났다.

원룸 문이 열리며 사람들이 뛰쳐나온 것이다.

나는 2층 계단 앞에 서서 그들 중 두강식이 있는지 필사적으로 살폈다.

마침 위층으로 올라간 이두산 검사에게서 무전이 날아들었다.

"위층에서도 사람들이 내려갈 겁니다. 저도 5층까지 올라갔다가 다시 내려가겠습니다."

"네!"

이두산 검사 말대로 위에서 사람들이 우르르 달려 내려왔다.

두강식.

두강식!

나는 놈의 얼굴을 찾는데 온 신경을 집중했다.

그때였다.

촉이 발동했다.

찜찜하고 꺼림칙한 느낌이 몸을 휘감았다.

나는 영문도 모른 채 촉이 가리키는 데로 고개를 돌렸다.

마침 키가 큰 한 남자가 런닝 차림으로 달려와 내 옆을 지나쳐 내려가려 했다.

팔은 물론이고 목덜미까지 문신으로 덮인 남자였다.

순간 그 남자와 눈이 마주쳤다.

남자는 한 손에 핸드폰을 들고 있었다.

반사적으로 말이 튀어나왔다.

"너지?"

남자는 화들짝 놀라더니 사람들을 거슬러 다시 위로 달려 올라갔다.

나는 바로 무전을 날렸다.

"흰 런닝에 문신한 남자!"

나도 놈의 뒤를 따로 올라갔다.

4층에 다다랐을 때 나는 바닥에 뻗어 있는 남자와 놈을 내려다보는 이두산 검사를 발견했다.

"이놈 맞습니까?"

이두산 검사가 물었다.

"네."

나는 대답한 후 남자에게로 달려갔다.

"이놈이 뭘 어쨌기에⋯⋯."

"지금부터 알아봐야죠."

남자는 휘황찬란한 문신과는 어울리지 않게 몸을 잔뜩 웅크린 채 벌벌 떨고 있었다.

게다가 묻지도 않았는데 먼저 떠벌렸다.

"전 그냥 시키는 대로 했어요!"

"왜 날 보고 도망쳤지?"

내가 물었다.

"경찰인 줄 알았어요."

"도망친 이유를 말해!"

이두산 검사가 소리를 지르자 놈은 기겁했다.

"이 핸드폰 그쪽이 사용한 거야?"

나는 놈이 쥐고 있던 핸드폰을 뺏으며 물었다.

"제 건 아니에요. 전 그냥 시켜서 그대로 했을 뿐이에요."

"구체적으로 말해."

"이 핸드폰 들고 있다가 사나흘에 한 번씩 저장된 번호로 전화를 걸고 핸드폰을 끄면 된다고 했어요. 그렇게만 하면 돈을 주겠다고."

"누가? 누가 시켰어?"

이두산 검사가 물었다.

"그 사람이요. 그 무서운 사람!"

놈이 거의 울 것 같은 표정으로 대답했다.

"두강식?"

내가 물었다.

"네, 맞아요. 저 말고도 이런 일 하는 애들을 몇 명 뽑았다고 알고 있어요."

이두산 검사와 나는 허탈한 표정으로 서로를 바라봤다.

이렇게 되면 통신 기록을 분석하는 데도 차질이 생긴다.

두강식이 여러 대의 핸드폰을 사용하리라는 것은 짐작했지만 이런 식으로 수사에 혼란을 줄 거라고는 생각하지 못했다.

"두강식은 이렇게 허깨비 같은 놈들을 세워 놓고 마음껏 활동하고 있겠군요. 젠장."

이두산 검사가 말했다.

"우리 수사법이 훤히 읽히고 있다는 이야기이기도 합니다."

"그럼 아예 과감하게 나가야겠네요."

이두산 검사가 거기까지 말했을 때였다.

"저, 저는 그만 가 봐도 될까요?"

여태 바닥에 웅크리고 있던 놈이 조용히 끼어들었다.

"시끄러워!"

이두산 검사와 나는 동시에 소리를 질렀다.

"나머지는 들어가서 얘기합시다."

이두산 검사가 말했다.

나는 고개를 끄덕이며 놈에게서 뺏은 핸드폰을 들여다봤다.

구형 스마트폰이었다.

그 핸드폰이 두강식이라도 되는 것처럼 나는 으스러지라 꽉 쥐었다.

멀리서 소방차 사이렌 소리가 들리기 시작했다.

카운터펀치(1)

이두산 검사의 새로운 작전은 명동 기획파를 아예 일망타진
하는 것이었다.

보스는 도망 중이고 돈줄도 막혔지만, 명동 기획파가 완전
히 사라진 것은 아니었다.

물론 조직원들이 대거 이탈하고 모래로 쌓은 성은 무너졌지
만, 여전히 속초 일대를 호령하고 있었다.

그 원동력은 명동 기획파, 아니 두강식이 다른 조직에 심어
준 공포심에서 나왔다.

두강식이 건재한 상태라면 명동 기획파는 언제든 부활할 수
있다는 두려움이 군소 조직은 물론이고 속초 바닥에 널리 퍼져
있었다.

역설적으로, 명동 기획파가 유지되는 한 두강식 역시 잡히
지 않을 공산이 컸다.

부하들은 계속해서 보스의 도망을 도울 것이고 명동 기획
파라는 이름을 등에 업은 두강식은 속초 일대 어디서든 위세를
떨칠 게 분명했다.

그렇게 보자면 이두산 검사의 작전은 일리가 있었다.

다만 명동 기획파를 단번에 뿌리째 뽑아내기가 그리 쉬운
일은 아니었다.

놈들은 검찰의 수사가 본격화한 후 점조직 형태로 활동을
이어갔다.

소규모로 이곳저곳에서 만나 업장을 관리하거나 자릿세를
뜯었다.

나는 이것 역시 두강식의 지시라고 생각했다.

우르르 몰려다녀야 위압감을 선사한다는 조폭 세계의 고정
관념을 완전히 깬 것이다.

대신 명동 기획파는 훨씬 잔인하게 변했다.

어쩌면 최후의 발악이라 해도 무방한 상황이었다.

"명동 기획파 조직원들을 한 번에 검거하려면 일단은 모이
게 만들어야 합니다."

이두산 검사가 말했다.

우리는 그 방법을 찾아 회의에 회의를 거듭했다.

모든 회의는 각자 노트에 기록했다.

회의할 때는 핸드폰은 물론이고 태블릿이나 컴퓨터도 쓰지
않았다.

작전이 새어 나가는 것을 막으려는 조치였다.

거기에 더해 우리는 다섯 명이 항상 같이 움직였다.

단독 행동은 삼갔다.

검찰청 내부에서도 우리가 무슨 일을 하는지 몰라야 한다는 게 이두산 검사의 생각이었다.

몇날 며칠을 고민한 결과 쓸 만한 계획이 나왔다.

아니, 계획이라기보다는 즉흥적인 아이디어에 가까웠다.

시작은 내가 던진 한마디였다.

"두강식이 명령한 것처럼 해서 조직원들을 사무실에 몽땅 모이게 하면 좋을 텐데……."

무심코 그렇게 말한 순간 나머지 네 명의 시선이 내게 쏠렸다.

"그거 좋은 생각인데 어떤 방법이 있을까요?"

이두산 검사가 대번에 물었다.

"저도 방금 떠오른 거라 아직 정리가 잘……."

그때 어떤 생각 하나가 머릿속을 스치고 지나갔다.

그러고는 나도 모르게 중얼거렸다.

"우리가 입수한 핸드폰 번호로 미끼를 던진다면……."

머리가 빠르게 회전했다.

희미하기만 했던 가능성 하나가 구체적으로 모습을 갖추기 시작했다.

이두산 검사와 팀원들은 나를 보며 기다려 줬다.

나는 생각을 정리한 후 드디어 입을 열었다.

"지금까지 압수한 두강식의 대포폰이 석 대가 있습니다."

31화 ― 카운터펀치(1)

우리는 문신했던 그놈 외에도 비슷한 경로로 두 명을 더 잡았다.

그때 입수한 핸드폰도 내가 가지고 있었다.

"그렇죠."

이두산 검사가 맞장구를 쳤다.

"핸드폰 석 대 모두 아직 번호가 살아있습니다. 운 좋게도 그 번호들은 두강식이 실제로 사용했던 겁니다. 그것도 꽤 오래 전부터. 두강식은 여러 대의 핸드폰을 가리지 않고 사용했으니, 우리가 입수한 이 번호 역시 부하들에게는 낯익을 겁니다."

나는 말을 이었다.

"그러니 이 핸드폰을 가지고 명동 기획파 중간 보스들에게 각각 메시지를 보내는 겁니다. 며칠 몇 시에 사무실로 오라고 말이죠."

작두가 붙잡힌 지금, 명동 기획파에는 세 명의 중간 보스가 남아 있었다.

조사한 바로는 그들은 같은 조직인 동시에 경쟁자이기도 했다.

두강식이 붙잡히게 되면 차기 보스 자리를 두고 피 튀기는 전쟁이 벌어질 거로 예측하는 사람도 있었다.

"그러니까 서로 앙숙인 세 놈에게 각기 다른 번호로 문자를 보내서 같은 시간에 모이게 한다는 거죠?"

이두산 검사가 확인하듯 물었다.

"네. 저는 가능하리라 봅니다."

"좋은 생각인데요!"

다른 팀원들도 찬성했다.

"문제는 누가 봐도 두강식이 보낸 것처럼 문구를 만드는 데 있겠군요."

역시 이두산 검사는 핵심을 바로 짚었다.

"그 점은 염려하지 마십시오. 두강식의 말투나 특징 같은 건 이미 제 머릿속에 있으니까."

나는 자신 있게 말했다.

"오케이. 알겠습니다. 그러면 우리도 선수들 다 섭외한 후에 날짜와 시간을 정합시다."

우리는 구체적인 계획을 짜기 시작했다.

＊

명동 기획파는 속초에서 큰 빌딩 중 하나의 2층과 3층을 통째로 쓰고 있었다.

출입구도 네 개인 데다가 지하 주차장으로 들고날 수도 있어 병력 배치가 아주 중요한 과제였다.

나는 디데이 하루 전에 중간 보스들에게 문자를 보냈다.

각기 다른 핸드폰으로.

하루 전에 보낸 이유는 간단했다.

놈들끼리 의논하거나 의심해 볼 시간을 주지 않기 위해서였다.

31화 ― 카운터펀치(1)

문자의 내용도 간단했다.

두강식은 원래 긴 말을 하지 않았고 지시를 내릴 때도 핵심만 말했다.

- 내일 일곱 시 사무실에 모일 것. 매우 급한 일이다.

＊

우리는 한 시간 전부터 빌딩이 보이는 곳에 도착해 잠복했다.

6시 30분이 넘어가자, 각 중간 보스가 모습을 드러내기 시작했다.

그 부하들도 마찬가지였다.

수십 명의 조폭이 한 건물로 들어가는 걸 보며 나는 새삼 긴장감을 느꼈다.

"아시겠지만 제일 중요한 것이 기선 제압입니다. 그래야 몸싸움 없이 놈들을 체포할 수 있습니다."

우리는 이두산 검사의 말에 고개를 끄덕였다.

6시 55분이 되었을 때 우리는 스타렉스에서 내렸다.

이두산 검사는 이미 놈들이 2층에 모여 있다는 사실을 보고받았다.

우리는 계단을 이용해 2층으로 올라갔다.

복도에 서 있던 조폭 몇 명이 우리를 발견하고는 소리를 지르려 했다.

그 순간 선두에 선 이두산 검사와 내가 달려 나가며 크게 외쳤다.

"꼼짝 마!"

이두산 검사는 가스총을 뽑아 들었다. 권총과 똑같이 생긴 놈이었다.

조폭들이 기겁하며 손을 번쩍 들었다.

우리는 거침없이 대회의실로 치고 들어갔다.

"뭐야?"

누군가가 외치기도 전에 이두산 검사가 총구를 겨누고는 소리쳤다.

"검찰청 이두산 검사다. 반항하지 말고 순순히 손들어!"

그 말과 동시에 수사관들이 달려 들어와 조폭들을 에워쌌다.

놈들은 반항 한 번 제대로 하지 못하고 포위당했다.

그 순간 중간 보스 중 한 명이 도망을 친답시고 내 쪽으로 달려왔다.

나는 상체를 비틀어 슬쩍 피한 후 놈의 멱살을 잡고는 그대로 엎어치기를 했다.

그것으로 끝이었다.

속초는 물론이고 강원도에서 위세와 악명을 떨치던 명동 기획파는 완전히 최후를 맞이했다.

우리는 피 한 방울 안 묻히고 명동 기획파를 일망타진하는 큰 성과를 이뤘다.

이제 남은 적은 하나였다.

두강식.

내게는 놈을 속일 묘안이 있었다.

*

명동 기획파가 무너졌다!

소문은 삽시간에 퍼졌다.

이두산 검사는 물론이고 나도 여기저기서 축하 인사를 받았다.

다른 팀원도 마찬가지였다.

그럼에도 우리는 쉽게 기뻐하지 않았다.

물론 벼르고 벼르던 조직을 없애버린 건 큰 성과지만 우리의 최종 목표는 어디까지나 두강식의 체포였다.

"이번 작전의 성공 요인이 뭐라고 생각하십니까?"

이두산 검사가 내게 물었다.

우리는 검찰청 마당을 걸으며 커피 믹스를 마시고 있었다.

"여러 가지가 있겠지만 제 생각엔 정보를 잘 단속했기 때문인 것 같습니다."

나는 솔직하게 말했다.

이전처럼 정보가 새어 나가지 않았기에 우리의 작전과 급습이 통할 수 있었다.

즉, 사무실 밖으로 정보가 새는 걸 차단한 이두산 검사의 혜안이 빛을 발한 것이다.

"씁쓸한 일이지만 저도 계장님과 같은 생각입니다."

"결국 이 일도 정보력의 싸움인 거죠."

내가 말했다.

"그래도 조직 자체가 와해했으니 두강식도 궁지에 몰린 상태일 겁니다. 전처럼 우리의 정보를 얻어 낼 수 없을지도 모릅니다. 게다가 대대적으로 내사를 추진하려 합니다. 이 기회에 배신자를 완전히 뿌리 뽑는 거죠."

나는 그 말을 듣고 멈춰 섰다.

이두산 검사가 의아하다는 듯 나를 바라봤다.

나는 목소리를 죽여 말했다.

"검사님, 그 내사, 조금 미루면 안 되겠습니까?"

"왜 그러십니까?"

이두산 검사는 놀란 표정이었다.

"제가 설계한 작전이 있어서 그렇습니다."

"작전이요?"

나는 이두산 검사에게 내 생각을 털어놓았다.

＊

이번에는 정보원과 일식집에서 만났다.

우리는 제일 구석진 방을 예약해 식사하는 것과 동시에 이야기를 나누었다.

"이거 너무 비싼 데 아닙니까?"

정보원은 싱글싱글 웃으며 물었다.

"명동 기획파 소탕한 기념으로 한 턱 쏘는 거니까 맘 놓고 먹어. 고생 많았어."

이번에도 정보원의 도움이 컸다.

중간 보스들의 알력 다툼에 대해서 알려준 것도 바로 정보원이었다.

덕분에 중간 보스들끼리 정보를 거의 나누지 않을 거라는 예상을 했고 그 예상은 보기 좋게 들어맞았다.

"에이. 제가 한 게 뭐가 있다고요. 아무튼 감사합니다. 흐흐."

"사람들은 뭐래?"

내가 넌지시 물었다.

"난리죠 뭐. 아직 못 믿는 사람도 있어요. 그 명동 기획파가, 자기들 아지트에서, 그것도 저항 한 번 못 해보고 깡그리 잡혀 들어갔으니 믿을 수가 없는 거죠."

"호랑이 없는 산에 뭐가 주인 행세한다고 이제 또 고만고만한 조직들이 난리겠지?"

"그렇죠. 이 바닥 잡으려고 너도나도 뛰어들겠죠. 하지만 지금 당장은 아닐 거예요."

"이유는?"

"두강식이 어떻게 되는지 그게 제일 큰 관심사거든요. 두강식마저 잡힌다면 그제야 하나둘씩 출사표를 던지겠죠."

"두강식에 대해 뭐 소문은 없어?"

내가 물었다.

"아! 맞다. 사실 오늘 계장님 뵈면 이 이야기를 하려 했어요."

정보원은 진지한 표정이 됐다.

쉴 새 없이 놀리던 젓가락도 내려놓았다.

"무슨 이야기?"

"두강식이 부산으로 갔다는 소문이 꽤 구체적으로 돌고 있어요."

"부산?"

"네. 부산에서 활동할 거라는 소문도 있고, 아예 일본으로 밀항할 거라는 소문도 있어요."

"어쨌든 속초를 빠져나가 부산으로 갔다는 거네."

"그렇죠. 어디서부터 소문이 퍼진 건지는 모르겠는데 부두쪽 사람들까지 알 정도면 거의 확실한 정보이지 싶어요."

"부산이라……."

"계장님이라면 부산까지 쫓아가서라도 두강식을 잡으시겠죠?"

정보원이 씩 웃으며 물었다.

"그래야지. 아니, 그럴 거야."

"왜 그렇게까지 두강식 뒤를 쫓는지 여쭤봐도 될까요?"

"나쁜 놈이니까."

나는 그렇게 대답한 후 소주 한 잔을 마셨다.

31화 ─ 카운터펀치(1)

"슈퍼 히어로가 되고 싶으신 거예요?"

"슈퍼 히어로? 영화에 나오는?"

내가 웃으며 묻자, 정보원도 같이 웃었다.

"아니, 항상 보면 너무 무리하시는 것 같아서……."

"난 그런 거 될 생각도 없고, 자격도 없고, 뭣보다 힘도 없어. 그냥 내 일이라서 하는 거야. 나쁜 놈 잡는 거, 그게 내 일이잖아."

"그렇구나."

"근데 갑자기 뭔 닭살 돋는 질문을 하는 거야?"

내가 묻자, 정보원은 또 웃었다.

그러고는 말했다.

"저 이제 손 씻고 이 바닥 떠나려고요."

정보원에 대해 아는 건 몇 가지 없었다.

심지어 본명도 몰라 핸드폰에는 그냥 '정보원'이라고 저장해 둔 상태였다.

머리가 비상하고 젊은 나이에 비해 침착하며 자신을 드러내지 않은 채 여러 정보를 제공하며 먹고산다는 게 내가 아는 전부였다.

"갑자기 왜? 무슨 일 있어?"

내가 물었다.

"아뇨. 평생 이런 일만 하면서 먹고 살 수는 없잖아요. 저도 제대로 된 일을 해야죠."

"생각해 둔 일이 있나 보네."

나는 정보원의 술잔을 채워 줬다.

"있긴 한데, 확실히 자리 잡으면 제가 연락드릴게요."

그게 정보원과 나눈 마지막 대화였다.

적어도 속초에서는.

＊

나는 이두산 검사에게 보고했다.

두강식이 부산으로 갔다는 소문이 떠돈다고.

"그러면 부산 쪽과 공조해야겠군요."

어느덧 우리 작전 회의는 예전으로 돌아갔다.

노트북으로 회의록을 작성하고 다섯 명이 뭉쳐 다니던 것도 그만뒀다.

이두산 검사는 조사한 내용을 윗선에 착실히 보고했다.

"두강식이 속초를 떠난 건 확실합니다."

팀원 중 한 명이 말했다.

"그렇겠죠. 자기 조직이 무너진 것과 동시에 이쪽의 연고는 완전히 사라진 거나 다름없으니까."

"두강식의 아내도 몰래 이사했습니다."

또 다른 팀원이 보고했다.

"어디로 갔는지 파악했나요?"

이두산 검사가 물었다.

"서울로 갔습니다. 원래도 두강식의 자녀들은 서울에서 학교를 다니고 있었습니다."

"두강식이 부산에서 활동하느냐, 아니면 밀항하느냐 둘 중 하나라는 말인데 어느 쪽이 확률이 높을까요?"

"일단은 두강식이 부산과 접점이 있는지부터 다시 살펴봐야 할 것 같습니다. 아무래도 직접 부산에 가 봐야 할 것 같습니다."

내가 말했다.

"알겠습니다. 그러면 그 부분은 최 계장님께서 알아서 해 주세요. 다만 우리가 명심해야 할 건 시간이 얼마 없다는 사실입니다. 만약 밀항을 계획 중이라면 오늘이라도 당장 현장을 덮쳐야 합니다. 그러니 서둘러 결론을 내릴 필요가 있습니다. 오늘이 금요일이니 주말 중으로 해결을 보죠!"

"네!"

이두산 검사의 말에 우리는 일제히 대답했다.

회의가 끝난 후 나는 토요일에 부산 출장을 가겠다고 보고했다.

경찰 쪽에도 무술 경관 여섯 명을 지원해 달라고 요청했다.

두강식이 혼자 돌아다닐 리는 만무했다.

게다가 아마 필사적으로 반항할 확률도 높았다.

어쩌면 흉기를 휘두를지도 모른다.

무술 경관의 지원을 요청한 건 그 이유 때문이었다.

그리고 드디어 토요일이 되었다.

카운터펀치(2)

토요일 아침, 나는 일찍 출근했다.

주말이라 검찰청은 조용했다.

나는 내 차를 직접 운전해 출장을 갈 생각이었다.

일찍 출발해야 했다.

그만큼 먼 곳이니까.

나는 이두산 검사 사무실을 한번 둘러봤다.

이곳으로 출근하는 게 오늘이 마지막이길 바라며.

간단하게 가방을 꾸려 사무실에서 나오는데 누군가가 나를 불렀다.

"계장님."

돌아보니 도수가 서 있었다.

"도수야!"

두강식 검거에 발을 뺐다뿐, 도수와 나는 여전히 농담을 주고받으며 가깝게 지냈다.

물론 나는 의식적으로 도수 앞에서 두강식 이야기를 하지
않았다.

도수는 나름대로 바빴다.

다른 수사관들을 태우고 이곳저곳을 누벼야 했으니까.

게다가 틈틈이 데이트도 해야 했고.

"토요일에 웬일이야?"

내가 묻자 도수는 씩 웃으며 다가왔다.

그러고는 다 안다는 표정으로 말했다.

"계장님, 오늘 출장 가시죠? 부산으로."

"그렇긴 한데……."

"두강식 잡으러 가는 거 맞죠?"

"그렇지."

"그럼 같이 가시죠. 이 베스트 드라이버가 목적지까지 안전
하고 빠르게 모시겠습니다."

"그게 무슨 소리야? 넌 이쪽 일 안 하기로 했잖아!"

"어쩌면 오늘 두강식을 잡을지도 모르는 거잖아요. 그 현장
에 계장님 혼자만 보낼 것 같아요? 마지막 순간에는 제가 꼭 계
장님 모실 거라고 다짐하고 있었어요."

나는 도수를 한참 바라봤다.

도수의 표정은 진지했다.

눈빛은 더 진지했다.

"위험한 일이 생길지도 몰라."

내가 말했다.

"그건 각오하고 있어요."

"그냥 데이트나 해! 오늘 토요일이잖아."

"여자친구 허락도 받았어요. 쓸모 있는 사람이 되면 좋겠대요. 저 보고."

"허. 참."

나는 딱히 할 말을 찾지 못했다.

"속으론 좋으시죠?"

도수가 물었다.

그 순간만큼은 특유의 장난스러운 표정이 나왔다.

나는 인정할 수밖에 없었다.

"그래. 좋다. 당연히 좋지! 그런데 걱정이 돼서……."

"그러면 서둘러 출발하시죠. 전 운전대만 잡을게요. 스타렉스로 가는 거죠? 경찰관이 여섯 명이나 같이 간다면서요."

"한 명이야."

내가 조용히 말했다.

"네?"

"자세한 건 밖으로 가서 설명할게."

나는 도수와 함께 밖으로 나왔다.

주차장에는 이미 경관 한 명이 도착해서 기다리고 있었다.

평소 친분이 있던 젊은 경관이었다.

몇 번 같이 현장에 나갔는데 눈치가 빠르고 몸놀림도 좋았다.

32화 ― 카운터펀치(2)

이름은 박정민이었다.

"박 경사, 와 줘서 고마워!"

"다른 사람들은 없습니까?"

박정민 경사가 물었다.

"차에 타서 설명할게. 참. 여긴 운전을 도와줄 박도수 행정관."

박 경사와 도수는 어색하게 인사를 나눴다.

우리 셋은 차에 올랐다.

"계장님, 부산 어디로 갈까요?"

도수가 물었다.

"부산이 아니야."

내가 말했다.

도수가 조수석에 앉은 나를 쳐다봤다.

"부산으로 두강식 잡으러 가는 거 아니었어요?"

"자세히 설명해 주시죠."

뒷좌석에 앉은 박 경사가 말했다.

"설명할게. 일단, 우리 목적지는 부산이 아니고 서울이야."

나는 설명을 시작했다.

＊

두강식은 편집증이라 할 정도로 정보를 모았다.

내 움직임을 훤히 아는 건 물론이고 이두산 검사의 활동까지 다 파악하고 있었다.

그 비결이 뭘까 고민하던 끝에 아주 우연한 기회에 나도 정보를 얻었다.

민원실의 동료와 복도에서 마주쳤는데 이런 말을 했다.

"요즘 인기가 아주 많아. 민원실에 하루에도 몇 번이나 최계장 찾는 전화가 온다니까."

그 말을 듣는 순간 얼른 감이 왔다.

두강식은 민원실에 전화해 내가 부재중인지 아닌지를 계속 체크한 것이었다.

아마 이두산 검사에게도 비슷한 방법을 썼으리라고 나는 쉽게 짐작할 수 있었다.

거기에 더해 내부 정보까지 얻어 내고 있었으니 두강식으로서는 무서울 게 없었다.

그 모든 것을 확인한 후 내 머릿속에 떠오른 계획은 단 하나였다.

바로 역정보를 흘리는 것.

나는 이 계획을 이두산 검사에게만 이야기했다.

그러고는 소문을 퍼트리기 시작했다.

두강식이 부산으로 내려가 거기서 활동한다는 소문, 밀항을 준비 중이라는 소문, 그 외에도 여러 소문을 만들어 냈다.

심지어 원주 치악산 아래 절에서 은거 중이라는 소문도 냈다.

그렇다.

정보원이 내게 말해 준 그 소문 모두 내가 흘린 역정보였다.

역정보가 한 바퀴를 돌아 구체적으로 변하는 동안 분명 두 강식의 귀에도 들어갔으리라는 게 내 생각이었다.

두강식은 비웃고 있을 것이다.

엉뚱한 곳에서 삽질 중인 우리를 향해 마음껏 비웃음을 날리고 있을 것이다.

어디서?

바로 서울에서.

"두강식이 서울에 있다는 건 어떻게 아셨어요?"

숨 한 번 안 쉬고 내 이야기를 듣던 도수가 재빨리 물었다.

"두강식과 의형제 사이인 최만진이라는 인물이 있어. 그놈의 핸드폰을 추적했지. 그랬더니 의외의 번호가 하나 나오더라고. 바로 두강식의 아들 번호였지. 두강식이 대신 쓴 거야. 그리고 그 번호의 위치를 따라가니 서울이 나온 거고."

"그럼 부산으로 가신다며 무술 경관을 요청한 것도 다 역정보를 흘린 겁니까?"

박 경사가 물었다.

"그래. 내가 부산으로 간다는 정보는 이미 두강식 귀에 들어갔을 거야. 놈은 희희낙락거리며 서울에서 놀고 있겠지. 이럴 때 급습하는 거야. 급습을 위해선 소수 인원이 가는 게 제일이고. 그래서 자네한테만 따로 연락한 거야."

"그러면 이 사실을 아는 사람은 우리 셋이랑……."

"이 검사님. 이렇게 딱 네 명이야."

나는 도수의 말에 대답했다.

"알겠습니다. 의문이 풀렸네요."

박 경사는 고개를 끄덕였다.

그러더니 자기 핸드폰을 꺼내 내게 내밀었다.

"우리 사이에도 신뢰가 중요하죠. 작전 끝날 때까지 제 핸드폰 계장님이 맡아주시죠."

역시 똑똑한 인물이었다.

"고마워."

나는 박 경사의 핸드폰을 받아 주머니에 넣었다.

"제 핸드폰은?"

도수가 물었다.

"넌 내비게이션이나 잘 봐!"

"아! 맞다. 그럼 목적지를 어디로 할까요?"

"청담동에 있는 온천 사우나."

"사우나요?"

"내 촉이 정확하다면 오늘 아니면 내일 중으로 놈이 사우나에 갈 거야."

"계장님 촉이야 뭐, 워낙 신기하니까 믿고 출발하겠습니다!"

우리는 서울을 향해 출발했다.

두강식을 잡고 싶다는 간절한 마음 한편에는 두려움도 있었다.

적진 한복판으로 뛰어드는 격인데 두렵지 않으면 거짓말일

32화 — 카운터펀치(2)

것이다.

실패하고 싶지 않았다.

그 말은 즉 우리 중 누구 하나 다치지 않고 두강식을 체포하고 싶다는 뜻이었다.

마침 아내에게서 메시지가 왔다.

- 오늘도 일하지?

- 어떻게 알았대?

- 당신은 내 손바닥 안에 있거든.

- 잘 지내? 애들은?

- 우리야 잘 지내지. 당신은?

- 이상 무.

- 그럼 빨리 두강식인지 뭔지 잡아 버려!

- 오케이!

- 당신이 최고야. 알지?

나는 아내의 메시지를 한동안 계속 봤다.

거짓말처럼 두려움이 사라졌다.

33화

카운터펀치(3)

온천 사우나는 대로변에 있었다.

우리는 도로 맞은편에 차를 세우고 잠복을 시작했다.

박 경사에게는 이미 두강식의 사진을 보여 줬다.

"성질머리 더럽게 생겼네요."

두강식의 사진을 본 박 경사의 반응이었다.

우리는 사우나 입구를 주시했다.

딱 보기에도 조폭 같은 덩치들이 사우나를 드나들었다.

"어휴, 살벌하네요."

도수가 말했다.

사우나가 들어선 건물은 10층짜리였다.

나는 그 건물을 보는 순간부터 심장이 뛰기 시작했다.

동시에 촉이 발동했다.

"잘 봐. 내일도 아니고, 오늘이야. 오늘 저 안에서 두강식을 잡을 거야."

나는 자신에 차서 말했다.

지금처럼 심장이 뛸 때는 항상 검거에 성공했다.

"그랬으면 좋겠네요."

박 경사가 웃으며 대답했다.

세 시간 정도가 흘렀다.

슬슬 몸이 굳어 뻐근해지기 시작했다.

그때였다.

무심코 고개를 돌렸는데 낯익은 얼굴이 길 저 끝에서 걸어오고 있었다.

"최만진!"

나도 모르게 소리가 튀어나왔다.

"그 의형제요?"

도수가 물었다.

나는 고개를 끄덕이며 차 문을 열었다.

"미행할게. 최만진은 분명 사우나에 들어갈 텐데, 만약 내가 따라 들어가서 1시간 넘게 안 나오면 바로 지원 요청해서 들이 닥쳐."

"네."

박 경사의 눈이 예리하게 빛났다.

나는 길을 건넌 후 일부러 거리를 둔 채 멀찌감치 따라갔다.

최만진은 부하 두 명과 함께 걷고 있었다.

팔자걸음으로 느긋하게 걷던 최만진은 역시 온천 사우나 안으로 들어갔다.

나도 그 뒤를 따랐다.

계산대에서 돈을 내고 사우나에 들어선 순간 신기하면서도 오싹한 장면과 마주했다.

탈의실 곳곳에 문신한 인간들이 가득했다.

문신이 없는 사람은 나뿐이었다.

나는 최만진에게서 눈을 떼지 않았다.

놈은 분명 여기서 두강식을 만날 것 같았다.

최만진은 옷을 훌렁훌렁 벗은 후 역시 문신 가득한 몸으로 사우나에 들어갔다.

나도 따라 들어가 온탕 한 곳에 몸을 담갔다.

이미 탕에 들어가 있던 덩치 하나가 나를 노려봤다.

나는 애써 그 시선을 무시하며 최만진 주위를 살폈다.

두강식은 보이지 않았다.

최만진은 온탕과 냉탕을 오가며 열심히 사우나를 즐겼다.

그렇게 30분 정도가 지났을 때 최만진이 탈의실 쪽으로 나갔다.

그동안 두강식은 코빼기도 보이지 않았다.

여기가 아닌가?

순간 그런 의문이 들었다.

나도 서둘러 탈의실로 나갔다.

이곳이 아니라면 번영파 사무실이나 최만진 집으로 잠복 장소를 변경해야 했다.

그렇게 생각하며 수건을 들었다.

나는 머리를 닦으면서 내 보관함으로 향했다.

그 순간이었다.

놈이 내 옆을 지나갔다.

두강식!

미치도록 잡고 싶었던 바로 그놈이 손을 뻗으면 닿을 거리에 있었다.

내가 수건으로 얼굴을 가린 덕분에 두강식은 나를 알아보지 못한 모양이었다.

그야말로 천운이었다.

나는 재빨리 옷을 갈아입은 뒤 사우나에서 나왔다.

그러고는 곧장 차로 달려가 박 경사에게 말했다.

"사우나 안에 두강식이 있어. 내 눈으로 확인했어."

"정말입니까?"

"담당 경찰서에 전화해서 상황 설명하고 지원 요청해야겠어."

"그러시죠."

박 경사는 흥분한 표정을 감추지 못했다.

나는 112에 전화해 소속을 밝히고 지원 요청을 했다.

당장 달려올 수 있는 인원은 네 명이라고 했다.

"네 명이라도 좋으니 지금 당장 지원해 주세요."

나는 전화를 끊고 사우나 정문을 노려봤다.

내가 사전에 조사한 바에 따르면 사우나 건물에는 출입구가

네 군데나 있었다.

출동한 경찰로 네 군데를 봉쇄한다.

그리고 박 경사와 내가 안으로 돌입한다.

나는 머릿속으로 동선을 그렸다.

조금이라도 삐끗하면 두강식을 놓칠 수도 있는 상황이었다.

잠시 후 경찰차 한 대가 사이렌을 울리지 않고 도착했다.

나는 경찰들에게 간단하게 설명했다.

건물 밖으로 한 명도 나오지 못하게 해 달라고.

"아! 10분 정도 있다가 사이렌 한번 요란하게 울려 주세요."

나는 그 부탁을 마지막으로 박 경사와 함께 다시 사우나에 들어갔다.

"어서……."

계산대 직원이 인사를 하려다가 멈칫했다.

박 경사가 배지를 내밀자 직원은 입을 다물었다.

우리는 신발을 신은 채로 탈의실에 들어갔다.

처음에는 아무도 우리 존재를 인식하지 못했다.

나는 망설임 없이 아까 두강식이 나를 스치며 지나간 곳으로 걸어갔다.

심장이 미칠 듯이 뛰었다.

박 경사가 마른침을 삼키는 소리가 내 귀에까지 들렸다.

손바닥에서 땀이 배어 나왔다.

나는 미리 수갑을 꺼냈다.

두강식은 등을 돌린 채 옷을 갈아입고 있었다.

나는 조용히 숨을 골랐다.

그러고는 입을 열었다.

"두강식 씨."

두강식이 천천히 고개를 돌렸다.

순간 놈의 눈과 내 눈이 정면으로 마주쳤다.

오만가지 감정이 두강식의 눈빛 속에 들어있었다.

나는 수갑을 들고 두강식에게 다가갔다.

박 경사는 내 뒤를 지켰다.

조폭들은 그제야 무언가가 이상하게 돌아간다는 사실을 눈치챘다.

"야! 거기 뭐야?"

그 소리와 함께 최만진이 팬티만 걸친 채 달려왔다.

그 뒤를 따라 족히 스무 명은 될 것 같은 덩치들이 우르르 몰려와 우리를 에워쌌다.

"너 뭐야? 누구냐고?"

최만진이 소리를 질렀다.

"검찰수사관 최수호입니다. 두강식 씨를 체포하러 왔습니다."

나는 차분하게 대답했다.

조폭에게 포위당했지만 무섭지 않았다.

싸우면 내가 이긴다.

나는 그 생각으로 최만진을 노려본 후 두강식에게로 고개를 돌렸다.

"순순히 따라가시죠. 일 크게 만들어 봐야 소용없다는 거 아실 테니까."

내 말에 두강식은 허탈한 듯 슬쩍 웃었다.

그러면서 한마디를 했다.

"방심."

방심.

그게 바로 내 노림수였다.

"형님, 말만 하세요. 이 두 놈 결딴내 버릴 테니까!"

"건물은 완전히 포위됐습니다."

내가 말했다.

때마침 경찰차 사이렌 소리가 크게 울렸다.

그제야 최만진의 얼굴에도 당황한 표정이 떠올랐다.

다른 덩치들도 마찬가지였다.

"철진아, 아무래도 이번에는 그른 것 같다. 애들 물려라."

두강식이 말했다.

최만진은 나와 두강식을 번갈아 보다가 부하들을 향해 고갯짓했다.

조폭들이 하나둘 흩어졌다.

그래도 살벌한 눈빛은 여전했다.

"별명이 핏불테리어라 그랬던 것 같은데 잘 어울리네. 흐흐."

두강식이 말했다.

"그쪽 별명도 잘 어울리더군요."

나는 두강식이 옷을 마저 입을 때까지 기다렸다.

셔츠까지 입은 두강식은 준비가 끝났다는 듯 고개를 끄덕였다.

"손 내미시죠."

내가 말했다.

두강식은 두 손을 나란히 앞으로 내밀었다.

나는 그 손목에 수갑을 채웠다.

찰칵!

그 소리가 경쾌하게 울려 퍼졌다.

다음 장

"계장님, 오늘은 꼭 나타나겠죠?"

도수가 김밥을 우물거리며 물었다.

"아마."

"두강식 잡았던 그 촉은 다 어디 갔어요?"

"모르겠다. 그때 다 끌어다 썼나 보다."

우리는 사흘 연속 같은 장소에 나가 잠복을 하는 중이었다.

이번에 잡아야 하는 미집자는 50대 남자였다.

위치 추적 결과로 보면 분명히 이 동네가 맞는데 남자는 모습을 드러내지 않았다.

상습 절도로 실형을 살게 된 남자는 반년 넘게 도망 중이었다.

내가 맡은 이후로 최근에야 흔적을 찾는 데 성공했고 대략적인 위치까지 알아냈다.

문제는 사흘간 핸드폰이 다시 켜지지도 않고 남자도 나타나지 않는다는 사실이었다.

"오늘까지 잠복하고 소득이 없으면 일단 철수하자."

내가 말했다.

"알겠습니다."

검거해야 할 미집자는 언제나 차고 넘쳤다.

그렇기에 한 사람에게 너무 긴 시간을 할애할 수는 없었다.

물론 철수한다고 해서 포기하는 건 아니었다.

내 사전에 포기란 없으니까.

"계장님, 근데 그 소문 들으셨어요?"

도수가 갑자기 물었다.

"무슨 소문?"

"계장님이 그때 사우나에서 조폭 스무 명을 때려눕히고 두강식을 잡았다는 소문."

"뭐? 하하하."

어이가 없어 크게 웃고 말았다.

"그거 말고도 여러 개 있어요. 사우나 안에서 홀딱 벗고 두강식 하고 둘이서 맞짱을 떴다는 소문도 있고."

"어디 가서 그런 이야기 들으면 아니라고 꼭 해명해. 알았지?"

"호호호. 재밌잖아요."

"재미는……."

미처 말을 마치기도 전에 눈이 먼저 반응했다.

추레한 차림새의 남자 한 명이 어깨를 축 늘어뜨린 채 가로 등 아래를 지나고 있었다.

"저 사람이야!"

나는 대번에 알아보고 차에서 내렸다.

내가 다가가는 소리에 남자는 멈춰 섰다.

확인할 필요도 없었다.

남자는 나와 눈이 마주친 순간 무너지듯 주저앉았다.

"검찰에서 나왔습니다."

"알고 있습니다."

남자는 조용히 대답했다.

거칠한 피부와 움푹 들어간 뺨이 그간의 도망자 생활이 어 땠는지 말해주고 있었다.

"일어나서 같이 가시죠."

"왜 이제 오셨어요?"

남자는 울먹거리며 그렇게 물었다.

오랜 도망자 생활에 지친 남자는 순순히 손을 내밀었다.

나는 나뭇가지처럼 마른 손목에 쇠고랑을 채웠다.

그러자 남자가 다시 입을 열었다.

"이제라도 와 주셔서 감사합니다."

*

두강식을 검거했지만 내 일상은 달라지지 않았다.

물론, 감당하지 못할 만큼 과도한 칭찬과 감사 인사를 받기는 했다.

제일 기뻐한 사람은 역시 이두산 검사였다.

내가 두강식을 잡고 제일 먼저 연락한 이가 바로 이두산 검사였다.

"작전 성공입니다."

내가 보고한 한마디 말에 이두산 검사는 한동안 대답이 없었다.

그런 뒤 떨리는 목소리로 말했다.

"최수호 검찰수사관님, 정말 수고하셨습니다. 당신이 자랑스럽습니다."

그때 이두산 검사가 한 말이 그 어떤 칭찬보다 나를 기쁘게 해 줬다.

검찰청에서는 다른 의미로 난리가 났다.

동료 수사관들은 검찰, 특히 검찰수사관의 위신을 세웠다며 돌아가면서 밥을 사기도 했다.

주임 검사는 사비를 털어 따로 선물을 챙겨 줬다.

가족들도 집으로 돌아왔다.

나는 며칠 휴가를 얻어 가족과 함께 시간을 보냈다.

그러는 중에도 전화로, 문자로 계속해서 축하한다는 말이 쏟아졌다.

조금은 쑥스럽고 또 부담스럽기도 했지만 나는 그걸 최대한 즐겼다.

두강식을 검거한 것은 나로서도 뿌듯한 일이었으니까.

휴가를 끝낸 후 나는 현장으로 복귀했다.

미집자를 찾아서 잡는 일을 다시 시작한 것이다.

검사들은 여전히 나와 마주치면 엄지를 들어 보였지만 나는 들뜨지 않으려고 노력했다.

나는 도수와 함께 열심히 움직였다.

그러는 사이 계절이 바뀌고 있었다.

선선한 바람이 분다는 것은 몇 달만 참으면 겨울이 온다는 소리였다.

마음껏 스키를 타리라 다짐하며 나는 겨울을 기다렸다.

*

그러던 어느 날이었다.

도수와 내가 식당에서 같이 점심을 먹고 있을 때 정장 차림의 낯선 남자가 대뜸 내 맞은편에 앉았다.

도수와 나는 의아한 표정으로 남자를 바라봤다.

"아는 분이야?"

"아시는 분이세요?"

우리 둘은 동시에 물었다.

그러고는 동시에 고개를 저었다.

"누구시죠? 처음 뵙는 것 같은데."

내가 조심스레 입을 열었다.

34화 — 다음 장

"최수호 계장님이시죠? 검찰수사관."

남자가 물었다.

"네. 그렇긴 한데 질문은 제가 먼저 했습니다."

나는 부드럽게 말했다.

남자의 표정이나 태도에서 악감정을 느끼지는 못했기 때문이었다.

"실례했습니다. 저는 서울중앙지검에서 나왔습니다."

"서울중앙지검? 검사님이신가요?"

남자는 고개를 끄덕이고는 다시 입을 열었다.

"단둘이 이야기를 좀 하고 싶은데 괜찮으신가요?"

"여기서요?"

"밖으로 나가서 자판기 커피 한 잔 어떻습니까? 하하."

남자가 말했다.

나는 잠시 남자를 바라보다가 자리에서 일어났다.

"알겠습니다. 가시죠. 도수 넌 먹고 있어."

"네. 다녀오세요."

남자와 나는 밖으로 나갔다.

남자는 진짜로 자판기 커피 두 잔을 뽑아 오더니 내게 하나를 건넸다.

"서울중앙지검 검사님이 왜 여기까지 오셔서 저를 찾으시는 겁니까?"

"이두산 검사에게 계장님에 대해 들었습니다. 흥미가 생기더군요. 그러던 참에 이 근처로 올 일이 있어 잠깐 들렀습니다.

거물 조폭을 잡아낸 수사관이 누군지 직접 확인하고 싶어서
요."

"단지 그 이유 때문은 아닌 것 같은데요."

내가 말하자 남자는 씩 웃었다.

"아닙니다. 정말로 제 눈으로 직접 뵙고 인사를 드리고 싶었
습니다."

"이제 보셨으니, 용건을 꺼내시죠."

나도 웃으며 말했다.

"좋네요. 저도 빙빙 돌리는 거 싫어하거든요."

"어떤 이야기든 들을 준비가 돼 있습니다."

"같이 일 좀 하실까요?"

남자가 물었다.

"일이라면……."

"검찰에는 여러 조직이 있죠. 그중에는 대외적으로 잘 알려
지지 않은 조직도 몇 개 됩니다."

"저도 소문은 들었습니다. 검찰 내에서도 잘 모르는 조직이
있다는 소문."

"그중 하나에서 제가 일하고 있습니다. 하는 일은 대기업 전
문 수사, 조직 이름은 특수부."

대기업만 전문적으로 파는 조직이 있다는 말은 금시초문이
었다.

게다가 그런 곳에서 왜 나를 원하는지도 알 수가 없었다.

"궁금하시겠죠. 왜 계장님을 선택했는지."

남자는 내 속을 읽은 듯 그렇게 말했다.

"솔직히 말해 그렇습니다."

"특수부가 이번에 물갈이를 좀 했습니다. 그러면서 수사에 특출난 재능을 지닌 수사관을 보충하자는 이야기가 나왔죠. 그 때 최 계장님 성함이 나왔습니다."

"윗선의 명령인가요, 아니면 권유인가요?"

내가 물었다.

"그런 걸 가립니까?"

남자가 거꾸로 질문했다.

"아닙니다. 저는 그저 어디에서든 나쁜 놈을 잡으면 그만입 니다."

"그러시다면 서울로, 특수부로 오시죠."

바야흐로 내 인생의 또 다른 장이 열리려는 참이었다.

심장이 두근거렸다. 새로운 일에 대한 기대감을 숨길 수가 없었다.

특수부.

매력적인 단어였다.

"좀 고민이 될 텐데 며칠 후 제가 다시 연락드리겠습니다."

남자는 그렇게 말한 후 아무 일도 없었다는 듯 자리를 떴다.

때마침 도수가 식당 밖으로 나왔다.

"계장님, 뭐래요?"

"그냥 같이 일해 보자고."

"서울에서요?"

나는 고개를 끄덕였다.

"와! 우리 계장님이 수사관 중에서 일등인 거 전국에서 다 알겠네요."

도수가 농담 반 진담 반으로 그렇게 말했을 때 알람이 떴다.

지금 뒤쫓고 있는 미집자가 5분 전에 핸드폰을 켰다는 신호였다.

"가자!"

나는 도수에게 말한 뒤 달리기 시작했다.

도수가 뒤에서 앓는 소리를 했다.

"좀 천천히 가요! 계장님, 아니, 검찰수사관님, 저랑 같이 가 주세요!"

나는 미소를 지었다.

다음 장으로 넘어가기 전까지 내 일에 최선을 다하고 싶었다.

왜냐고?

나는 대한민국 검찰수사관이니까!

검찰수사관 최수호

초판 1쇄 인쇄 2025년 1월 17일
초판 1쇄 발행 2025년 1월 24일

지은이 전건우, 최길성
펴낸이 박세현
펴낸곳 서랍의 날씨

기획 편집 곽병완
디자인 김민주
마케팅 전창열
SNS 홍보 신현아

주소 (우)14557 경기도 부천시 조마루로 385번길 92 부천테크노밸리유1센터 1110호
전화 070-8821-4312 | **팩스** 02-6008-4318
이메일 fandombooks@naver.com
블로그 http://blog.naver.com/fandombooks

출판등록 2009년 7월 9일(제386-251002009000081호)

ISBN 979-11-6169-329-3 (03810)

시랍의날씨는 팬덤북스의 가정/육아, 문학/에세이 브랜드입니다.